白波五人帖

山田風太郎

店

目次

第一帖　日本左衛門

天

宝暦五年の春の朝、花吹雪のちる京都町奉行所の門前に、ひとりの男があらわれた。

背は五尺八寸ぐらい、鼻すじとおり、やや面なが、色の白いのに、のびた月代は漆のように濃く、元結を十本ばかりも巻いている。ひたいに三日月のような傷痕があった。白羽二重の襦袢に、小紗綾の浅黄無垢、羽二重の白無垢をかさね、橘の定紋ついた黒襦子の小袖、金モウルの帯をしめ、金ごしらえの大脇差をおとしざし、鶏の蒔絵をした印籠、象牙の根付、それに手には金骨の扇子をさげている。

このあたりをはらう颯爽たる威風と、あまりにも悠揚たる物腰に、門番が制止するのも忘れて、ぽかんと見送っているあいだに、男はしずかに玄関にかかって、

「ひさしくおたずねの浜島庄兵衛でござる。永井丹波守どのにさようお取りつぎくだされい」

といった。

永井丹波守は、町奉行である。浜島庄兵衛、その名は六十六州の捕吏の脳髄にやきが

ねのごとく印せられていたにもかかわらず、これをきいた刹那、いあわせた与力同心は、驚愕のあまり、ことごとく白痴状態になった。

一息、二息、棒をのんだようにすくんでいたのが、たちまち呪縛をとかれたように、どっとどよめき立つのをジロリと見まわして、

「かく、自分と名乗ってまかり出た上は、逃げかくれはいたさぬ。お心しずかにお縄をおかけなされてよろしかろう」

「——日本左衛門！」

だれかが、ながく尾をひいて絶叫すると、またまだれかが、なおこの眼前の男を夢か幻かと疑うように、

「に、日本左衛門ともあろうものが……な、なにゆえに？」

と、うめいたのは、無理もない。

浜島庄兵衛、それこそは百数十人の群盗をひきいて、劫略殺姦いたらざるなく、盗賊としては江戸開府以来はじめての人相書を日本全土にまわされたが、いまだ神魔のごとくその手にかからなかった大盗だったからだ。

「日本左衛門が、なにゆえ、自首したかとおおせられるか」

と、彼は微笑した。

「天のためでござる」

「天？」

日本左衛門の顔は、世にも清朗なものであったが、まわりにひしめく役人たちを見まわしたときは、すでに皮肉な、小馬鹿にしたようなうすら笑いにかわっていた。

「されば、天網恢々疎にして漏らさず、という言葉がありますな。拙者がついにお縄をのがれては、この金言がうそになるではござらぬか。それでは世道人心によろしからずとぞんじ、あえてみずから天網にかかるべく、かく出頭つかまつってござる」

飄

戦国時代の野武士はしらず、徳川以降においては、日本左衛門こそは最大の盗賊であったろう。

彼のひきいる盗賊団は、主として美濃、尾張、三河、遠江、駿河、伊豆、相模、近江、伊勢の九カ国を荒らしまわったが、その劫略ぶりは、ほとんどこれらの国々に大名も陣屋もないかのごとく傍若無人であった。

捕吏はながくつきとめえなかったが、彼はふだん、天竜川の東、遠州上新居村に、富裕な郷士尾張十右衛門という名で住んでいた。ときに、ブラリと近村の寺か庄屋に碁打にでもゆくように出かける。――果然、その夜、あるいは三河、あるいは美濃の山野に人しれず烽火があがる。とみるまに、天空夜叉のごとく疾駆する影に、いつのまにやら、闇から忽然と湧き出したように数十人の黒い影がしたがって走っている。いうまでもなく、昼は行商人だったり、旅役者だったり、百姓だったり、漁師だったり、股旅者だったり、寺子屋の師匠だったり、浪人者だったり、乞食だったりする配下の盗賊たちだ。

日本左衛門の一味が、いかに不敵なものであったかを証明する話がある。

あたかも、彼らが駿府の一豪商におしいったときであった。深夜、一家のものが気がついたときは、いつのまにか数十人の黒頭巾が、充満しているといったありさまで、しかもこの泥坊団はわざと大戸をおろし、悠々と家人をしばるのにかかった。しかもその首領らしい男は、なんと黒皮の兜頭巾をかぶり、薄金の面頬をつけ、黒羅紗金筋入りの羽織に黒縮緬の小袖、黒繻子の小手脛当、腰には黒い早縄をさげるといった、華麗というより芝居のように人をくったいでたちで、寂をふくんだ声で、銀作り(しろがねづくり)の大刀をあげて指揮している。

この凄(すさ)まじい異変を、近隣の者でききつけた者もなかったが、ちょうど、そのとき、数人の手下をつれた夜回りの町同心が、往来でこの家の異常を感づいた。

「これ、三河屋。いかがいたした?」

大戸をたたくと、それが平然とあけられたので、拍子ぬけしたように一行がはいった背後に、だだんと大戸が大きな音をたてておちた。

「あっ」

ふりかえるより、家の中の光景をみて、皆、驚愕して立ちすくむ、床几(しょうぎ)に腰かけた首領は、ジロリとこちらを見たが、立ちもしなかった。

仰天しつつも、この同心は気丈な男だったので、

「く、曲者(くせもの)っ、なに奴だっ?」

と声をしぼった。

兜頭巾のかげで、にっと目が笑った。

「おれか。——天にかわって窮民を救うというのもおこがましいが、ちっとちがった盗

人で、小前のものの家にはいらず、千と二千有金のあるを見こんで盗みとり、箱を砕いて包から難儀な者にほどこすゆえ、駿遠三から美濃尾張、江州きって子供にまでその名を知られた日本左衛門とは、おれのことだ」

「ううむ、うぬか、日本左衛門！」

無謀な男で、部下をふりかえると、さっと十手をふるって、

「御用だっ！」

と、おどりあがった。

日本左衛門はなお床几からうごきもせず、

「忠信(ただのぶ)！」

「おう」

と、うしろから同心にくみついた一人が、万力のようにおさえると、横からうすきみ悪いほどやさしい声が、

「お頭、胴ッ腹に風穴をあけてやりましょうか？」

「待て待て赤星、おまえはどうも人を殺すのが好きでいかぬ。これほど多勢の中にふみこんで、おれの名をききながら、臆病風にもふかれずに役目をまもり、命をすててか

かってくるのは殊勝のいたりだ。怪我もさせてはならねえぞ」

「合点だ！」

日本左衛門の投げた早縄をぱっと受けとめると、たちまちその同心をしばりあげてしまった。

役人をしばりあげた目の前で、この人もなげなる凶盗群は、悠々と仕事をつづけて、命令一下、風のようにひきあげてゆく。奇妙な梟の鳴声を叫び交しつつ、遠ざかっていった。

同じ夜明前。――

駿府およびその界隈の貧民の家に、雨のように大判小判を投げ入れてまわった黒頭巾のむれがあった。

「日本左衛門さま――」

「泥坊大明神――」

駿河一帯に、貧乏人たちが随喜の涙をこぼして、土下座したり、合掌したりしているとき、当の日本左衛門は、人か魔か、すでに京にあらわれて、ひとりの美女の膝をまくらに、例の寂のある声で謡を口ずさんでいた。

「それ地獄遠きにあらず。眼前の境界、悪鬼外なし。そもそもかの者、若年のむかしより川に漁ってその罪おびただし。されば鉄札数をつくし、金紙をよごすこともなく……」

「十右衛門さま」

「無間の底に堕罪すべかッしを、一僧一宿の功力にひかれ、いそぎ仏所に送らんと……」

「十右衛門さま！」

「なんだ？」

「こんどはいつおいでであリましょう？」

「ばかめ、来たばかりで、わかれのことを考える奴があるか」

両腕をぬっとのばして、女の顔をはさみ、ひきよせて、うまそうに唇を吸った。

この女、大盗日本左衛門の思いものにしてはふしぎなほどの気品がある。左衛門の橘の紋にあわせて、黒羽二重に菊水の紋をつけている。

というのは、この日本左衛門、平生からおれは由比張孔堂橘正雪の再来だと自称しているからだ。

大坂は嶋の内鰻谷の富家に生まれ、いちじは公卿の家に仕えたこともあるお雪という女で、これぞのちに奴の小万と嬌名をうたわれた美女である。

「悪鬼心をやわらげて鵜舟を弘誓の船になし……」

唇をはなすと、平然と謡をつづける日本左衛門の目が、ふと遠くを見つめるまなざしになった。

「鵜舟か？」

波

もう十幾年かむかしのことになる。

日本左衛門はまだ二十一であった。むろん、まだ盗賊ではなかった。美濃国笠松の浪人の伜で友五郎といった。浪人とはいうものの、いまは百姓同然。

六月のある朝、彼は友だちの檜半之丞と、お縫という娘といっしょに、ボンヤリと堤の上に立っていた。半之丞は笠松郡代所の堤方役人だが、お縫は隣家で寺子屋をひらいている浪人の娘で十八である。

昨夜ひと晩じゅう狂気のように鳴っていた村々の半鐘の音もいまはきこえない。まだ雨気をはらんだ雲は、渦まきつつ東へながれていたが、ところどころ青空のかけらがひかっていた。

――が、見わたす下界はただ濁流ばかりだった。ふくれあがり、わきたつ灰色の波の中に、なおもまれつつながれゆく大木、橋桁（はしげた）、屋根、それに人間の死骸（しがい）。

――木曾川が氾濫（はんらん）したのである。

古来、美濃の南部が洪水に襲われたのは幾百度であろうか。木曾川、長良川、伊尾川（いまの揖斐川（いびがわ））、および支流じつに二百二十三の河川が、網の目のように集中しているのだから是非もない。

「ああ、田はみんな流れてしまった」

と、友五郎は、悲痛な目でふりかえり、また対岸をにらんで、

「尾張のちくしょうめ」

と、うめいた。

尾張側の堤防は、かすかながら黒々と浮いて、その上に無数の人間たちがこちらを見物していた。遠く笑い声もきこえるようである。

尾張側の堤は、美濃側のそれより堅固なのか。そうなのだ。というより、こちら側の堤が低すぎ、弱すぎるのだ。それにはうらめしい理由があった。

元来、木曾川の洪水による惨は、尾張は美濃を越えたのである。が、徳川の世になってから、尾張側は御囲堤(おかこいづつみ)と称する長城のような大堤防をつくった。しかも尾州侯は美濃側に干渉して、それに対抗すべき堤の築造をゆるさなかった。

「美濃側堤防は、御囲堤より三尺低かるべし」

とか、万一洪水に際し、堤防がこわれたときでも、

「まず尾州藩が修繕をおわるまで、美濃側において工事に着手することを遠慮せよ」

という無慈悲な戒告までつきつけてきた。まさに虎の威をかる御親藩の圧制であった。

「おれア、もう美濃はいやだ。百姓はいやだ。……いっそ尾張へにげてゆこうか?」

と、友五郎はつぶやいた。お縫がおどろいて顔をあげると、半之丞も、

「親をどうするのだ」

「あとで迎えにくる。尾張には叔父が御七里をやっている」

「友五郎さん、そんなことをいわないでください」

と、お縫がかなしげな声でいった。友五郎の大きな目が動揺した。

貧しい浪人の伜ながら、鳶（とんび）が生んだ鷹（たか）だといわれる若者である。才はじけて、武芸のすじがよく、五人力とも七人力ともいわれる上に、みるからに精気にあふれた男ぶりだった。ただ性質が、よくいえば豪快、わるくいえば凶暴とみられるくらいはげしかった。

「そうだ、友五郎、お縫さんをすててにげる奴があるか」

と、半之丞はしずかにたしなめた。

お縫は彫りのふかい、清らかな美少女だった。いちじは半之丞も友五郎と恋を争ったのである。しかし、お縫が友五郎を思っているのを知って、彼はおだやかに身をひいた。友五郎とは正反対の沈鬱（ちんうつ）ともみえる思慮ぶかい若者だった。

「それに、お前はにげてすむだろうが、にげるににげられない人々もいる。みろ、あそこに、影みたいに立っている百姓たちを」

「といって、おれがどうしたらいいというんだ？」

「わしは、この木曾川をなだめたいと思っている」

と、ひくい声でいって半之丞は地にかがんだ。

「なに？　木曾川をなだめる？」

「そうだ、二度と氾濫のないようにするんだ」

「そんなことができるか。代官が、あれほどおれたち百姓を責めたて、追いたて、石やら土やら運ばせても、洪水のまえには藁ほどの力もないじゃないか」

「いいや、できる。できるとおおせられた。あの井沢先生は」

と、つぶやいて、半之丞は、木ぎれで泥の上に、何やら絵図面のようなものをえがきだした。

井沢先生とは、紀州流治水の大家井沢弥惣兵衛である。彼は治水にかけては古今の天才で将軍吉宗の命により、淀川、木曾川、江戸川、信濃川、大井川などの治水計画をしたが、三年前笠松郡代所に派遣されて、木曾、長良、伊尾の三大河川をはじめ、美濃一帯を巡視して、精密な治水計画をたてた。半之丞はそのとき弥惣兵衛にしたがってあいて、以来すっかり心酔しているのだった。

「ふん、どんなに井沢先生が大学者だろうと」

と、友五郎はせせら笑った。

「やる者があの青木代官じゃあ、いつになったらできることか」

代官青木九郎次郎が、美濃の百姓たちからとりあげた川普請の賦課金を、内々ふところにいれていることは公然の秘密だった。しかも、美濃の代官でありながら、尾張侯の意をむかえるのに汲々として、尾張侯も彼の悪を見て見ぬふりをしている様了だった。

「獅子(しし)身中の虫といいたいが、あの悪代官は虫の血を吸う獅子だい」

「なにっ、何と申した？」

突然、うしろでかんばしった声がきこえた。ふりむいて、三人、はっとした。

代官青木九郎次郎の子息、ことし二十五になる青木右京が、数人の番卒をしたがえて、とがった顔の血相をかえて、ツカツカとあるいてきた。

「これ、百姓、うぬはただいま、ききずてならぬ雑言を吐きおったな。手討ちにしてくれる、そこへなおれ」

「と、友五郎、あやまれ、おわび申しあげろ！」

と、半之丞は狼狽して、ペタとひざをついた。

蒼白(そうはく)になった友五郎は、しかし、じろっと右京を見返したきり、仁王立ちのままであった。

「下郎、なおらぬか！　手討ちにいたす！」

「なおらねえ」

「こ、こいつ——斬るぞ！」

「フ、フ、斬るぞと何度おっしゃるんだ。このままお斬んなせえ」

友五郎は不敵な笑いをうかべた。

青木右京は狂気のようなさけびをあげて刀をひきぬき、斬りつけた。

友五郎は身動きもしなかったが、右京の方が、未熟か臆したか、腕がふるえて、切っ先が友五郎のひたいをかすめただけであった。

「ウ、フ、フ」

友五郎はまた笑った。その額から、血が網のように顔にひろがった。

「あっ、殿さま！　どうぞ、どうぞおゆるしなされてくださりませ！」

お縫は泣き声をあげて、右京の腕にすがりついた。

右京はお縫をちらっと見た。その腕が急になえた。彼は肩で息をした。

「下郎、無礼討ちにいたすべきであるが、お縫どのに免じて命だけは助けてつかわす」

「お縫どのに免じて？　何いってやがる、てめえ、その女に惚れていやがるんだろう。恩にきせたって、その女はどうにもならねえ。おれのものだぞ」

友五郎は血だらけのまま空うそぶいた。

「なにっ」

と、右京はまたビクンとはねあがったが、この言葉を絶する百姓の伜の凄惨な迫力に圧倒されたのだろう、ニヤリとゆがんだ青白い笑みをみせて、

「うむ、その女はきさまのものだというのか？　わしにはどうにもならぬと申すか？　その言葉をよくおぼえておけ」

と、いいすて、スタスタと去っていった。

お縫が、青木右京の花嫁として輿入れする夜がきたのは、それから一月のちのことだった。代官が右京の強訴にまけ、お縫は父の哀訴にがんじがらめになったのである。

その上、友五郎の命を救うには、お縫の人身御供が必要であった。

涙にぬれた花嫁の行列が、代官所にちかづいてきたときだった。

突然、闇の中からおどり出した大きな若者が、行列をふみちらし、駕籠から花嫁をひきずり出した。

そして、みなが提灯をふって、あれよあれよとひしめく目の前で――なんたる乱暴者か、代官所の門前で、彼は花嫁を強姦したのである。

鷲の羽ばたくように闇の中へかけ去った。

そして、失神している花嫁と、あまりのことに声も出ない人々をしりめに、友五郎は

「この女は、おれのものだぞ！　よく見ておけ！」

と、彼はさけんだ。

「右京！」

壷（つぼ）

史実によれば、この友五郎が日本左衛門になるまでに、まだ数年のあいだがあって、彼は尾張家の御七里をやっている。

御七里とは、主として御親藩が江戸の藩邸との連絡に、七里ごとに役所を設けて、このあいだをとばせた飛脚であって、身分はかるいが、なかなか大事な役だ。それだけに、口上、文筆にたけ、しかも非常な健脚家でなければならないから、この資格をそなえた者は、そういくらでもあるというものではない。御七里の中には、一日四十里の速度ではしる者も、まれではなかったといわれる。

友五郎の叔父がこの七里飛脚であったが、友五郎がそのあとをついだかたちになったのも、その縁ばかりではなく、彼の異常な資質が、なんぴとをもうなずかせたからであったろう。

それまで百姓として自らの反骨に苦しんだだけに、この数年間、いかに彼が意気揚々として東海道を飛んだかは、想像にあまりある。おそらく、彼はこのときの修行が、のちに巨盗としての機動力、飛脚の知識、地理観念をゆたかにすることに、どれほど役にたつかは夢にもしらず。——

七里飛脚は、その衣装からしてはなやかだった。それは彼の性によく合った。竜虎と松竹梅を加賀染にした半纏（はんてん）、それに金銀の糸で縫取りをした天鵞絨（ビロード）の半襟をかけて、腰に一刀、赤房の十手をもってはしる東海道、眼中になみの大名などあらばこそ。

その友五郎が、なぜ、一生御七里でおわるを得なかったか。

それは、ある空ッぽの一つの壷に由来した。

いまに残る童唄に「茶壷に追われてトッピンシャン、ぬけたらドンドコしょ」という唄がある。これは街道の幼児たちが、茶壷に追われて、家のなかにとじこめられるので、それが通過したら、とび出して遊ぼうという意味だ。

この茶壷をおそれたのは、子供ばかりではない。街道の宿駅、旅人、参勤交代の大名まで、ことごとく迷惑した。

すなわち、山城宇治から、将軍家に献上する新茶の壷。世にこれは「お茶壷道中」といわれるもの。

将軍がどれだけ茶をのむかしらないが、この茶をはこぶのに警護の人間が数百人、馬もまた数十頭。――これが通りかかると、関所の役人まで、羽織袴の礼装で土下座して迎える。勅使院使でさえ、これほどの待遇はしない、道中行きあった大名も、乗物からおりて送迎しなければならなかった。

せめてその壷に茶がはいっているならまだしも、江戸からお数寄屋の茶坊主たちが、空ッぽの茶壷をもって宇治へのぼっていく道中も、おなじだからたまったものではない。

茶坊主一行のいばり方は、常識を絶した。

宿場宿場の清掃、町役人、問屋、本陣の出迎えはいいとして、町じゅうの店から、わらじ、草履、鼻緒をとりのぞかせ、凧あげを禁じ、朝の四時から煙を出さぬように命じた。これでは炊事もできない。なかでも沿道の人々をなやませたのは、彼らの宿泊中、葬礼の出るのを禁止したことだ。

それればかりではない、この御茶壷を往来のまんなかに置いて、往還の人馬に無礼のふるまいがあると――彼らがみとめたときは、とび出していって、難題を吹っかける。諸人の迷惑を見物してうれしがるのである。

友五郎が、こいつにぶつかった。

東海道、白須賀の宿。

飛状を抱いて、トットと西から宿場にかけこんできた友五郎、本陣の前の往来にむしろをしき、三方をおいて、その上にこの茶壷の一つがうやうやしく置かれているのをみた。――名古屋からこれに会ったおぼえはないから、いうまでもなく江戸からの空の茶壷をもって上ってきた一行にちがいない。

往還はとまっていたが、友五郎はスッスッとちかづいていって、本陣の方へ一礼すると、走り去ろうとした。

「待てっ」

案の定、本陣からとび出してきた坊主たち。

「待て。きさま、お茶壷を拝見いたしながら、なにゆえお茶壷に土下座せぬ？」

と、吹っかけてきた。

「いや、ただいま、たしかに御辞儀いたしましたが」

「それは、こっちにむかってだ。恐れ多きは、われわれよりもその御茶壷――」

友五郎、思わずにっとした。

「やあ、きさま、笑いおったな。お茶壷を笑いおったな？」

「君はずかしめらるれば臣死す。茶壷を笑われては、われわれの一分がたたぬ」

ここにいたって、友五郎は大笑いしてしまった。

むろん茶坊主たちは、友五郎の風体から、尾張の御七里と知っている。知りつつ、その屋台が大きいと、難癖つけてゆすりにかかったのだ。それが、不敵に笑いとばされたから、カーッとのぼせあがってしまった。

「うぬ、無礼者だっ、おのおの方お出あいくだされ！」

と、本陣の方へむかってわめきたてたから、友五郎もおとなしくしてはおれないことになった。

おとなしくしておれないどころではない。前々からこのお茶壷にはむかッ腹をたてていたところだ。組みついてくる坊主を、犬ころのようにたたきつけると、そのはずみに三方の茶壷がとんで、ぽっかりと割れた。

ふりむいて、友五郎の顔からさっと血の気がひいたが、すぐに本陣の方にむきなおったときは、数年前、笠松郡代の子息に一歩もひかなかったときの――いや、天性の古沼のような凶相にかわっている。万事は休したのである。

「やい、この茶かす坊主ども。茶番狂言もいいかげんにしやがれ。空の茶壷で諸人をなやまし、街道を苦しめる茶殻野郎、いつかは茶々無茶にやっつけてやろうと、茶断ちして待っていたんだ。こうなったら、茶ぶれかぶれ一人二人は茶らくせえ、本陣にひっかかっている茶袋どもはみんな出てきやがれ。ひとまとめにして、ここで茶臼にひいてくれる」

腰の一刀をひきぬくと、わっとにげかけるひとりを、唐竹割りに斬ってしまった。

――事ここにおよんでは、友五郎、ふたたび天日のもとに出ることはできない。突如として、白須賀に吹きたった叫喚の黒つむじの中を、血ぶるいしながらのがれ去ったが、おそれながらと自首して出るには、彼の生命力ははげしすぎた。こんなばかばかしいことで死んでたまるものか。

友五郎は百姓をして絶望し、武家奉公をして絶体絶命の壁においつめられた。

壁をおしゃぶると、闇黒の風が吹きだした。そしてここに、闇黒の盗賊大名、日本左衛門が生まれ出たのである。

獣

義賊と噂高札にまわる配附の盥越し、六十余州にかくれのない、賊徒の張本日本左衛門は、襲うさきはかならず富家にかぎったが、その略奪ぶりは、あとに青草をとどめないほど惨烈をきわめた。

金ばかりではない。女をただではおかないのである。

宝暦三年師走、こがらしが野の枯草に吹きおろす一夜、この恐るべき一団は、遠江日坂の大百姓三右衛門方に襲来した。

その夜、この部落には、こがらしの中にも灯の花が咲いていた。それは近村の堀ノ内村の豪農宗右衛門方から三右衛門の倅のところへ花嫁が輿入れをしてきたからだった。いずれも、年貢のとりたてのはげしいことで名高い田舎大尽ほどあって、その婚礼は、ばかばかしいほど大袈裟なお祝儀にあふれ、ここのところ近郷その噂で持ちきっていたが、なかでも評判なのは、その花嫁がじまんの美人であったことだ。

このこがらしの中で、どこかで梟の声がした。一羽、二羽、七羽——ぶきみに叫びかわす無数の鳴声を、だれも聞かなかった。——

その灯の花が突如いっせいにかききえ、たちまち凄まじい松明にとってかわられたのはその夜半。

恐怖のためにつっ伏した人々のまわりに、灼き金のようにひかる刀身をさげた数十人の黒頭巾が立っている。

「天にかわって、非道をこらす。百姓の分際でお上を怖れぬこの栄耀、すべてこれ近郷土民の膏血だろう。やい、三右衛門、千両所望だ！」

と、長持に腰をかけた日本左衛門が叱咤した。

千両が出されると、彼はそれを配下に命じて馬につけさせ、さきにいずこへか飛び去らせると、

「それでは、つぎに花嫁が所望じゃ」

と例の寂のある声でいった。

「あっ、それればかりは！」

と、ひきつったのどから、つきそってきた母親が死物狂いのさけびをあげると、

「それはかりでは不足か。よいよい、おまえにもせいぜい大ぶりな奴をあてがってやるから、せいてさわぐな。……ふ、ふ、ふ、見れば、今夜は、田舎にめずらしく美形がたっぷり集まっておるな。みんな、一人のこらずかわいがってやるから、尻をふって待っていろ」

なんともいえないうめきをあげて、女たちが這い出そうとしたが、その裾を無数の土足がガッシとおさえた。

「こ、殺して！」

「おお、極楽へやってやろう」

毛むくじゃらの手がいっせいに裾にかかると、数十の白い尻が、うごめきつつ灯影に浮かびあがる。

はなやかな宴の夜は、たちまち地獄の図絵とかわった。大広間にもつれ合い、ころがりまわる怪奇な影、肉をうつ肉の音、ひきつけるような恐怖と快楽のさけび、気狂いじみたばか笑い。わななき、溜息、狂乱、気絶。――

この大壮観を、日本左衛門はニンマリとして見わたしていたが、

「さて、おれも腹をつくるとしようか」

と、うなずいて、金屏風のかげに、花婿に抱きしめられてふるえている花嫁の方へ、ノッシノッシとちかづいていった。

「たっ、助けて――」

と、花婿は絶叫した。隅にすくんでいた男たちも、それぞれつきつけられている白刃も忘れて身をもがこうとする。

「助けてとは、うぬの命か？」

「いや、こ、このひとのからだばかりは！」

「けなげな婿よ、それでは命をすてるは覚悟のまえかっ」

と、わめくと、金拵えの大刀が一閃して、びゅっとその細くびをぶッた斬った。

声も息もつまらせた男たちをふりむいて、にっと笑った大盗の目は、凶とも、痛とも、惨とも名状しがたい物凄さであった。そのまま、霧のようにあびた返り血に染まって、気絶した花嫁を片手でグイと抱きあげると、そばの徳利をとって、口うつしに酒をながしこんだ。

遠く東から鉄蹄の音をきいたのは、この恐怖の祭典の最高潮のときだ。

日本左衛門は、なお裸身にむいた花嫁からはなれようともせず、

「力丸っ」

「へえい」

「あの馬を通すな」

二、三人の黒影が、つむじのように外へとび出していった。

日本左衛門が、花嫁をなげ出してたちあがったとき、外から配下が、グッタリとなった侍をかついではいってきた。

「お頭、早打の者らしゅうござる」

「なに、早打？　……この夜中、馬でかける者とは役人かと思ったが、そうか。それはきのどくなことをした。殺しはすまいな？」

「へい、目をまわさせただけで」

「どこの藩のものだ？　よしよし、見てやろう」

と、あるいていって、その武士のふところから、ズルズルと一通の書状をとり出して、松明の灯にかざした。

「なに、濃州、勢州、尾州の川々、御普請御手伝いの御用をおおせつけられたと？

「……うむ、薩摩か！」

日本左衛門は、書面をもとにもどして、武士のふところへねじこむと、

「これ力丸、こいつあ江戸から薩摩まで二百九十里、お家の大変を注進にはしる男だ。ここでとめてはあまりに不愍（ふびん）、きさま、馬にのせて、気がつくまで二、三十里つッ走れ……」

と、命じてから、腕をくんでニッタリと笑った。

「公儀御見積金高、十四、五万両にもおよび申すべきかと承り候か。……ふうむ、十四、五万両、こいつあ芋の殿さまも目をまわすだろうよ、あはははは」

鎖

「濃州、勢州、尾州川々、御普請御手伝いおおせつけられ候間、その趣存ぜらるべく候。もっともこの節参府におよばず候。恐々謹言」

幕府の名をもってくだされたのは、ただこの一片の奉書であった。

これを受けた薩藩江戸屋敷では、即日早打の使者を在国の薩摩守へ走らせた。

宝暦四年一月十日、二百九十里の道程を十四日半でのりきってまろびこんできた半死の飛脚をむかえて、島津重年と重臣たちは驚愕した。

それはまさに、青天の霹靂であった。

木曾川の水難は知らないではない。しかし、いかなる理由があって木曾から二百里もはなれた薩摩にその治水を命じたのか。御普請御手伝いとはいうものの、それに要する資金、資材、人力は全部「御手伝い」にかかってくるのは当時の制度なのである。

城では、ただちに藩主を中心に、伊勢兵部、義岡相馬、新納内蔵、平田靭負ら重臣があつまって、沈痛な評議をひらいた。

伊勢兵部が、目を血ばしらせていった。

「これ、御公儀が、関ヶ原以来の鬱憤をはらさんがための卑怯な手段でなくて何でござろうぞ。かかる犬糞的復仇とあらば、たとえ将軍家の台命でおわそうと、これに屈従するのは当家の弓矢神に恐れ多うござる。また他藩に対しても、あれみよ、島津めが、ふだん強面で押しまわしておるが、江戸より一鞭くわされれば、息せききって這いまわりおると笑いを受けるは必定」

義岡相馬も、悲憤の声をふるわせていった。

「あきらかに、当家の御金蔵を空にしようとする魂胆でござる。さようにあいなってから、なおのしかかって横ぐるまを押しかけられても、そのときはわが方は気息奄々、ただ滅亡を待つばかり——」

新納内蔵がふとい眉をあげていった。

「それより、いっそ、七十七万石をもって、八百万石の親方を打ち倒すことにかかった方が、成敗はしらず、隼人の本望ではござるまいか！」

島津重年は、じっと平田靭負を見ていた。

平田靭負は、すでに六年前から藩の御勝手方老職であった。このとき五十一歳、小柄でやせていたが、いかにも財政主任らしく、冷静で、そしておだやかで、ものしずかな人間だった。

「平田はいかが考える？」

と、重年にきかれて、靭負はかすかに顔をあげた。

「恐れながら、このたびの御手伝い、おん受けあそばしてしかるべしとぞんじまする」

「なんと申す？」

「このさい、島津家千年のため、忍びがたきを忍び、耐えがたきを耐えて——」

しだいにかがやいてきた平田靭負の目が、何かいおうとするほかの家老たちを強くおさえて、

「と、引っこみ思案に思いつめることばかりが能ではござるまい。縁もゆかりもない他国他藩の士民を塗炭の苦より救い出すなど、筋ちがいのように思し召すかはぞんぜねど、考えてみれば、美濃であろうが陸奥であろうが、同じくわが日本国でござる。われらが兄弟でござる。この兄弟の難儀を救い、必死の力をしぼることこそ、われら薩摩隼人の本懐ではござるまいか――」

「――靭負、よくぞ申した！」

と、重年は、はっしと膝をたたいたが、やがて声をひそめて、

「じゃが、金があるか？　江戸よりの見積金高は、十四、五万両にもおよぶと申したぞ――」

薩摩は、公称七十七万石の大藩として、南隅にうずくまる猛虎のごとく目せられていた。しかし元来が土地貧しく、このときすでに藩内および大坂などにおける旧借銀は、四万貫にも達していた。その財政の苦しさは、御勝手方の平田靭負が、だれよりもよく知っているはずであった。

平田靭負は裃を伏せた。ひくい、キッパリした声でいった。

「靭負、生命をかけて、これをととのえますれば、何とぞ御安堵あそばされまするよう——」

こうして江戸へ、

「このたび、濃州、勢州、尾州川々御普請御手伝いおおせつけられ、ありがたき仕合わせにぞんじ奉り候」

という血涙をひそめた請書が出されたのである。

平田靭負は総奉行となって薩摩を出立した。したがうもの小奉行三十人、お徒士三百人、足軽五百人である。重い、暗い「出陣」であった。いくたびかの困難のとき、薩摩の山河にこだましたあの勇壮な歓呼の声はきかれなかった。

むりもない。藩はこれより超人的な大節約令を発し、人頭税、牛馬税、船舶税の大増徴を布れ、その上、危急を正直一徹にかけひきなく領民にうったえて、一厘一銭でも多く献納金をもとめたからである。まさに膏血をしぼるとはこのことであろう。

宝暦四年閏二月九日、平川靭負以下の治水隊は続々とその美濃国安八郡大牧村に来着した。

眼前には、ぶきみな蜘妹の手足のような木曾、長良、伊尾三川およびその支流があった。薩摩が命ぜられたのは、それにひろがる百九十三ヵ村におよぶ流域一帯の治水だったのである。

第一の槌音を下ろすよりまえに、平田靭負は背後をながめた。

このときすでに、工事費はただ十四、五万両ですむものではなく、二十万両以上の巨額を要することがあきらかになっていた。靭負は大坂藩邸を動員して、町人からの金策に奔走させていた。

「御用銀の調達こそ至上命令である。このためには、銀主へ供応もせよ、賄賂もおくれ、いくたび断わられようと、頭をすりつけて、いくたびでもくりかえして請え」

薩摩隼人に何たる痛苦にみちた命令であろうか。

大坂藩邸の留守居役上原十郎左衛門から、ともかく一万両を調達し、送り出したとの知らせがあった、平田靭負は愁眉をひらいた。

その夜半、血相を変じた早馬がとんできた。

「無念ですっ、御用銀を奪われましたっ」

「な、なにい？」

朱に染まった騎馬の士は、どうと地におちた。

「関ヶ原で、突如あらわれた百数十人の群盗のために――」

血

「お父さまーっ」

熱風の中を、すきとおった銀のような声が翔けていった。

ギラギラと、青絵具をぬったような空に、積乱雲がひかりつつ盛りあがっている。その豪壮な天の下に、下界の人々は、蟻のように小さく、みじめに見えた。

木曾川の河原にはたらいている人夫たちである。土を畚にいれてはこんでいる者、石をつんだ大八車をひいている者、石垣にとりついている者、杭を打っている者、蛇籠、空俵をかついでいる者。――みんな、油にひたったような汗をながし、口から炎みたいな息を吐いている。

「お父さまーっ」

そのなかを、蝶のように、十五、六の娘がひとりはしっていた。

「あ……お京さまじゃ」

と、石をはこんでいた百姓が顔をあげると、川の上の底巻舟で砂をさらっていた大たぶさの侍たちも、

「さては、もうひるか」

と、白い歯をみせた。いつも、父にひるのべんとうを持ってくる土地の娘なのである。

むろん工事にかり出されている人夫の大半は近郷の百姓だが、十人に一人ぐらいの割合で、あきらかに侍髷(まげ)の姿があった。――薩摩武士である。いま見える笠松付近の風景以外に、木曾、長良、伊尾その他の川々ではたらいている薩摩の人々は、千数百人にもおよぶ。

第一期工事の、いわゆる急場普請は二月下旬からかかった。これは主として前年の洪水で崩壊した堤防の修復であって、きれた堤を築きなおし、高くし、厚くする。薩摩隼人たちは、剣もつ手に鋤鍬(すきくわ)とって働きぬいたが、この六月にまた出水があった。七月にもまた豪雨があった。築きなおした堤がきれ、その区域の責任者で、二人の薩摩武士が割腹したのである。

「お父さまっ、おべんとう」

「おお、お京か。御苦労」

と、空俵に土をつめていた一人の男が、汗まみれの笑顔で、かけてきた娘をむかえた。

「お母さまもいらっしゃいますよ」

と、娘はうしろをふりかえって、息はずませていう。男は遠くをみて、

「この暑いのに、病弱な者が、いらぬことを」

と、不安そうにつぶやいた。

檜半之丞である。彼はもう三十七だった。おだやかな顔は、いっそうおだやかになっているが、若い日の澄んだ目は、いよいよかがやきをましている。

ちかづいてきた女に、

「お縫」

と、呼んだ。

「御苦労さまでございます。……ほんとうにみなさま、この暑さに」

とまわりを見まわす女に、

「せっかくだが、あんまり来てはくれるな。娘はまだよいとして、女房にまで来られては……薩摩の方々にあいすまぬ」

しずかにしかられて、妻の顔がかなしげにゆがんだ。

「まっ、ほんとうに心ないことをいたしました。旦那（だんな）さま」

「いや、今日はよい。まあすわれ。そこらの方々をよんでいっしょにひるとしよう！」

と、夫は笑って、近くの人夫たちを、明かるい声で呼んだ。

呼ばれて、やってきた者の中に、薩摩なまりの髯侍（ひげ）があって、

「いや、檜どん、そう叱（しか）っちゃいかん。おいどんたち、女子の声をきくだけで、耳の法楽でごわす。ましてや、こちらの御内儀のような美人じゃとな――」

といいかけると、他のひとりが、

「この木曾川を、こんな美女の化粧水と思えば、働くのも何やらたのしみでごわすぞ」

と笑う。

お縫が「まあ」といって頬をあからめるのを、みな面白そうに笑って、炎天の下でたのしい昼飯がはじまった。お縫の頬はすぐ白鑞（はくろう）の白さにもどっている。美しいけれど寂しい、少なくとも木曾川を化粧水とするなどという、はなやかさとは縁遠い女だった。

お縫はふと、薩摩武士のもってきたべんとうをのぞいて、

「あなたさま、どうぞこれを――」

と、じぶんのもってきた重箱をさし出した。

「いや、これは口の法楽でごわす」

「これはいよいよ、毎日御内儀に来ていただかねばならん」

と、相好をくずすひげだらけの顔に、お縫も半之丞も、笑いながら涙ぐんだ。

薩摩の武士のべんとうには、ただ一つの梅干と沢庵（たくわん）がはいっているだけであった。質実剛健をきわめた藩風だけに、彼らはそれを異とするふうもなかったが、これはとくに笠松郡代所からの申し渡しによるものであった。

「薩摩衆、このたび濃州、勢州、尾州川々御普請御手伝いにつきさし越され候あいだ、旅宿村方においてお定めの木銭米代をお払い止宿せしめ候あいだ、ところのありあわせの品をもって一汁一菜にいたし、酒肴（しゅこう）は申すに及ばず、何にとも心付けの馳走がましき儀、いっさいいたさざるよう相心得申すべき事」

とか、

「旅宿の儀、いかよう見苦しく候とも苦しからず候あいだ、止宿につき取りつくろい等

の儀かたくいたすまじき事」

とか、それは近郷の百姓の負担を軽減する思いやりから出たものではあろうが、薩摩の武士たちには苛酷をきわめた通達であった。

檜半之丞は、むろん依然として笠松郡代所の堤方役人であった。こんどの大治水工事は、実際はほとんど薩摩藩のかかりだが、名目はあくまで、「御手伝い」であって、指揮は公儀となっていた。事実、江戸から勘定方、御徒目付、普請役、御小人目付などの役人が監督にきている。そして現地からも、美濃の水行奉行や、笠松代官所の役人が、工事の指図を命ぜられていた。いわば、下級役人にせよ、檜半之丞などもまた命令者のひとりなのである。

幕府方役人は、少数の例外をのぞいて、大半汗をながすことを避けた。げんに、こんどの大工事の名義上の総支配、勘定奉行の一色周防守は、終始江戸にあって、いちども現地をふんだことはない。

彼らは、一般に工事の堅牢よりも速成と見てくれのよさを尊んだ。そして薩摩藩士と意見が衝突すると、俄然高飛車におさえつけ、いつまでも根にもって陰険に虐遇した。

しかし、半之丞は、敢然として働く人々の仲間にとびこんだ。そうせずにはおれない性質だった。だいいち、遠来の薩摩の人々の苦闘を見つつ、どうして当の現地代官所の者が、扇子であおぎながら涼しい顔で指図しておれよう。それに、なにより彼は、若い日、治水の大家井沢弥惣兵衛に教えられた夢を現実のものにする希望にもえずにはいられなかった。

彼は、いまや、代官所の人間より、薩摩の人々を愛し、愛され、涙も汗もともにする男だった。

「しかし、なんじゃ、われわれに同情なさるお心はかたじけのうごわすが、檜どんもこのところ、小屋にとまりづめではごわせんか。それじゃ、あんまり奥さんがかわいそうじゃごわせんか」

と、薩摩武士に無遠慮にからかわれて、お縫はちらっと娘をみて、またあかい顔をしながら、微笑(ほほえ)んだが、その顔には消えやらぬ哀しい翳があった。

それは、十八の年のあの一夜以来、彼女の顔にきざみつけられたものだ。お縫の笠松代官所への輿入れは破れた。それは彼女にとってかえって幸せだったかもしれない。その彼女にやさしく手をさしのべ、妻にして、それ以来一度としてあの夜のことを口にせぬ、思慮ぶかい檜半之丞に抱かれてきたのだから。――けれど、たとえ一度は恋したとはいえ、ひとりの男に、あのような獣じみたやりかたで身を汚された女の顔に、どうして永遠に翳の消されることがあろうか。

「やあ、いつまで飯をくっておる？」

突然の大声に、ちかくの人夫たちがとびあがった。

むこうから、六尺棒をもった番卒たちをしたがえた一団がやってくる。笠松郡代の巡視であった。

「物見遊山ではないぞ。早々に飯をすませて、働けっ」

一行はたちどまった。陣笠の下から、蛇のような目がじっと檜半之丞たちをながめた。数年前、代官をついだ青木右京である。

「檜ではないか」

「はっ」

と、半之丞はたちあがって、お辞儀をした。

「おまえは、郡代所のものではないか。それが土民百姓にまじって石かつぎなどをして、御公儀のしめしがつくと思うか」

「あいや――」

と半之丞は叫びかえそうとしたが、右京はわめくようにおッかぶせて、

「それに、見れば、女房子供までまわりにウロチョロさせおって、このたわけ者め！」

半之丞はうなだれた。

青木右京の目は、にくにくしげに、お縫たちをにらんでいた、もともと大いにみれんのあった女なのだ。しかし、あれほど公然と身を汚された女を妻にすることは、いかになんでも身分がゆるさなかったのである。……が、それ以来、檜半之丞の妻として、幸福そうにくらしている彼女をみると、自分勝手な嫉妬の炎をもやさずにはおれなかった。

「よいか、檜、すぐ代官所にたちもどれ。しかと命じたぞ！」

と、彼はいいすてて、供にあごをしゃくり、ツカツカとあるいていった。

見ていると、彼はむこうの堤から土出しの上へ出て、また何やらガミガミと叱りつけている。

「この立籠の伏せ方はなんじゃ。かような伏せ方で、ものの用に立つと思うか。係のものはいずれにおる？」

薩摩の武士がひとり、のそりと水の中に立ちあがった。

「御手伝いにまいって幾十日になる？　薩摩で芋ばかりくらっておったせいで、頭のまわりはおそいかもしれんが、それにしても愚かというより怠慢至極——」

イライラとして憎まれ口をはいたが、もともと右京は、手伝いに来ていた薩摩の武士たちを、敵のような目で見ていたのである。

現地の代官として、川の改修は完成させなければならないが、といって薩摩の手によって、はじめてそれができたといわれるのは、じぶんの今までの無能と照らしあわされるようで面白くない。そういう面目とは別に、こんどの工費はほとんど薩摩から出て、しかもそれをにぎっているのは島津方の総奉行平田靭負であったから、いままでの工事のときのようなうまみがまったくない。ゆがんだ不快の念は、それからおこるのであった。

彼はなお執念ぶかくののしった。

「貴公のような禄盗人を、いままでぶじに召しかかえていられたとは、薩摩守さまもよほど御裕福とみえる」

薩摩武士のからだが、横にうごくと、土出しにおいてあった大刀をひっつかんだ。

「あっ、何をいたすっ？」

代官一行が、仰天してとびのいたとき、水の中の男は、刀をひきぬいて、いきなりじぶんの腹につきたてた。水と血しぶきがふきあがって、つぎの瞬間、彼の姿はもう見えなかった。

梟(ふくろう)

この宝暦治水の全工事にわたって、薩摩藩の出した犠牲者は八十四人にのぼった。このうち三十三人は、この夏に一帯を襲った赤痢(せきり)と、事故によるものであるが、あとの五十一人はすべて割腹である。

網の目のような川々は、雨のたびに、こちらを押さえればあちらが崩れた、あちらを築けば、こちらが潰(つい)えた。そのたびに、責任者として彼らは腹を切った。彼らは罪を君公に謝するといって死んだ。しかし、その裏には、自らは高みの見物をしながら、横柄に、苛烈に叱りつけ、督促し、横ぐるまを押す中央からの派遣役人にたいする悲憤があった。中に、自らの臓腑を壁にたたきつけて死んだ者が数人あったことがこれを証明する。いずれにせよ、この五十一人の屠腹(とふく)という事実には、隼人魂のすさまじさがある。

屍をふんで工事は第二期にはいっていた。第二期は、日本の治水工事としては古来その右に出るものはないといわれた木曾川、伊尾川の合流点油島の締切工事と、大榑川洗堰工事をふくむ、純然たる新規治水であった。奔流への攻撃は九月二十四日に再開された。

その難工事への危惧もさることながら、総奉行平田靭負の心をそれ以上に苦悩させたものは、工事費の恐るべき膨張ぶりだった。

はじめ幕府が内示した十四、五万両という予算が、実にいいかげんな罠であったことは、請書を出してからすぐにわかったが、じっさいに工事にのり出してみると、それは覚悟も想像も絶したものであった。第一期工事だけで、すでにその十四、五万両をこえる額にのぼったからである。

しかも、泣くに泣けないのは——この血涙をしぼるような十四、五万両のうち、三万両ちかくも、大坂や江戸から送られてくる途中、凶悪きわまる群盗の襲来をうけて、ムザとうばいとられたことだ！

大盗日本左衛門の仕業である。

それはすでにあきらかになっていたが、公儀でさえ、その跳梁を如何ともしがたい神出鬼没の盗賊団であった。人道はもとより、いかなる迂路間道を経て金を運んでも、近江、伊勢、美濃、尾張、まるでおのれの庭のように心得ているらしい一味には、歯がたたない。

しかも、金の輸送に数百人の警護をつけるべくも、薩摩は木曾川の工事そのものへ、藩をあげるもなおこれ足らずといった状態なのである。増派につぐ増派をこい、一方では幕府から、ぜひ工事をことし中に完成せよという冷厳な鞭に追いまくられていたのであった。

大坂の藩邸から三万両の金を送り出したという通知をうけて、平田靭負は腕をこまぬいた。八幡、これをつつがなくわが手にもたらしたまえ。

「奉行さま、私めをお迎えにまいらせてはいただけますまいか」

大牧村の豪農鬼頭平内の屋敷内に設けられた「本小屋」と称する司令部に、たまたま来ていた檜半之丞が、平田靭負の憂悶ぶりをみてこういった。

「おぬしが行って何とする?」

「泥坊が出てきたら、かけあってみようとぞんじます」

靭負は微笑した。

高慢で意地悪な地元の役人のなかで、ただ一人、薩摩の味方として心をつくしてくれる半之丞である。それ以上に、敬愛せずにいられないのは、治水工事にたいするおどろくべき熱情と知識、そして、玉のような善意であった。

「なんといって、かけあうな?」

と、きかれて、半之丞は澄んだ目で微笑んだ。

「泥坊よ、人間の目があるなら、金をとるまえに、木曾川のほとりに来て、はたらく人々の姿を見よと申してやります」

靭負は、笑いながら、涙をうかべた。

しかし半之丞の人柄には、笑いきれないものがある。この男には、たしかにそんなお伽噺(とぎばなし)をお伽噺におわらせない、ふしぎな何かがあった。純粋な、人の心を打撃する力があった。

「まあ、それでは行ってみるがよい。しかし、郡代から、また叱られはせぬか?」

「郡代からのお叱りを恐れているような場合ではありませぬ」

と、半之丞はまじめにいった。温厚な中に、おかしがたい厳たるものがある。

檜半之丞が、大坂から逓送される三万両の工事費を、京まで出迎えて、ともに近江路から美濃へはいってきたのは、秋のある雨の夜であった。

夜にかかるはずの旅ではなかった。明かるいうちに垂井の宿につけるはずなのが、途中、人夫が十数人、ふしぎにも腹痛を訴えはじめて、雨中に立往生すること数刻、ようやく彼らを鞭打って、必死に歩かせてきたのである。

蕭々としてふりしきる雨、雨、雨。路はせまく、泥濘ふかく、全隊ことごとくぬれそぼち、秋冷は肌にせまる。四面、野も山も闇黒、ただ一行のもやす松明だけが、雨にゆれ、うごいていった。

「ホウ……ホウ……ホウ……」

どこかで、梟の鳴声がきこえた。

「——や?」

誰かがききつけて顔をふりあげたとき、前からもうしろからも、両側の山のひだひだからも、無数の梟の声がみるみる潮騒のようにおこった。

「——日本左衛門だ!」

みんな慄然として金縛りになった。日本左衛門の一味が襲来するとき、しばしばこの梟の鳴声がきこえるということは、すでに知っている。仲間同士の合図らしい。

——と、その地獄の呼び声がしだいに遠くなり、かすかに消えてゆく。

「にげたか？」

ほっとして、また行軍が開始された。

雨と泥に、気はいよいよ焦り、からだは氷のように冷えきっている。半里ばかりゆくと、またもや周囲から、

「ホウ……ホウ……ホウ……」

という梟の声のつなみがわきあがった。

いくたびか、この神経戦がくりかえされ、神経戦と知りつつも、三万両輸送隊は、恐怖と疲労に、足は棒みたいに硬直し、はく息もうすく、とぎれがちになった。

そのときだ！　長蛇のごとき輸送隊の数ヵ所に、突如恐ろしい混乱がまきおこったのは。ばさ！　という羽ばたくような音とともに、ぱあっと天からふってきた黒い傘が、いきなり十数人ずつひとまとめにつつんでしまったのだ。それが、街道の所々におおいかぶさる木々の枝から投げられた網だと知った者が、どれだけあったろうか。

同時に、網からのがれたもののうち、武士だけ狙（ねら）って、びゅっととんできた無数の

鎖、くるくるっとそのくびにまきついてしまった。

まるで夜に目のきく梟のような連中だが、このときはじめて前後左右に炎々と松明がもえあがって、

「遠路御苦労」

「三万両はもらったぞ！」

「木曾川へゆくのはむだだ。銭はおいて、三途の川へゆけ」

「それがほんとの薩摩守だっ」

といったかどうかはあやしいが、大刀のひかりものすごく、狼群のように殺到してきた凶盗のむれ、その凄まじさは、まるで草を巻いてゆく黒旋風のよう。

鬼

一行の中には、とくに薩摩独特の示現流の使い手も配備してあったのだが、これがほとんど使いものにならなかったのは、日本左衛門一味のたんげいすべからざる奇襲の功だ。

襲いかかる泥坊軍は、むろん中には浪人くずれもあるが、大半はまず生粋の醇乎とした泥坊だから、剣技も刀法もあらばこそ、ただぶった斬り、たたき割るだけだが、それだけにその殺戮ぶりの酸鼻なこと。

網のなかでもがいている塊から泥しぶきのようにあがる血と脳漿、鎖にからまれてのけぞる影から斬りおとされる首。ときあたかも雨は沛然として大地をたたき、落ちらばった松明は、陰火のごとくもえあがる。

この世のものと思われぬ惨たる光景と悲鳴の中に、

「――日本左衛門！」

と、呼びぬく声が、さっきからつづいていた。

「日本左衛門、話がある。日本左衛門はいずれにおる？」

檜半之丞の声であった。

半之丞は、足にながい鎖をひきずり、半顔血に染まって、泥濘の中をよろめきつつ、呼びつづけていた。

「だれか――わしを――日本左衛門のところへつれていってくれ！」

「こいつ、いやにナレナレしい野郎だ。日本左衛門さまより、閻魔さまのところへゆきゃがれ！」

と、うしろから、匕首（あいくち）を背に、ツ、ツーと黒い影がはしり寄った。

「待てっ、弁天」

と、そのとき横からとんできた一人が、

「そいつを殺るのはちょっと待て」

「なんだ忠信、なぜとめる？」

「お頭が、なんだかきいたような声だ。つれてこいとおっしゃる」

弁天、半之丞をうしろから抱きとめたまま、へんな顔をして、

「おやあ？　てめえ、お頭と知りあいか？」

「たわけめ、泥坊などに知己はない！」

すでに奪いとり、つみあげた千両箱に、日本左衛門は腰うちかけて指揮していたが、

「お頭、いまの金切声の野郎、しょっぴいてきましたぜ！」

「おお、そうか、面ア見せろ」

両腕をとってひきずられた半之丞を松明の火あかりにみて、日本左衛門のからだが急にうごいた。

半之丞には、まだ相手の姿がみえなかったが、やがて、

「珍らしや、檜半之丞」

と、笑みをふくんだ声で呼びかけられて、愕然と顔をあげた。

「きいたおぼえのあるも道理、十幾年ぶりの奇遇だな。なつかしいなあ」

松明が、鬼火のように、ひたいに三日月の傷のある精悍な顔を照らし出した。

半之丞の唇から、名状しがたい叫びがつッぱしった。

「やあ、友五郎ではないか！」

「日本左衛門だ」

巨盗は重厚な声をかぶせて笑った。

「はてな、おぬしは友五郎が日本左衛門とは知らなんだのか」

「知らなんだ！　知っておれば、もっと早くおぬしに会いに来たであろう」

半之丞はまじまじと、ふしぎそうに日本左衛門を見あげて、

「友五郎、おぬし、なにゆえそのような悪逆無残の盗賊に堕ちたのか……」

「悪逆無残か」

と、日本左衛門は哄笑した。

「うれしい言葉だの。あははははははは！」

闇と雨と血のなかに、蒼空を吹きわたる風のような豪快な笑い声であった。おのれの所業を悪逆とも無残とも自覚している者の声ではない。

半之丞の方がまごついた。

「そう申せば、日本左衛門は、義賊という評判もたかいが、なるほど、その正体が友五郎とあってみれば、いかにもおぬしらしい。……友五郎、いまは急ぐ。おぬしに説法しているゆとりもなければ、いったところで無益だろう。ただ、義賊という噂にかけて願いがある——」

「おっと、あとは聞かいでもわかる。この千両箱をかえせというのだろう？」

「そうだ、それというのも——」

「川普請のためというのだろう？」

日本左衛門は呟くように、

「半之丞、おぬしは、その後のおれを知らなんだらしいが、おれはその後のおぬしのこと、故郷のことはみんな知っておる。おぬし、若いころからうわごとのようにいっていた川普請が大がかりにはじまって、さぞうれしかろうの」

「友五郎！　おぬし、それを知っていて、なにゆえ、かかる無道を――？」

「川普請が、おれの知ったことか？」

「なに？　お、おいっ、友五郎、美濃はおぬしの故郷ではないか！」

「おれは、日本左衛門だ！」

とどろくような大音声だった。

「美濃一国のことなんざ、眼中にねえ。駿遠三はおろか、尾張、近江に伊勢、伊豆、相模、うんにゃ日本六十六州、まひるは知らず、御覧のような夜空の下なら、煮ようが焼こうがおれの気ままだ。いわば、夜の将軍さまよ。ひるの将軍のやることなんざ、おれの知ったことか？」

「友五郎、おぬしの奪う金は、しかし将軍家のものではない。それは遠い薩摩の民の膏血をしぼった金だぞ」

「しぼったなあ、だれだ。将軍の気まぐれに思いついた薩摩いじめの責道具、島津は島津で、お家大事の乞食根性、いい面の皮を見るなあ、おぬしのいうとおり薩摩の百姓よ、さようさな、それではこの千両箱、薩摩にもっていって、百姓たちにばらまいてやろうかい」

半之丞は、あきれて声をのんだ。屈理屈ではない。逃口上でもない。日本左衛門の語気、面だましいには、まさしく夜の将軍と誇るだけの、堂々たる鉄の意志があふれている。

「義賊？　うふ、凶盗？　あはは、いいてえ奴は何とでもぬかせ。おれは、やりてえことをやるのだ！」

突然、半之丞はがばと泥濘のなかにひれ伏した。

「友五郎！　どうか、おれに免じてその金をかえしてくれ！　お、おれとの友情を思いだしてくれ！」

ザンザと雨のうちたたく背を、日本左衛門はじいっと見おろしていたが、やがてニヤリとすごい笑みが片頰に彫られた。

「おい、半之丞」

「やっ、きいてくれるか！」

「おう、きいてやろう。お縫がおれのところへくるならばだ」

「なんだと？」

「ふふん、おれは知っておるぞ。お縫がおぬしの女房になっておることを。それから娘がひとりあることを」

半之丞は蒼白になった。

「お縫。……もう三十三か、四か、あぶらののりきったころだな。ふふふ、知らぬ味ではない。どうやら、急にあいつが欲しくなってきた。半之丞、あいつをおれのところへよこせば、千両箱の五つや七つ、のしをつけてやってもいいぜ、どうだ？」

「お頭、あらかたかたづきやした！」

と、ひとり、子分が血刃をひっさげてとんできて、報告した。

「そうか。それじゃそろそろ引きあげるとしようか」

と、すっくと立って、

「半之丞、お縫をよこすなら、伊吹山のいただきによこせ。あそこに七本、榎の並んだところがある。いちばん南側の木に洞があって、中に烽火道具がかくしてある。そいつをあげれば、おれはどこにいようと飛んでゆくぜ！　おい、野郎ども、この千両箱をはやくもってゆけ！」

「鬼っ」

突如、半之丞は絶叫して、這うような姿勢のまま、一刀を横にふるった。

日本左衛門は、片脚をあげてこれをかわすと、ムズとその腕をふんまえて、

「さらばだ！　いずれ、また！」

顔を雨にあげると、その唇から、ぶきみな梟の声が、妖々と尾をひいて、真暗な天空を翔けていった。

石

すでにのべたように、この宝暦治水の工事のなかで、もっとも大規模で、もっとも困難をきわめたのは、油島の締切工事であった。

油島は、木曾川と伊尾川の相会する地点にある。

なぜこれが難工事であり、また、なぜこれをあえてしなければならなかったかということ。——

そもそも濃尾平野は、東方木曾川流域に比して、西方伊尾川流域はいちじるしくひくい。伊尾川の河床は、木曾川の河床より実に八尺もひくいのである。

だから。——

途中、長良川をあわせ、まんまんと流れくだってきた木曾川は、ここ油島で八尺ひくい伊尾川に相会するや、水声いかずちのごとくとどろき、しぶきは奔馬のごとく天をうち、泡だち、渦まき、荒海さながらの壮観を呈する。まして、ひとたび洪水となれば、さかまく怒濤はたちまち付近一帯に氾濫し、それのみか、低い伊尾川はこの地点で恐るべき水圧をうけて、逆に、上流にながれはじめ、当然、その全流域の田畑と民家をのみこむのであった。

「この二つの川の合流点をふさがなければならぬ」

それは、治水の天才井沢弥惣兵衛のくだした断案であった。

しかし、これを締めきることは、伊尾川の流域たる美濃、伊勢にとっては大苦患から救われることであるが、木曾川にとっては、いままでの捌け口の一つをうしなって、その全水量をじぶん自身の負担でもちこたえなければならないことになるのだから、水位はあがり、危険は倍加し、住民は当然反対した。

尾張藩はもとより、木曾川に面する笠松郡代所も難色をしめした。工事そのものより、工事以前の、人間の利害、感情を説得することが、まず難行であった。

しかし、木曾川、伊尾川をそれぞれ分流させることが、この全治水工事の根本であった。檜半之丞は、朝に代官所に出て、苦虫をかみつぶしたような青木右京を説き、昼に木曾川の村々を奔走して百姓たちにうったえ、夜に本小屋にはいって平田靱負に工事法についての自分の考案を具陳した。

そして、ついにこの油島の締切工事が開始されたのである。

が、――

工事は、予想以上に困難をきわめた。合流点は、実に半里をこえる距離をもっている上に、あの凄まじい水勢である。それは一種の巨大な滝であった。

朽船に石をつんでいって、船もろとも沈める。巨木に大石をしばりつけ、これを所要の位置で切りはなす。秋から冬へ幾千貫の石を投げ、木を投げても、ひと雨くれば、それは砂と化して伊勢湾へおしながされた。数十人の武士や人夫の命も、またこの水と砂の中に捨てられていった。

「賽の河原じゃ！」

「ここで働くものは、みんな亡者になるぞ！」

駆り出された百姓たちのあいだに、恐怖のささやきがながれはじめた。

これを鞭うち鞭うち、みずからも石をかつぐ薩摩武士たち――それは、まさしくこの世ながらの賽の河原の亡者であった。

しかも、なお恐ろしい事態が生じていた。沈める石が不足してきたのだ。元来、この付近は、河川が網の目のごとく交錯した沖積地で、岩石というものは皆無にちかいのである。そのため遠く十数里、いやそれ以上もはなれた伊勢や木曾谷から船で輸送させていたのだが、その船だけで毎日三百余艘を要した。六尺立方、つまり一坪の石材をはこぶのに、七艘の舟がいる。しかも、この油島締切工事だけで二万坪の石材が必要なのであった。

石の不足にしたがって、輸送距離はおびただしく消耗し、しかも木曾川沿岸の助郷人夫たちは、シブシブとしか働かない。

年をこして、宝暦五年初頭。——

青木右京は、江戸の勘定奉行一色周防守に報告した。

「この分をもって、このたびの御普請総石坪割り合い候えば、およそ七百日ほどこれなく候ては、石相そろい申さず候。ひっきょう、御手伝い方運送賃下値ゆえ、ながなが相滞り候儀に相きこえ申し候——」

薩摩が運賃を出ししぶるから、石が集まらないというのである。

これに対して、江戸からは、薩摩にたいして手きびしい戒告と督促があった。が、薩摩は運賃を惜しむどころではない。このときまでに薩摩は実に三十万両の巨費を木曾川以下の川々にそそいでいたのである。

「私にまかせてはくだされませぬか？」

と、半之丞は平田靭負に申し出た。

「よい考えがあるか？」

「されば、貴重な石をつかって、恐れいったしだいでござるが、なにとぞ私めの工夫をいちど実地に試みたく――」

靭負の許しを得ると、彼は青木代官に願い出た。

「なに、おまえが手を下してみると？」

と、代官は顔をジロジロとみて、やがて狡猾（こうかつ）なうす笑いを浮かべた。

「まあ、よい。あれは薩摩にまかせておけ。おまえも代官所のものだ。やってうまくゆかぬと、こちらが笑い物になる。やるなら、あっちが音をあげて手をひいてからでも、おそくはない――」

「薩摩を指図しているのは当方でござる。されば、向こうのしくじりは、こちらの恥になります」

と、半之丞はおだやかな笑顔をあげて、

「もし、私がやってうまくまいりますれば、お代官の御手柄」

「なるほど、それはそうだが――」

右京はしばらく宙をみていたが、

「今日も御公儀より、普請をいそげと仰せ越されたわ。明日にもまた薩摩を責めはたこうと思うていたところじゃ。おまえがやって、うまくゆけばよいが、万一しくじれば、向こうはそれみたことかとせせら笑うであろう。そうなれば、しめしがつかぬでな――」

それから、ふっと視線が半之丞の日にとまって、きみわるくひかった。

「そうじゃ、江戸より、妙なことを仰せ越された。人夫どもが働かぬ、動揺の色があると報告申しあげたところ、人柱をたててみたらどうじゃとのお言葉であった。工事がおくれれば、また春の雪融水にかかる。それを案じてあそばすのだ。それほど焦っていなさるのだ。半之丞……どうじゃ、どこぞから、女ひとり探してこぬか、そやつを人柱にたてて……」

「むごいことを！」

半之丞は、はじめて、きっとした怒りの目になって、

「それより、私が、腹を切ればすむことでございます」

「なに、腹を切る？」

「薩摩衆とて、すでにきょうまで何十人か腹切っておいでござる」

半之丞は涼しく微笑した。

「人柱などの儀は、まずそのあとになされませ」

烽(のろし)

檜半之丞のやり方は、すこぶる大規模であった。

彼は、半里をこえる合流点の両岸に巨大な轆轤(ろくろ)をたてて、川の水底と水面に、二条の太縄を張った。

それから別に、彼の考案になる杭打船をつくらせた。船の櫓(ろ)の上に滑車をしかけ、船尾に鉄槌(つち)を吊り、船首に十数人立って綱をひき、鉄槌をひきあげ、なげおとし、杭のあ

たまをたたきこむからくりである。

そして、合流点に、数十本の大木を舟ではこび、右の二条の縄に沿って、その杭打船で大木をたたきこんだのである。天もこの妙案に感じたか、そのとき川の水は幸せにも涸れぎみであった。

それから、半之丞は、この巨大な杭に、ちょうど投輪のように井桁様の大きな枠をはめこんで、それに巨石をつめ、次第次第に沈下させてゆこうとしたのである。

こうすれば、でたらめに石をなげこむのとはちがって、沈められた石は秩序整然、層々相つらね、相重なって、川底から一大城壁を作りあげてゆくであろう。――

「みごとっ」

と、川岸に立っていた平田靭負は感嘆した。

「いや、まだまだ――」

しかし、半之丞は、笑顔もつくらず、じっと天を見ていた。その一角に、きみのわるい雲の一団があらわれはじめていたからである。

この工事には、いうまでもなく時間の制約があった。沈下させてゆく石の速度を集中させなければならない。一大城壁をつみあげるまえに、洪水にかきみだされ、押しながされては万事休するのだ。

そして、天なり、命なり――未完成のうちに嵐が襲来した！

たたきつけるような冬の豪雨が二日二晩つづいた。

三日めの夜明前――檜半之丞は、笠松からかけつけた妻のお縫と、娘のお京とともに、そそけ立った顔いろで河原に立ちつくしていた。

雨は去ったが、水声轟々として、さかまく怒濤は地獄のごとく、はや宙に回転してゆく上流からの浮木、残骸。――あの打ちこんだ杭などは、押しながされたか水底に没したか、すでに影もかたちもみえなかった。

「ああ、石は？――」

と、お縫はあえいだ。

「わからぬ。……が……綱はきれた！」

それは、一昨夜、岸の轆轤に走って、蛇のようにおよぐ綱の手ごたえからわかっていたことであった。

「綱がきれて、杭がながれて……石は？」

夫婦は、蒼然たる顔を見あわせた。

やがて、半之丞は、きっとなって、

「お京」

と、呼んだ。ふところから、さっき小屋でかいてきた一通の文といくばくかの路銀をとり出して、

「おまえ、御苦労だが、いそいで伊吹山にいってくれぬか」

「えっ、伊吹山へ？」

「伊吹山の山頂に、七本、榎のならんだところがある。そのいちばん南の端の木に洞があって、中に烽火道具がかくしてある。それをとり出して、あげてくれ……」

「それは、どういうことでございます。お父さま」

お京はあきれて、愛くるしい目を鳩のようにまるくした。

「烽火をあげると、ある人がくる。その人がくるまでじっと待っているのだ。よいか――」

「え、だれが？」

「ゆけばわかる。父が最後のねがいだ。いってくれ」

「え、最後のねがいとは、え？」

「ええ、さようなことをいいきかしておるひまはない。ゆけばわかると申すのだ。それ、平田さまが走っておいでなさるではないか。ゆけっ」

と、さけんで、顔をそむけた

お京は、何が何やらわからぬままに、父が必死の窮地におちいっていることを知った。それでは、伊吹山へゆけば、父の救われる方法でもあるというのだろうか？

「はいっ、もうききませぬ。いってまいります」

凜々（りり）しくうなずいて、蝶のように飛び立つ娘に、

「お京」

と、母は思わず叫んで、かけよって抱きしめた。

「おまえ、これから……」

「これから？」

「み、道……道がわるい。嵐のあとです。どうぞ、気をつけて――」

「だいじょうぶよ、お母さま」

お京は笑って、かけだした。半之丞とお縫は、目を見はって立ちすくんで見送っている。

平田靭負と、石は、それをかこむ薩摩武士の一団がかけつけてきた。

「檜どん、石はどうじゃ?」

「まだ、わかりませぬ……」

「ああ、なんたる不運な嵐か――」

「石がまだ残っておるか、ながれたか……この水がひかねば、探ることもかないますまい。三日、三日待ってみましょう」

半之丞は首をたれた。

「しかし、おそらくは……」

――お京、一人旅。

少女は、洪水に惨憺(さんたん)たる美濃の山河をこえてはしった。十五、六の小娘に、それは冒険にちかい苦しい旅だった。それでも彼女は、若い無鉄砲さと、父を救う熱情にもえてかけつづけていった。

お京が、伊吹山の山頂にかけのぼっていったのは、その翌日の夕方だった。

草原のなかに、なるほど七本の榎がならんでいる。彼女はそこから烽火の道具をもち出して、これを夜空にうちあげた。

数刻たった。

嵐のあとの星影のおびただしさ、お京は凍りついて、疲労と眠さにウトウトとしかけた。――どこかで、梟の鳴声がきこえたのはそのときである。

「ホウ……ホウ……ホウ……」

その声の一羽や二羽でないのに、はっとして顔をあげたとき、草原のむこうに、めらっと松明がもえあがって、五、六人の黒い影がうかんでみえた。

「あ……」

誰かがくるとはきいていたが、何やら本能的な恐怖につきうごかされて腰をあげる。

「檜半之丞か？」

野ぶとい声に、ふみとどまって、必死に、

「半之丞の娘です」

「なんだと？」

ツカツカと寄ってきたのは、いずれも頭巾に顔をくるんだ異形の連中だが、中にひとり、顔をむき出しにした長身の男がある。松明をあげて、お京をみて、

「半之丞の娘が、何しにきたのだ？」

「お父さまから、お手紙をあずかってきたのです」

「手紙？」

受けとって、その手紙をかきひらこうとして、じろっとまたお京を見おろし、

「ははあ、おまえが、お縫の娘か。もうこんな大きな娘があるとは、いささかつや消しだの。しかし、さすがは母娘、似たものよなあ……」

にやりとしたすごい笑いのかげに、ひどく不潔なものをかんじて、お京はきっとその男をにらんだ。

男は平気で、

「お縫がこられねえなら……何なら、おめえでもいい。ほう、もうふくらんだ乳をしておるではないか」

「お手紙をはやく読んでください」

「そう切口上でいうな。この分じゃあ、どうせ半之丞の泣きごとだ」

と、手紙に視線をおとし、しばらく読んで、突然、稲妻にうたれたように体をはねあげた。

「やい、火を寄せろ！」

と、わめいて、くいつくようにもういちど読んで、それから、ひろがった瞳でお京を見あげ、見下ろし、

「おめえは……」

のどのつまったような声を出した。

「えっ、あたしのことが書いてあるんですか!」

「おれの娘か!」

お京はとびさがった。

「あなたは、どなたです?」

「日本左衛門」

夜の伊吹山に、風さえおちた、深い沈黙が凍りついて、やがて突如、日本左衛門はおどりあがった。

「ううむ、お京、半之丞とお縫は死ぬぞ。それゆえ、おめえをおれにもどす、あずけると書いてある。こりゃ、こうしてはおられぬ。馬をひけっ」

一瞬ののち、日本左衛門は、闇黒の天をとんで、美濃路を南下していた。馬上、しっかりとお京を抱いて。——したがう黒頭巾のむれは、一里ごとに烽火をうちあげなが

ら、これまた鴉天狗（からすてんぐ）のようにとんでいる。

炎

石はながれていた。

嵐が去った翌日の夕刻、やや水はひいたものの、まだ濁流うずまく川面に舟をこぎ出していった檜半之丞は、あちこちに竿（さお）をさしいれてそれを知った。

意外とした面もちはない。かえって彼はふしぎな微笑をうかべたのである。

それは、水底にならんだ最下層の一、二段が、ほとんど完全にのこっていることを知ったからであった。

しかし、それより上の石は——彼が投入した数千坪の石は、すべて崩れ去り、流失していたのである。

その夜から、彼は松明をともして、ふたたび両岸に轆轤の建設にとりかかった。代官の陣屋に呼びつけられたが、彼は一顧をもあたえなかった。何やら彼の異常な気配に、平田靭負が不安の表情になって、そっといった。

「わしたちが、幾たび試みてもできなかったことじゃ。半之丞、思いつめるでないぞ」

「いや、御心配くださいますな」

と、半之丞は笑った。

「私の考えがまちがっていたとは思いませぬ、石は残っております。いまの季節に、嵐がつづけて二度くることはありますまい。工事を続行するのは、いまのうちでございます」

自信にみちた顔であった。

あくる日河原で人夫たちを督励して、おびただしい流木や浮游物をとりかたづけさせ、また新しく石を用意させている、生き生きした、明かるい半之丞の姿をみて、平田靱負は安心した。

その夜——いや、夜がすぎて、あけ方のことである。

妻のお縫に一通の書状をもたせて、陣屋におくり出したあと、半之丞はひとりしずかに小屋の中にすわった。

彼は短刀をスラリとひきぬいたまま、しばらくじっとしていた。やがて、夜があける。油島には、また何千人という人々が働き蜂(ばち)のようにうごきはじめるであろう。得べくんば、それを見つつ、彼は目をつむりたかった。

戸のすきまに、青白い微光がさしてきた。

遠く鉄蹄のひびきがきこえてきたのは、そのときである。

「陣屋のものか？」

蹄（ひづめ）は小屋にむかって疾駆してくる。――邪魔がはいって、死におくれてはならぬ。

決然として半之丞は短刀をとりなおすと、左の腹にぶすっと刺し、一気に右へひきまわした。

砂けむりをあげて、馬は小屋の外にとまった。

「お父さまーっ」

はっとした。戸があいて、お京といっしょに丈高い男の影がおどりこんできた。

「お父さまっ」

「お京」

半之丞は、苦痛の目をあげて、お京と男を見あげて、

「来ることはなかった、友五郎」

「ばかめ、なんのまねだ？」

と、日本左衛門はののしった。

「半之丞、な、なぜ腹を切ったのだっ?」

「て、手紙をよんで、くれたか……」

「よんだが、わからぬわい」

「ぶ、武士として、腹をきらねばならぬ」

「もし、石のながれた折は、とあったな。それでは石はながれたのか。石がながれれば、なぜおぬしが腹を切らねばならんのだ。石のながれたのは、大水のせいではないか」

「責めは、負わねばならぬ」

「だれに? 代官にか? それとも大きく出て将軍にか? なにを、たわけた——いまごろ右京は陣屋で女でも抱いていよう。江戸の将軍家重は、ロレツもまわらぬ無能者ではないか。それに責めを負うのが武士というのか。泥坊のおれが、あきれかえって、腹が立って、涙がこぼれるわい。しっかりしろ、このひょうろくだま」

半之丞はだまっていた。瞳はすでにうつろであった。

「お父さま、死んじゃあ、いや」

お京は血まみれになって、すがりついて、

「お、お母さまは？」

「半之丞、お縫はどうしたのだ？」

半之丞は、なおだまっていた。口もきけないのか、髷がブルブルふるえている。あけはなされたままの戸にさす光はすでに暁であった。

いつしか、河原の方で、人声がきこえはじめた。恐ろしい時間が経過した。

「せ、責めを負うのは」

と、半之丞は、やっとあえいでいいかけて、

「お京、もっと戸を大きくあけろ」

と、命令した、
戸は大きくあけはなされた。まだ青味をおびた河原の光の中に、もう数十人の人影がむらがって、うごいている。

「えい、えい、えい」というかけ声も勇ましく、彼らは大きな石を押し、材木をひいていた。

「あの薩摩の人々にだ………」

「なに、あれが薩摩の侍たちか」

「友五郎、見よ、ここから、二百里、縁もゆかりもない美濃の民のために、はるばる薩摩から来て、汗をながしている人々の姿を――あのような人々も、世の中にあることを思え」

日本左衛門は、口をひんまげて、

「なに、あれも殿さま大事、お家大事、ひいてはわが身かわいさのはたらきよ。きのどくを絵にかいたようなもんだ」

「殿さま大事、わが身かわいさだけで何十人もの人が腹を切れるか」

「なに？」

「この工事中、すでにいくたびか堤がくずれ、石がながれるたびに、何十人もの薩摩衆が腹を切って責めを果たされた」

半之丞の顔を、死の隈（くま）が彩ってきた。

「わしは、その人々にたいして、わしの責めを果たすのだ！」

半之丞は微笑した。

「それから……こ、これからの工事のために、……そのために、お縫も死んでくれる」

「お、おいっ、お縫は、どこへいった？」

「――あそこに」

半之丞は、ふるえる左腕をあげて、指さした。

河原へ、むこうの堤から、一団の人々がおりてきた。長槍（ながやり）をつらねた陣笠にかこまれて、一羽の鷺（さぎ）のような白い姿がひかってみえた。

「あっ、お母さまーっ」

と、お京が絶叫した。

「お縫、あれが――お縫、お縫はどうしたのだ。何をしようとするのだ？」

「人柱に」

半之丞のうつろな瞳に光がもどって、じっとその白い姿を見つめたまま、

「あれは、これから水の下に沈む。南無――」

気力がつきたか、ガックリと前へ伏す半之丞をふりかえるいとまもなく、お京は外へころがり出していった。

「な、な――なんという気狂いばかりだ」

形容しがたい目いろで、遠くを見、また半之丞を見おろした日本左衛門は、やがて身

をひるがえして、ぬっと外へ出た。うずくまっていた五、六人の忠実な配下たちが、車輪のようにまわりをつつんで、あるきだした。

花

人柱は、工事を堅固にするために、人間を生き埋めにするもので、原始のころから、大地や河川にささげる犠牲として、しばしばおこなわれてきた。

犠牲者をかこむ番卒のうしろをあゆみながら、笠松郡代青木右京は、ひどく陰鬱な目をしていた。この恐るべき呪術的殺人の施行者としての苦悶というより、もっとなまなましいギラついた怒りの沈んだ顔色であった。

「代官どの――これは、何ごとか」

と、いぶかしむ声に、彼は顔をあげて、急にけたたましく笑った。

「平田どの、薩摩衆ばかりは殺さぬ」

「なんですと?」

「檜半之丞はすでに割腹いたしたとのこと、それに加えて――」

愕然たる平田靭負に、青木右京は、まるでおのれの供物を献ずるかのように、とくとくと、

「美濃の女の一人、人柱として御普請の礎といたしたい。なお、今後、いっそう御奮起をねがうしだいだ」

「いや、そうはさせねえ」

うしろで、ふとい声がした。ふりかえって、みなグルリと目をむいてしまった。

いつのまにか、四、五人の黒頭巾にかこまれた、長身の男が、はたとこちらを見すえている。橘の定紋ついた黒繻子の小袖に、黄金づくりの大刀、のびた月代の下に浮く三日月形の刀痕の凄まじさ。

「あっ、うぬは――？」

「日本左衛門だ。まかり通るぞ――」

と、答えるや、日本左衛門は、草をかきわけるように無造作に長槍と番卒を割ってぬけて、右京のまえに立つとニヤリと笑い、

「この女は、おれのものだ。てめえのままにはさせねえぞ」

お京は母にとびついていた。おどろきつつ、お縫は、日本左衛門をみて、硬直してい

る。

青木右京もとび出すような目で、この名だたる大盗を見まもった。その名に瞠目するよりも、いまの言葉でよみがえってゆく遠い深い戦慄がある。

「やい、このひたいの傷を忘れたか？」

「あっ」

と、ふいに驚愕のさけびをあげて、狂気のごとく両腕をふりながら、

「こ、こいつを斬れっ」

と、金切声をしぼった。このときまで、気死したようになっていた番卒たちが、火に吹かれたようにとびあがって、

「ご、御用だっ」

十文字に交錯した長槍のケラ首が、稲妻のようにくだけとんで、日本左衛門の手にはしる冷光。目もまた冷たくめらっともえて、

「思いだしたか、この三日月を――右京っ、おれはてめえのような木ッ葉代官を忘れていたが、この三日月が忘れねえとよっ」

豪刀一閃して、奔騰する血しぶき、青木右京は唐竹割りに斬りさげられてしまった。

血の霧と絶叫のなかに、番卒たちと薩摩侍たちが狂ったような旋風をまきかけると、突如として、暁の空に、梟の声がながれた。

と、みよ、はるかの堤、森かげから、ムラムラとあらわれた黒衣のむれ。その数幾十人ともしれず、はやてのごとく殺到してくる。烽火で呼びあつめられていた大盗の一味たちである。たちまち首領をつつむ包囲陣を、また鉄の環のようにとりかこんでしまった。

幻妖の魔軍にうなされたように、たちすくむ番卒、薩摩侍をじろっと見て、日本左衛門は快笑一番、ゆるやかに、抱きあっている母娘のそばにあゆみ寄った。

「おい、ゆこう」

遊山にでもつれ出すようになれなれしく、

「おめえたちは、死ぬ必要はねえ。ばかな男たちは、みなくたばりゃがった。もう心配はねえ。さあ、ゆこうぜ」

お縫は白い顔を日本左衛門にむけた。日本左衛門はまばたきした。

「わたしは、すすんで人柱を願い出たのです」

恐れも、憎しみもない、すみきった微笑の目でなお見つめられて、

「な、なんだと？」

「半之丞の魂は、もう水の底の石のところへいっておりましょう。わたしは半之丞の妻です。そこへまいります。どいてくださいまし」

凜然（りんぜん）といわれて、日本左衛門、見えない剣にはねのけられたように横へうごいた。

お縫はしずかに歩み出した。

「お母さま、あたしをつれてって！」

お京が、はしりよって、しがみついた。

お縫の全身が急に苦悶にねじれた。

「いいえ、おまえは――おまえだけは」

「お母さま、あたしは大泥坊の娘なんかではありませんね。ね、ね、檜半之丞の娘ですね！」

お縫はヒシとお京を抱きしめた。

「では、いっしょにおゆきか？　お父さまのところへ――」

歩み去ってゆく母娘の影に、

「檜どん、油島はかならず締切り申す！」

と、思わず、天を仰いで、平田靭負は呼びかけた。そして、厳粛な目を左右になげて、

「泥坊ふぜいは捨ておけい！　あのおふたりを、お送り申せ」

と命じると、がばと河原の石の上に土下座してしまった。

　夜はまったく明けてきた。まっしろな冬の太陽を幾千万の珠（たま）とちらす川しぶきのかなたに、大空は神秘なばかりのあおさをたたえていた。

　やがて、その光と水の花のなかに、巨木が二本つっ立てられた。このまえ半之丞が立てたとおなじ杭であった。

　その巨大な十字架に、身をしばりつけた美しい母と娘が、綱のさきに石をむすばれ、恐ろしくも厳かな波の奏でる悲歌のうちに、しずかに、しずかに沈んでゆくのを薩摩武士たちは慟哭（どうこく）し、合掌して見送った。

　日本左衛門は、はりさけるほど目を見張ったまま、立ちすくんでいる。

　そのまわりに、百幾十人かの賊たちが、阿呆（あほう）鴉のように、じっと地面に黒い影をおとしていた。

油島の締切工事が完成したのは、宝暦五年三月二十八日であった。

が、それまでの苦闘の朝と夕に、どこからともなく現われては石をかつぎ、木をはこび、そしてまた風のように去る百何十人かのふしぎな労働者が、人夫たちの話のたねになった。

木曾以下三川の大治水工事はここに完成した。しかし、薩摩藩は、八十余人の侍と、実に四十万両の巨費を失ったのである。

「――御普請首尾よく御成就にて、できばえ御見分までもおとどこおりなくあいすみ、御手伝い方お引取おおせ渡され、まずもって重畳の儀にぞんじ奉り候」

こう薩摩に報告書をかいた総奉行平田靱負は、その翌朝しずかに割腹した。彼はおのれの手柄をほこるどころか、多くの主君の士と財を失った罪を謝したのである。

大盗日本左衛門が、京の町奉行所に自首して出て、一世を驚倒させたのは、おなじ春のことであった。

第二帖　弁天小僧

「乗邑、いまだ年若かりしよりつかえまつりて、大御所のみけしきにかない、宿老の職にあること十五年、夙夜の労怠らず、当時の権要をつかさどりしに、その申し行うことども御心にたがうことなく、申し請うところ、かなわざることなかりしかば世の人の心寄せも他に異なりしかど、御代あらたまりてよりわずか二十余日にして、にわかにかく御勘事こうむり、加秩の所領までめしおさめられしは、いかなるゆえにやと、疑いをいだけるも少なからず、されど、その事の子細は、秘して伝えざれば知るものなし——」

『徳川実紀』にこうある乗邑とは、八代将軍吉宗のもとにあって、一代の賢臣といわれた松平左近将監のことである。

これは宿老の職にあること十五年とあるが、彼が老中になったのは享保八年のことだから、彼の身の上にこの一大異変がおこるまで、じつに二十二年間、明君吉宗につかえたことになる。大岡越前を吉宗の右腕とするならば、左近将監はその左腕ともたとうべき日月の名臣といえた。

延享二年九月、老いたる吉宗は、その職を世子家重にゆずって、西の丸に隠退した。

それから一月もへないうちに、西の丸下の松平家に不吉な使者が訪れたのである。

西の丸からたった五町の道を、ものものしい供まわりをつらねてきた二丁の乗物が松平家にはいると、その鋲打ちの乗物の一つから、しいたけたぼにまっ赤な裲襠の奥女中と、もう一つから若い武士があらわれた、
大奥表使い巻絹と、御小姓田沼主殿頭、上使としてまかり越したときいて、左近将監はふしんな顔で出むかえたが、用件を聞いて顔色をかえた。

「御息女楓姫を御中臈としてお差し出しなさるよう」

という上意なのである。将軍の侍妾とせよというのだ。

左近将監は、両手をつかえたまま、沈黙していた。彼は、この上意を光栄とするような人柄ではなかった。

相手にもよる。新将軍家重は、ほとんど常人とはいえないほど暗愚で虚弱な人間なのた。その暗愚も虚弱も、荒淫によるところが多いと思われた。この人物が吉宗の子に生まれたとは悪謔にみちた天の皮肉といえよう。

しかし、左近将監が沈黙したのは、その理由ばかりではない。新将軍が職をついだ刹

那(な)から、この日あるは覚悟されていたことだ。

　吉宗の長子家重は奇怪なばかりの暗君であったが、次子小次郎（田安宗武(むねたけ)）は父の血をみごとにつたえた英邁(えいまい)の質で、吉宗もまたこれを鍾愛(しょうあい)した。

「徳川千年のために、何とぞ御後嗣は宗武君に――」

　あえてこう吉宗に進言したのは、ほかならぬ老中左近将監だった。将軍にその人を得ると得ないとは、天下幾千万の民衆の安危にかかわる。家重があとをついだならば、父の中興の大業を崩壊されることは、鏡にかけてみるごとくであった。

　苦労人の吉宗が、どうして、それを知らぬことがあろう。おそらくは、彼は左近将監以上にそれを熱望したであろう。しかし――連綿として天ドを統(す)べる徳川の鎖の一環として、その職を次子につたえることは三省四思しなければならぬ。これはかつて神祖が駿河大納言忠長をしりぞけて、家光を立てたとき以来の御定法だ。いや、遠い過去の遺法にのみしばられるわけではない。じぶんと宗武の場合はよい。しかし遠き将来、暗愚な父が暗愚な次子を盲愛したとき、これまた「おれの場合はよい」と認める先例をひらかないとはかぎらないではないか？

　かくて、吉宗は「神祖御定法」という一語の断を下して、家重をたてたのであった。

この日から、左近将監の失脚は期して待つべき運命にあったのだ。娘を妾(めかけ)にさし出せというのは、清廉剛毅な彼の拒否をみこしての口実である。それと知るゆえに、彼はいっそうこの上意を受けるわけにはゆかなかった。

「おそれながら」

左近将監は顔をあげた。

「その儀はお断わりいたしまする」

「なぜでござりまする？」

と、巻絹がするどい声でいった。まだ二十歳を一つ二つ越したくらいだが、タップリふとって、目に高慢のひかりがあり、古老の言葉によると、三十年前大奥で鳴らした老女絵島の再来を思わせる才女だということだ。それより左近将監は、この女が家重近来の侍妾の候補者をさがし出し、すすめる高級女衒(ぜげん)ともいうべき女だということを知っている。

彼は微笑した。

「左近将監は、娘を人身御供(ひとみごくう)に出して、家の安泰を買う気はござらねば」

「人身御供と申されたな」

と、田沼主殿頭はいった。まだ二十七、八の若さだが、御小姓組きっての才物だと噂されている男だけあって、声のみ柔らかに、冷たくうす笑いをうかべて、

「そのお言葉を、さよう上様に言上つかまつってよろしゅうござるな？」

「子細ござらぬ」

ふたりの上使は、すっと立った。

ぶきみな冷気をのこして去るふたりを、いまは見送りもせず、巌のごとくすわっている左近将監のそばへ、唐紙をひらいて、ふたりの娘が、バタバタとかけこんできた。

「父上さま！」

「楓」

楓は、父のひざにとりすがった。

「御上意、うけたまわってございます。どうぞ、楓を大奥へやってくださいまし！」

「なんと申す？」

「御上意にそむいてはなりませぬ。それでは松平家がつぶれまする」

「まことにおまえの申すとおりじゃ」

左近将監は、ハラハラと落涙した。

「したが、おまえを御中臈にさし出しても、いずれはこの松平家に凶運の訪れることはまちがいはない。見苦しゅう泣いて、これ以上恥をさらすな」

「いいえ！　いいえ！」

きよらかな目から涙がとびちって、

「さようなことはさせませぬ。楓は大奥へまいって、かならず松平家をまもって見せまする！」

そういうと、楓は立って、いそぎ足に座敷をはしり出ていった。上使を追ってひきとめるためである。

「待て、うろたえ者！」

と、左近将監はさけんだが、もうおそかった。立ちあがって、またすわった。父の足もとで、十三になる菊姫は、突如として家にふりかかった凶変におびえてシクシクと泣いていた。

罠(わな)

千代田城大奥。――

長い長い廊下を、しずしずと雪洞(ぼんぼり)が通っていった。これをささげているのは御添寝の御中臈で、そのまえ一間ほどをゆくのが、今宵御用の御中臈であった。

ふたりとも白鷺(しらさぎ)のような総白無垢(しろむく)で、髪は櫛巻(くしまき)にしている。

やがて、御小座敷にはいると、そこにひとりの奥女中が待っていて、ふたりの髪をといて調べた。かんざしのたぐいはもとより挿していないが、それでも髪の中にどんな凶器がかくされているかもしれないという疑いからきた慣例である。それがすむと、次の間にさがって、お三の間の女が髪をもとどおりの櫛巻になおして、ふたたび御小座敷にもどる。

今宵御用の女は、白無垢の肩をかすかにふるわせていた。大奥にのぼって三日め。

――はやくも人身御供にささげられようとする楓である。

「楓さま」　耳もとで、だれかささやいた。

梨の花のような顔をあげると、さっき髪をといてくれた女中である。気も転倒しているので、それとは気づかなかったが、三日まえ、表使いとしてきた巻絹なのであった。

「はい……」

「上様の御気色をそこないあそばしませぬように」

「はい……」

「お覚悟までに内密に申しあげまする。……左近将監さまには、きょうお上の御勘気をこうむり、御老中を免ぜられました……」

愕然とした。

「そのうえ、佐倉の御領六万石と御邸もお召しあげになってございます。お家の大変にお心をみだされてはなりませぬぞ。このときが、大奥に仕えるものの正念場でございます……」

なんたることを、なんたるときにきくことか！　それでは……それでは、じぶんが歯をくいしばって大奥へのぼったのは、すべてが水の泡ではないか。

白蠟のような面になって、凝然と目をすえている楓には、巻絹の唇のはしを、にっとかすめた笑いのかげは見えなかった。

お鈴番の声がかすかにきこえると、やがて将軍家重が、御鈴廊下をフラフラとやってきて、御小座敷にはいってきた。

「上様、お成り――」

おひらの長芋のような顔だが、目がドロンとして、唇はいつもよだれにぬれている。しかし今夜御用の女が、はじめてじぶんに処女をささげる娘だということは承知しているとみえて、

「これが、あの、左近将監の――」

モグモグといったが、きこえたのはこれだけで、あとの発音は不明瞭であった。のちに通訳専門の老中を必要としたくらいの家重の言葉は、すでにこのころからその徴候をしめしていたのである。

ただ、うつろな目のおくに、みだらなひかりがドンヨリとともって、じっと、楓を見つめた。

やがて、将軍が立つと、お添寝の御中臈もたちあがって、寝室にはいる。楓は凝ったようにうごかない。

「もし――」

と、巻絹は呼んだ。

家重はふりかえって、何かいってニタニタ笑って、姿を消した。もういちど巻絹にせきたてられて、楓はユラリと立った。すでに生命なき人形のように、いけにえの祭壇の間にはいってゆく。

御寝所には、パンヤを芯にしてまわりを真綿でつつんだおじょう畳をしき、そのうえにお納戸縮緬の夜具がしいてある。その中に家重はうずまって、しきりに唇をなめまわしていた、そのひだりに、お添寝の御中臈が、背をこちらにむけてすでに横たわっていた。

この御用とお添寝の御中臈は交替であって、すべての喃語嬌声は、もうひとりの女の耳にはいる。翌朝それは御年寄に報告される。かつて柳沢吉保がじぶんの妾を献じて、媚態の糸で、百万石のお墨付をたぐりよせようとはかって以来、そのような危険をふせぐ目的でつくられた、滑稽で淫靡な大奥の慣習であった。

御小座敷にすわって、巻絹は目をひからせ、耳をそばだてて待っている。

褥のそばにうなだれてすわった処女をみて、家重はニタニタ笑っていた。

彼も、処女が好きだ。女がじぶんを好いてくれるか、きらっているか——そんなことは彼にとって問題ではない。想像したこともない。いつの夜も、女は無抵抗だ。が、それだけに処女の場合は、本人の覚悟を絶する心臓のとどろき、皮膚のおののき、筋肉の弾発が彼に微妙な芳烈な快感をあたえる。

表にいるときだって、脳中の大半をしめているのは、政治のことより女のことだから、暗愚は暗愚なりにその方のテクニックだけは発達して、彼はその処女の戦慄をたかめるのにさまざまの有効なやり方をおぼえた。

だから、なかなか、かんじんの行為にはとりかからない。そのまえに、一刻、二刻、女のあちこちをつついてみたり、なめてみたり、蛇が蛙を生殺しにするようにもてあそびつづける。それで、べつに女の官能をたかめるためにというような愛情はないから、いままでにも七、八人、恐怖と苦悶のために嘔吐した女もあるし、失神した女もある。それで本人は、涎をたらしてうれしがって、ちっとも罪悪感など、かんじていないのだからたすからない。

「……はあえへ！」

彼は枕頭の娘の指をつかんでまさぐりながら、こんなへんな声をもらした。楓と呼んだらしい。あえて閨にみちびきいれてやるわけでもなく、その大理石みたいに硬直した腕をひきつつ、一方の手を、そでぐちから入れてゆく。

徐々に楓のからだが、かたむいていった。

芋虫のような指が乙女の胸もとにとどこうとし、楓の顔が家重の顔の上に重ねられてゆく。家重は快感に目をつむった。口をパックリあけて、処女の苦しげなあえぎの吐息を、胸いっぱいに満喫しようとした。

その口にボトンと生あたたかいものがおちた。

「……ふやっ」

目をあけた。死蠟のような娘の唇から、ひとすじの血がしたたった。

名状しがたい絶叫をあげて、反転しようとした家重の胸に、舌をかみきった楓のからだが、血を吐きつつガックリと伏してきた。

——西の丸下の松平左近将監のもとに、ふたたび田沼主殿頭が使者に立ったのは、その翌朝のことである。

娘楓の上をおそれざる無礼のふるまいにより、父左近将監、老中を免ぜられ、佐倉六万石を没収、邸宅を召しあげられ、下総国相馬に流謫（るたく）を命ぜらる、という上意であった。

すべてはむなしかった。そのあいだ、一日をすりちがえた恐るべき策略がはたらいていた。左近将監は、主殿頭の白い顔にうかぶうす笑いに、はっきりとそれをみた。しかし、これは最初からきまっていた筋書である。

即日、彼は邸をしりぞいて、所縁のある土屋左衛門の邸にはいった。

彼には、いまだに住むべきほどの中屋敷も下屋敷もなかったのである。

これを笑って、そしった者があった。

「左近将監は、二十年にわたる閣老の地位にありながら、まだそれほどの準備もしておらなんだとは、おのれの世が万世までつづくとでも思っていたのであろうか。さりとはうつけ者かな」

西城にあって、これを聞いた老吉宗の目はいちど爛(らん)とひかった。そしていった。

「うつけ者は、そいつじゃ。いまの世に時めく者、だれか屋宅の営み、衣衾(いきん)の奢(おご)りをきわめざる者やある。しかるに、左近は、その歳月のあいだ国家のために力をつくし、あえて私をいとなまず——かような意外のことに会うて、住まいするところにも事かくとは、これをしも近世の名臣でのうてなんであろうぞ」

彼は落涙したが、しかしあとはくびをたれて、こぶしの鷹(たか)をなでていた。彼は、もはや新将軍の政治に容喙(ようかい)することは、おそるべき意志力をもって禁断していたのである。

鷹

千住を出れば、草も黄ばんだ武蔵野だった。

晩秋の日もむなしいまでに、明かるい水戸街道を、蕭条(しょうじょう)としてひとつの行列がゆく。いくつかの乗物、つづら、長持に枯葉がつき、馬上にゆられる武士の顔も愁いにみちて——。

流謫の松平左近将監の一行である。

勝った者はだれか？

江戸を去るとき、西城の大御所からひそかに伝言があった。

「家重をゆるせ。なんじが面をおかして抗争したごとく、余は家重に期待せぬ。世はしばらくゆらぐであろう。が、目をつぶって待ってくれい。そして九つの孫、家治が天下を嗣ぐ日まで長生きしてくれい」——左近は感泣した。

けれど、結局吉宗の遠大な希望は歴史によって敗れるのである。その家治の世は、田沼主殿頭のためにいよいよ濁り、さらに田安宗武の子、松平定信によって清められる日まで待たねばならなかったのだ。

金町から、松戸の関へ。——

しかし、江戸を遠ざかるにつれて、左近将監の胸には、悲愁の雲がたちこめる。現将軍をうらむこころはさらにないが、大奥でむざんな死をとげたという娘の楓の面輪がゆれる。苦い思いで、こうはつぶやくものの。——

「いや、忠孝の筋を通したは、あれだけじゃ、勝ったものは、あれかもしれぬ……」

乗物からもれる秋の日は、いつしかななめだった。

「ここは、どこらあたりじゃ？」

「小金ヶ原でございます」

と、供侍がこたえた。左近将監は沈黙した。

ここらあたりは、しばしば鷹野、鹿狩りにつかわれる原野だ。とくに、左近にとって忘れられないのは、享保十一年、小金ヶ原の御狩りにさいし、その総指揮をして、采配（さいはい）の武者ぶりみごとなりと、吉宗手ずから陣羽織をあたえられた日の思い出だった。思えば、あのときが、おのれの生涯の花であったかもしれぬ……。

ホウ、ホウ、ホウ、……どこかで鳴く梟（ふくろう）の声をきいたのはそのときだった。

「はて、まだ日もおちぬのに、……」

と、つぶやいたとき、行列が、俄然（がぜん）、どよめきはじめた。

「これ、何ごとじゃ。いかがいたした？」

「殿、賊らしゅうございます」

「なに、賊？」

「しかも、容易ならぬおびただしい群盗が！　あの梟の声は賊どもの呼びかわす、かけひきの合図とみえまする！」

稲妻のごとく、左近将監のあたまにひらめいたことがある。この二、三年来、東海道をあらしている日本左衛門という巨盗の一味のことだ。この春ごろから、伊豆、相模あたりまで足をのばして跳梁（ちょうりょう）している報告をうけたことがあるが、たしか、ぶきみな梟の声でうごくときいている。……

「きゃつ、不敵な！　江戸をこえて、このあたりまで現われおったか！」

左近将監は乗物を出た。

すでに、この乗物を中心に円をえがいた警護の武士たちと、それをさらに包む黒衣のむれとのあいだに、すさまじい激闘がまきおこっていた。

失意の行旅とはいえ、さすが武門のほまれたかい松平家の侍たちだ。いたるところ、襲いかかる凶賊たちを斬りすてているが、それをものともせぬ群盗の剽悍さよ。

「やれ、どうせ落人」

「そのつづら、長持は、配所住いには過ぎる」

「清廉の評判のたかい松平ではないか。宝はここらで天下に散らせ！」

勝手なことをいっているが、してみれば、なんたる不敵、これを元老中の一行と知っての襲撃であることはあきらかだ。

夕やけにそまる小金ヶ原の草は、なお鮮血に染まった。その血が、しだいに松平家中の武士の血にかわる。剣法のいろはも知らない賊が大半だが、その凶暴さ、かけひきの粘り強さ、それに鎖、つぶて、縄など、正規の刀術ではたんげいすべからざる武器が乱舞する。それに何より彼らの強みは、血になれていることと、武士たちに倍する人の数だった。

赤銅色にかわった落日の面を、黒い影がよぎった。

「や？」

たれも気づかなかったが、ただひとり、これをふりあおいで、ふしんの声をあげた者がある。

「鷹だ」

一羽の鶉（うずら）を追って、羽根に鈴をつけた鷹が、野末に翔（か）け去った。

群盗の首領、日本左衛門は、魔王のごとく指揮していた銀作りの大刀をダラリとたれて、くびをかたむけてこれを見送っていたが、突如、

「力丸っ」

と叫んだ。

飛んできた部下は全身朱をあびた姿でうずくまった。

「この小金ヶ原のどこかで鷹野を催しているものがあるか」

「聞いちゃいませんが」

「いま、鈴をつけた鷹が中の牧のほうへ飛んでいった。見てこい」

「へい！」

じれている日本左衛門の目に、遠く草原のかなたに、人馬の一団が湧き出したのがみえた。配下の南郷力丸がとびかえってきた。

「お頭！」

「おお、なんてえ大名だ」

「大岡越前のしのびの鷹野、ほんとうは明日にやるらしく、さっきこの小金野にやってきて、まず小手しらべに鷹匠がとばしたらしゅうござんす」

「大岡越前！」

日本左衛門の顔に、めずらしく動揺がはしった。

たしかもう七十を半ばこしているはずだが、大岡越前といえば、いまだなお泥坊の鬼門だ。

「こいつあいけねえ」

日本左衛門は苦笑した。

「いくらおれでも、あの爺（じい）さんは苦手だわ。野郎どもに引きあげろと伝えろ」

「合点だ！」

そのあいだにも、地平の人馬は、こちらの異変をみとめたらしく、砂塵（さじん）をあげて疾駆してくる。

それとみて、松平の侍たちは勢いをもりかえしてきた。人渦は無数の小渦となり、いたるところで酸鼻な絶叫が相搏つ。

「やるな！」

松平の武士のひとりが必死の声をしぼったとき、にげる賊とは逆に、疾風のように一つの乗物のそばへかけよった黒装束がある。

たちまち、中の人間をひきずり出すと、

「やい、刃むかいやがると、こいつを刺し殺すぞ！」

声はドスがきいているが、頭巾のあいだの目は、若く、すさまじいひかりをはなっている。大刀を胸もとにさしつけられているのは、十三あまり、まだ前髪だちの美少年だった。

「ややっ」

どっとどよめく松平の侍たちをみて、黒頭巾はニヤッと笑うと、

「ははあ、効いたな。おい、てめえ松平のどなたさまだえ？」

「わしは、松平左近将監の三男、松平菊之助」

銀の鈴をふるような声だ。

「なるほど、こいつはみんなあわてるわけだ。やいっ、てめえども、しばらく虫封じに

この若殿をかりてゆく」

ムンズと小脇に抱きこんだ。

「待てっ！　曲者っ」

狂乱する武士たちに、

「さわぎゃがるな！　何もこの生物まで盗ろうたあいわねぇ。小金ヶ原の末あたりで追っぽり出しておくからあとでユックリさがしにこい、いますぐ追うとこいつの命はねえぞ！」

「いいや、盗賊、わしを捨てないで、どこまでもつれていけ」

と、わきの下で少年はいった。

風のようにはしりだした若い盗賊の足はピタリととまった。

「な、なんだと？」

「わしは侍がイヤじゃ。女が……武士がイヤじゃ。わしを盗賊の国へつれていってくれ」

呼びかわす梟の声は、散りつつ、乱れつつすでに遠かった。

妖

六年後の宝暦元年春、田沼主殿頭は、御小姓組番頭をかね、御側衆に昇進していた。このあいだに松平左近将監は失意のうちに死に、大岡越前も没し、大御所吉宗も世を去っていた。

田沼主殿頭は六百石から二千石に加増されていたが、これらのなんとなくけむったい重石が消えて、はればれとした気持であった。事実これより彼の出世はいよいよピッチをはやめて、ついに五万七千石の大名となり、老中となり、いわゆる田沼時代をつくるのである。

それにいたるまで、ほとんどソツのなかった彼が、たったいちど、彼らしくない失敗をしたことがある。

このころから、彼は平賀源内という妙な学者と相知って、それからおらんだ科学の奇効をきき、このとし、長崎に視察に出かけた。そのとき、優良な火薬を手に入れて、三棹（さお）の長持に満たして江戸にもちかえろうとしたのである。それは当時、佐渡の金山がはなはだしく不振で、その前年には疲弊のあまり暴動までおこったようなありさまであったから、その採掘を好転させるために、これをひとまず伊豆の金山でためしてみて、結果がよければ佐渡に利用しようと考えたからであった。

長崎からのながい旅もつつがなく終えて、春の箱根もぶじに越え、小田原のとまりとなる。――異変はこの夜におこったのである。

本陣久保田才助方にとまったのだが、同宿の一行があった。

長持や荷を置く大板ノ間には、すでにその一行の長持やつづらがはこびこまれていた。きいてみると、京の菊小路卿の御息女が、婚礼のために江戸にくだる途中だという。

「菊小路？　はて、きいたことがないの。それで江戸のいずれさまのところへ？」

と、たずねてみると、

「秋元越中守さまだそうで――」

という返事である。

主殿頭はにがい顔をした。秋元越中守は、西城の老職秋元但馬守凉朝の弟だ。その秋元但馬守に、彼はいちど殿中で恥をかかされたことがある。お側衆として将軍の信任あつく、機鋒穎脱した主殿頭は、すでにこのころから老中連にも一目おかれ、彼もいささか慢じて、殿中で老職にゆきあっても、おじぎもしないことがあったが、そのことを但馬守に一喝されたことがあるのだ。

のちに、この恨みによって彼は、但馬守を失脚せしめた。

その夜のあけ方――眠っていた彼は、あわただしい足音に目をさまされた。

「姫君！」

「姫君はいずこにおわす？」

狼狽したそんなさけびがきこえる。

ムクリと身をおこした主殿頭は、そのとき思わず叫び声をあげかけた。座敷の隅にだれやらうずくまっているのである。

「な、何やつだ？」

「のう、たすけてたもれ……」

ふるえる美しい声がきこえた。夜明け前のうすら明かりに、蟬の羽根のようなかいどりがおののいて、いっぱいに見ひらいた目だけがみえた。

「あ……あなたさまは？」

「妾は菊小路菊子……」

さすがの主殿頭もおどろいた。

「それでは、江戸の秋元家にお輿入れの……」

「妾はそれがいやなのじゃ。いっそ、死んだほうがよいとさえ思うて、そっとにげ出したものの、宿の勝手がわからず、どうやら供のものに気づかれた様子、のう、お武家、妾をたすけてたもいのう……」

　そのあいだにも、廊下をはしりめぐる足音は、だんだんちかくなる。

「ああ、妾はどうすればよいぞいのう……」

　起きあがろうとした主殿頭は、このときその姫君がよろめいてきて、おなじ闇のなかにもぐりこんできたので、きもをつぶした。

「姫……」

「御慈悲じゃ、たすけて……」

　ふるえつつ、しがみついてきたからだの絹に似た肌ざわり、鼻をうつかぐわしい名香の薫り。——さすが、計算だかい主殿頭もフラフラとした。とにかく、堂上の姫君を抱くなどということは臍の緒をきってはじめてのことだから、思わずしらず、彼が助平根性を出したのもむりからぬところがある。

「うけたまわった。しっかり、そうしていなされ……」

と、にっとして、姫を抱きしめたとき、

「殿！　殿！」

と、廊下むきの障子があいた。

「同宿の菊小路卿の姫君が、いずれへかお姿をかくされたそうでございます……」

「それがなんじゃ」

と、彼はふとんをかぶったまま叱咤した。

「それがわれわれとなんのかかわり合いがある？」

「…………」

「他家のさわぎにつりこまれてさわぐたわけめ、うろたえるな！」

そのとき、

「あっ、あれは！」

かんだかい声がきこえた。ふとんからあたまを出すと、障子のあいだから、まのびした公卿侍らしい顔が、二つ三つのぞいて、ふとんの上を指している。そこに薄紅のかいどりがおちていた。

「あれは、姫君の――」

「無礼者っ」

主殿頭は、はねおきて、かいどりと、ふくれあがったふとんの上におおいかぶさるようにして大喝した。

「これ、痩(やせ)公卿の青侍、わしを盗賊とでも申すか。わしは将軍家御側衆、田沼主殿頭意(おき)次(つぐ)であるぞ。うぬら、のぼせあがって、めったなことを口ばしるな！」

「あっ」

むこうは、仰天したらしい。立ちすくんで、口をもがもがさせていたが、たちまち、

「い、いや、これは御無礼つかまつった。ひらに、ひらに御容赦――」

と、米つきばったみたいに、おじぎをして、にげ去った。

菊小路家の一行が、まだ夜もあけきらぬのに、周章狼狽して、荷をとりまとめ、本陣を出ていったという報告をうけたのは、それから三十分もたたぬうちのことである。

「姫、もうようござる。馬鹿者どもは去り申した」

と、枕頭にすわって、主殿頭は大笑した。そして、なおふとんのあいだから、からす

蛇みたいに這(は)い出してふるえている黒髪を見下ろしながら、

（しかし、さて、この姫君をどうするか……）

と、考えていると、またもや廊下を、ド、ド、ドッと足音がなだれてきた。

「殿、殿っ、一大事でござるっ」

「うるさいっ」

「いや、それどころではござらぬ。さっきの菊小路一行の持ち去った長持は、こちらの長持でございますぞ！」

「な、なにっ」

主殿頭ははねあがって、血相かえて廊下をかけだした。

いかにも、あの火薬をいれた三棹の長持は、そっくりみごとに運び去られていたのである。そして残された菊小路の三棹の長持をあけてみると、瓦や石や木の葉ばかり、その一つに、

「ありがたくちょうだい。日本左衛門」

墨痕(ぼっこん)あざやかに書かれた紙片が笑っていた。

「ううぬ、なんたる人をくった怪賊！　追えっ」

騒然と、人馬が本陣から、西へ、東へ散っていったあと、田沼主殿頭はようやくはっとして、もとの寝所にはせかえった。はたせるかな、ふとんはもぬけのからであった。そして、ここにもまた行灯に、

「骨がとけたか、助平侍。弁天小僧」

という文字が書きのこされていたのである。

夜があけて、追跡のむれは、汗のみかいて、むなしく帰ってきた。――幸か不幸か、あの火薬は、主殿頭が独断で、むしろ秘密にもちかえってきたものだったからよかったようなものの、そうでなかったら、まさに腹切りものである。

東海道を跳梁する凶盗日本左衛門が、恐るべき火薬を使用しはじめたという噂が人々をおののかせたのは、それからまもなくのことであった。

――それは、それとして、その騒動の翌日、うららかな初夏の海に沿うて、大磯から平塚の宿へ、ブラブラとのんきそうな足どりで歩いてゆく三人の男があった。合羽を肩に、三度笠を小わきにかかえ、長脇差のおとし差し。――いわずとしれた股旅者の風体である。

ひとり、くつくつと笑った。

「なんだ、弁天、思いだし笑いか」

ふりかえったのは、すごいようないい男だ。しかし、そういう唇も、ニヤニヤ笑っている。

「うっふ！　きのうの侍のまぬけた面を思いだすと、笑わずにゃあいられねえ」

と、少し小柄な旅がらすが、また笑った。

となりの苦みばしったのが、

「まぬけというが、あれあ田沼主殿頭ってえ、お城きっての利口ものだそうだぜ」

「そうかねえ」

「しかし、おめえが女に化けたら、たいていの男はトロトロにならあ」

「へっ、忠信の兄貴も？」

ちらっとながし目にみる、ぞっとするような妖しさ。忠信はドギマギして、

「へんな目で見るなよ。しかし、その赤星もいい男、おめえは女もはだしでにげだすようなしゃっ面だ。ふたりにはさまれてあるくおいらは、いちばん割がわるいよ。弁天、おめえ、いっそいつも女に化けてたほうが似合うぜ」

「女はきれえだよ」

弁天は、ポーンと小石をけった。

「お頭のいいつけだから、しかたなく化けるが、いやでいやでたまらねえ」

「おめえは、つくづくふしぎな男だな」

「兄貴がさらってきたんじゃあねえか。いまさら、ふしぎでもあるめえ」

「弁天、お侍にゃけえりたかあねえかえ？　何しろもと老中の御子息さまだからな。それを思うと、どうも気がとがめらあ」

「へっ、忠信の兄貴らしくもねえ。どうも兄貴にゃ、泥坊らしくねえまっとうなところがあるね。いいか、泥坊ってものは、――」

「おい、泥坊泥坊と大きな声でいうねえ」

「だって、いつかは江戸城にのりこもうってえ大泥坊じゃあねえか。こないだお頭が、そんなことといってたっけ。しかし、あのお頭ってえひとは、いや、てえしたタマだなあ。あれこそ、世が世なら、一国一城のあるじになる人だよ」

江戸へ――江戸へ――春風に吹かれてとんでゆく三羽の旅がらす。

その実、大盗日本左衛門の四天王中の三人、忠信利平、赤星十三、そして弁天小僧菊之助。すなわち松平左近将監の一子の六年後のすがたがこれであった。

蛇

大奥中年寄にまで破格の出世をした巻絹は、三十ちかい姥桜となってから、それまでみずから想像もしなかった魔に襲われた。

もともと小普請の貧乏旗本の娘なのだが、その春、病気さがりをしているあいだに、ちょうど父親の忌日がきたので、本郷にある菩提寺に墓参にいった。

中年寄が病気さがりというと添番といって、ひとりの御殿女中がつけられる。巻絹の添番は早蕨という彼女のお気に入りの女だった。

菩提寺は正慶寺といって、白山権現下の貧乏寺だ。その墓地を、早蕨をつれてブラブラとあるいていると、ふと三人の男女にあったのである。

ひとりは、色のあさぐろい、苦みばしった三十がらみのたくましい坊主だ。女はその身なりと花をかかえているところからみて、寺前の花屋の娘でもあるらしい。が、巻絹が思わず立ちどまったのは、もうひとりの少年である。

濡羽色にゆれる前髪、紫ちりめんの畝織に菊を染めた振袖、精好の袴。……それが、こちらを椎茸(しいたけ)たぼと見て、あわてて小腰をかがめたが、その瞬間、ぽうと頬(ほお)をくれないに染めた。

その刹那に、このしたたかものの巻絹が、ぞっと魔の風におそわれてしまったのである。

美少年は無数にみた。しかし、これほど妖しいまでの魅惑にみちた少年がこの世にあるものだろうか。

「あれは……何者じゃ？」

ついてきた坊主をふりかえった巻絹の声はかすれた。

「となりの心行寺の寺小姓で」

「心行寺とはあれか？」

みあげるその寺の屋根にはペンペン草が生えている。

「はい、ながらく無住の荒れ寺でございましたが、一年ばかりまえから、やっと住職がはいりまして……」

「いまの僧が、その住職かの？」

「いいえ、さようでござりませぬようで……いちどだけあいさつにまいった住職は、もっと年をくった大入道でござりました。それっきり、ゆききもしませぬが、額に三日月のような傷のある、なにやら物騒な坊主でござります。ろくに、寺にいたこともないようで、それにときどき、うろんなごろつきふうの男も出入りいたしておりますし」

「住職のことなど、どうでもよい。――しかし、あのような荒れ寺に、あのように美しい小姓を置くとは？」

「おそらく――へ、へ」

　と、坊主はへんな笑い方をした。

「何を笑いやる？」

「恐れいってござります。あの入道とあの小姓、近所では……あの小姓は和尚の、その、念者であろうと噂しておりますそうで……」

　念者とは、衆道で寵愛（ちょうあい）される美少年のことだ。

　こんどは、巻絹が、ぽうと顔を染めた。そのあたまを、いまの寺小姓の世にもなまめかしい姿が、かすめたのだ。

「いまの、あの僧もよい男。あの僧は？」

　と、早蕨もへんな声を出した。いままで、口をあけて見送っていたのである。

「ありゃ、納所坊主らしゅうございます」

「あれも念者かえ？」

「いや、あれは小姓の兄じゃと申しまする」

「それで安心したわいなあ」

早蕨は、ケラケラと笑ったが、ふとまた眉をしかめて、

「いや、まだ安心ならぬ。さっきの娘、あれも世にめずらしい美しい娘じゃが、あれと好きあっているようなことはないかえ？」

「早蕨、はしたのうありますぞ」

と、巻絹はたしなめた。

この早蕨という女は、ときどき宿さがりのたびに、木挽町に野郎買いにゆくという噂だ、たしかにそれらしく、大奥でも、もっとも露骨な猥談の大家である。どういうものか、巻絹はそれがおもしろくて、おもしろくないような顔でよく彼女の話術をきいたものだが、いまはなぜか彼女のはしたなさにイライラとした。

「みだらな寺じゃの」

と、よこをむいてつぶやいた。

そのくせ、正慶寺を去るとき、巻絹は妙なことをいいだした。

「いまの花屋の娘、よい器量であったの。早蕨、あれを大奥にあげてはどうであろう？」

この女は、いままでも、大奥の女衒をやっているとみえる。

「善はいそげ、これからその花屋へたちよってみようと思うが」

「けれど、御中老さまが、むさくるしき花屋などへ……」

「妾もそう思う。さればによってじゃ、あの心行寺へ寄って、よそながら、あの娘のことについてきいてゆこうではないかえ」

早蕨は巻絹をじっと見かえして、急にニヤリと笑ったが、巻絹はつんとすました顔であった。

崩れた小さな山門をくぐって、心行寺を訪れると、庫裡（くり）からあの納所坊主が出てきて、おどろいたように目をむいた。

早蕨がはしり寄って、小声で来意をつげると、さっと顔いろをかえたが、

「いや、ともかくも、まず奥へ――」

と、案内した。案内しながら、住職は不在であるむねをつたえた。

奥といっても、おそろしいやぶれだたみだ。ふたりの奥女中は眉をひそめながらすわったが、やがてお茶をもって出てきたあの美少年をみると、たちまち畳のことなど天外にとんでしまった。

「あ、待ちゃれ」

スルスルとさがってゆこうとする小姓を、巻絹はあわててよびとめた。

「内密にききたいことがあるのじゃ。住職は他行中とやら、そなたでよい、しばらくきいてたもれ」

「はい……」

振袖の両手をつかえて、上目づかいにオズオズと見あげる、ながいまつげのなまめかしさ。……ふたりの女は、しばらく用件も忘れて幻妖(げんよう)の気にまきこまれる。

なに、用件というのも、じつは口実だ、のどをゴックリうごかして、

「そなた、名はなんといいやる？」

「菊弥と申しまする……」

「菊弥……愛らしい名でありますのう」

「わたしはきらいでござります」

「ほ、そりゃまた、なぜに？」

「胸の乳と乳のあいだに、生まれながらに菊の花に似た痣がありますゆえ、親が菊弥とつけたそうにござりますが……」

その菊の花の痣をみたい。——あやうくそういいかけて、巻絹は声をのんだ。恥じらって、うつむいた少年の、いまにも日の光にとけこみそうにあえかな姿をみていると、胸も波うち、息もはずんでくる。

早蕨は、ちらっと横目で巻絹をみた。この美しい恐ろしい中老さまが、こんなにのぼせているのを見るのは、はじめてである。

「御中老さま……御用談のあいだ、わたしはお庭でも見せていただきまする」

気をきかしていったわけだが、それより、彼女はあのみそすり坊主を相手にしゃべりたいのだった。

早蕨が去ると、巻絹は、こわばった作り笑いをうかべて、

「菊弥、ききたいことがある。もっと近う」

「はい……」

そばによると、夢のような伽羅香の匂いが、巻絹のからだをつつむ。

「あの、寺の花屋の娘のことじゃ」

「はい……」

「あれを大奥に召しつかいたいのじゃが」

「ま、あのように身分いやしきものを……」

「ほ、ほ、妾ももとは貧乏旗本の娘。女に貴賤はありませぬぞえ。氏なくしてのる玉の輿とも申すではありませぬか」

「………」

「ただ、身持だけはかたい女でのうてはなりませぬ。あの娘に、いかがわしい噂などは、ありませぬかえ?」

「さ、さようなことはござりませぬが……」

と胸をつかれた様子の小姓をみて、巻絹はせきこんだ。

「さようなことはないが、どうしたのじゃ。もしかしたら、そなたがあの娘を好きなのではないか」

「めっそうもない。私は寺に仕える小姓でござります……」

巻絹は、かわいた唇をなめた。だんだん、目が蛇のようなひかりをおびてきた。この少年を、なぜかひどくいじめてやりたいような衝動をおこさせる。

「そなたの身持はどうじゃ。白状しやいのう」

いったい、何しにきたのか、と涙のうかんだような目で見あげる小姓の目をみたとたん、巻絹はわれをわすれて、グイとその手をひきよせた。

朧(おぼろ)

まさか、こんなことになるとは、じぶんでも考えてきたわけではなかったのである。心にいいきかせていたのは、あの花屋の娘のことについてきくこと、たとえ本音のつもりでも、この小姓とむきあってしばらく言葉をかわしたいという欲望だけのはずだった。

しかし、巻絹は、魔の糸にひきずりよせられた。目にみえぬあやしいけむりを吐きかけられた。――しかも、じぶんでは、少年をひきずりよせ、熱い息をはきかけたつもりでいる。

「そなた……ここの和尚の念者とか申すではないか」

と、厚いひざのうえに小姓のあたまをのせ、あらあらしく顔をあおのけさせると、

「念者……衆道とは、何をどうするのじゃ？」

「あっ、おゆるしくださりませ……」

そういいながら、このとき少年のしなやかな腕が、巻絹のくびにまきついた。顔がさがる。あえぎながら、もえる唇がピッタリ重ねられた。唇のあいだを、少年の舌がチロチロとはしったのを感じると、巻絹のあたまは火になってしまった。

「菊弥……菊弥」

思わず泣くような声をあげたとき、少年はからだをくねらせてすりぬけた。

「ど、どうしやった？」

「あまり明かるうて……痣をみられては、恥ずかしゅうてなりませぬ……」

いかにも破れ障子の空は、ひかりと草いきれにみちた春の真昼である。

菊弥は胡蝶のように振袖をひるがえすと、縁側をすべって雨戸をしめた。座敷は暗黒になった。

「菊弥、菊弥、どこにいるえ？」

「はあい、ただいま——」

夢みるような声がきこえると、いちど縁側のおぼろなひかりに、あの振袖がチラリとみえたが、たちまちすべりよる足音がきこえ、伽羅香の薫りが鼻孔をくすぐり、巻絹はしっかりと抱きしめられた。

これがさっきの可憐な少年かと、思わず闇のなかに目を見張るような力であった。

（男じゃ。……やはり、男じゃ！）

意味もなくそう心にさけびながら、巻絹はあえぎ、わめき、のたうちまわった。ふだんネトネトする女蜘蛛の世界のような大奥で、しかも中老として威儀をただしているだけに、こうなると歓喜に泥酔したようになって、彼女は恥しらずの獣みたいになった。もしそのとき雨戸の一枚でもおちたら、浮世絵の秘画を幾十葉となくもつれ合わしたような濃艶な光景がアリアリと浮かび出たであろう。

……数刻ののち、魔魅に生血を吸われたようにかわいた顔で、ふたりの御殿女中がこの寺を去っていったあと、あけはなした座敷に三人の男がすわっていた。大あぐらである。

顔見合わせて、どっと吹きだす。

「おどろいたな、ああまで飢えているたあ思わなんだ」

「忠信、おめえはどうした？」

「あの女が、ニタニタしながら庫裡にきて、いっしょに味噌をすってやろうかなんていって、おれのすってるすりこぎに手をかけやがる。すりこぎよりこれがいいだろうと、いきなりすりばちのそばにひっくりけえしてこねまわしてやったわ」

「たんのうしたろう」

「おれはたんのうしたが、あっちはまだものたりねえような面アしてやがった」

と、頰っぺたをたたいたのは、あの納所坊主、鋼鉄のようなかんじの忠信利平。

ところであとの二人——おや、おなじ紫の大振袖はなんと赤星十三。

「おい、弁天、願えどおりにおれがかわってやったが、せっかくの御馳走、おめえにわるいような気がするな」

「フ、フ、そうでもねえ。おいらだったら、あの女に殺されてら。すげえ声を出したじゃねえか。きいただけで、ヘドをつきそうになった」

と、弁天小僧は舌を出して、げっと吐くまねをした。

「おいらは女って大っきれえだから、この役割だけはかんべんしてもれえてえ」

「は、はは、しかし、お頭は、さてこれからどうするつもりかな」

と、忠信利平はくびをかたむけて、

「網を張るなあ三年かかったが、鳥がかかってからの始末はわけはねえ。あのお頭にしちゃあ、こんどのことは、すこし事のはこびが重すぎるたあ思わねえか？」

「そりゃそうさ、いくらなんでも江戸城へ泥坊にはいろうってんだから」

「つまり、何か、大奥の女中を手なずけて、兵引をさせようって魂胆だろう。そのいとぐちはこれでできた。お頭に知らせなきゃならねえ」

「よしっ、それじゃおいらがこれから遠州へ飛んでくら。なんにしてもこのジャラジャラした衣装をぬがなくっちゃ、きみがわるいよ」

と、赤星十三が立ちあがって座敷を去ったあと、弁天はふっとつぶやいた。

「江戸城盗賊か。おいらはいやだね」

「な、なぜ」

「お頭のいいつけだから、ここまでは筋書どおりに踊ったが、あのお城にへえるのだけはかんべんしてもれえてえ」

「弁天」

「なにしろ、これでもおいらは元老中の伜（せがれ）だからな……」

だまりこんで、大きな目をパチパチさせている忠信利平の顔をみて、弁天小僧はニヤリとした。

「おい、忠信、いまの色狂いの椎茸が、お雪ちゃんを大奥へ呼ぼうかっていってたぜ。おや、顔いろをかえやがったな」

「そ、そんなことはさせねえ」

と、忠信利平はうなるようにいった。

「は、は、は、おめえ、ほんとに惚れたのけえ？　あんな小娘に？」

「な、なにいやがる」

「どうせいつかは獄門だ。忠信、罪なことはしなさんな」

「わ、わかってらあ」

「おめえが、あんなかたぎの小娘に惚れようたあ思わなかった。そのくせ、椎茸たぼと平気で組討ちしやがる。いいや、そのほうがいいんだ。ただ、お雪坊はあきらめな」

「弁天、すこししつこいぞ！」

「あっ、怒りゃがった。やっぱり惚れてやがる。あははは」

弁天小僧の笑い声は、春風のなかに明かるく、そしてちょいと寂しそうだった。

荒れ寺の屋根に、朧月がかかった。

薊

「一念さん、どうしましょう」

山門から、苔むした石だたみを飛んで、花屋のお雪が心行寺の厨の裏へかけてきた。

ぼうぼうとおいしげった秋草の中で、菊弥と何か笑いながら薪を割っていた一念は――いや、忠信利平はたくましい顔をふりむけて、

「お雪坊、どうした？」

「またあの御女中さまがいらっしゃると――いま御中間の先触れで――」

「御女中というと、あの巻絹さま？」

「いいえ、いつもの早蕨さま。きっとまた、あたしに大奥にあがれと、お父つぁん、おっかさんを責めにいらっしゃるのです」

菊弥は七、八歩はなれて、夕やけ雲をあおいで、うすら笑いをした。彼は腹の底でこういいたかったのだ。

（へっ、お雪坊、案ずるこたアねえ。そいつあ、ここへくる口実だよ。敵は本能寺ならぬ心行寺、信長ならぬ忠信だ。……それにしてもあの巻絹の方は、何しろ身分が中年寄、早蕨とちがってそうやすやすとお城の外へ出られねえから、おかげでこっちはたすかるというもんだ）

が、お雪のまえでは、あくまで清らかな寺小姓、忠信も信心あつい納所坊主だから、

「こんなにいやがるものを、しつこい御女中もあればあるもの――」とかなしげに呟いてみせたのみだ。

「お雪坊、いっそ大奥へあがったらどうだね。うまくゆけば将軍さまお手付き――それにまさる女の出世はないというもの」

と、忠信利平も笑いながら、からかった。

「いや、いや、いやです。あたし――」

と、お雪は可憐な顔にはや涙をうかべて、忠信の胸にとりすがる。そのやわらかな腕に、どれほどの力があるものか、忠信はヨロヨロしながら、

「泣くことはない。いまのは冗談だが、しかし――」

「いいえ、いいえ、お雪はいつまでもこのお寺の前で、花を売っているほうが幸せなん

です――」

「そうか。そうなら、よすがいい。ここにいなさい、ここに――」

と抱きとめた。

菊弥はじっと、そのふたりの姿を見つめていた。夕やけ雲を背に黒々と立っているその影から、目が、うすあおいひかりを放つ。――ふっとよこをむいた。

「へっ、よしゃがれ、忠信……見ちゃあいられねえや……」

こう小さくつぶやいたようだ。

――と、彼はそのとき山門の方に何をみたか、あわててさっと草の中へ身を沈ませてしまった。

崩れた山門から、早蕨が中間一人を先にたててはいってきた。はいってきたときから、もう何やらゆるんだ相好であったが、寺の横の草のなかに、ちらっとひるがえった紫の振袖に、ふっと足をとめた。なまじ菊弥がうごいたばかりに視線がはしったのである。ふしんげな表情で、声もかけず、厨の裏の方へ回ってくる。

「………」

そこに抱きあっているかにみえる一念とお雪の姿に、早蕨の目が、キリキリッとつりあがった。

「一念」

するどい声で呼びとめられて、ふたりはあわててとびはなれた。

「おまえともあろうひとが……女犯の罪を犯してよいのかえ？」

昼が、ヒクヒクと異様な笑いをたたえようとしているが、声もふるえている。それはそうだろう、花屋にくるとは、ていのいい言いぐさで、そのついでと称して、じつは一念に会うのが目的なのだから。

「女犯？」

忠信、めんくらった顔つきになったが、ニヤリとした。この御殿女中のみだらなことは、ヘドをつくほど知っているからである。

思わず口ばしったものの、早蕨は、さすがにそれ以上一念を追うことは気がさしたか、すぐお雪の方にむきなおって、

「娘、大奥へ召されようとしている身分でありながら、なんという不心得者」

「あたし……お城へはまいりませぬ」

と、お雪は必死にくびをふった。

「まいらぬ？」

早蕨はギラギラと燃えたつ目でお雪をにらんだまま、三歩、四歩あゆみよってきて、

「御上意を、そなたのように身分いやしい女が、いやもおうもありませぬぞえ」

「それでも……いやでございます」

「いいや、こうふしだらなまねをしているのを見ては、一刻の猶予もなりませぬ。明日にでも、お城にあがるようにはからいましょう」

「どうぞ、おゆるしくださいまし。おねがいでございます……」

「ええ、おろか者、口で申してもわからぬかえ？」

と、にくにくしげに、手にもった扇子をあげて、ピシリとお雪をぶとうとした。お雪はあわててふりはらう。――はずみに、指のさきが、するどい音をたてて早蕨の頬にふれた。

「あっ、こ、このぶれい者！」

逆上して、扇子をとばされた手で、グイとお雪の髪をつかむ。ふりまわすと、魚のようにお雪はおよぎながら、早蕨にしがみついた。じつはお雪も、この御女中が、一念にぞっこん御執心の様子なのを、恋する乙女心で敏感にかんづいている。じぶんを大奥へ

あげようとするのも、一念からひきはなして、お城で、猫が鼠をいたぶるようにいじめぬく下心からだと見ぬいている。

「あっ」

「いや！」

ふたりの女は、しゃもの羽根みたいに、簪(かんざし)や櫛(くし)をとばして、かきむしり合った。

あっというまにまきおこった、この思いがけぬ争闘に、中間は仰天して、何を血迷ったか、木刀をぬいてとびかかってきた。

「待った！」

と、うしろからガッキと万力のように抱きとめた忠信利平。

「菊弥、菊弥っ」

と、思わず悲鳴をあげてしまった。

「おい、菊弥、なんとかしてくれ。……こ、このふたりをなんとか――」

赤い菊薊の花の中から、胡蝶のように舞い立った菊弥は、大振袖をひるがえしてかけよって、

「お待ちなされませ、早蕨さま！」

ぴったりとうしろから抱きつくと、その耳たぶに甘い声をよせて、

「嬰児にひとしい町娘でござります。どうぞ御慈悲におゆるしを……おわびは私が、どのようにしても、いたしましょうほどに」

と、ささやいた。

早蕨のからだから、グッタリと力がぬけた。しどけない姿で、肩で息をしながら、菊弥の姿をじっとふりかえって、

「そなたが、わびをいたすと……？」

「は、はい、ここのところは、何はともあれ、ひとまず奥へ――」

おどおどとおじぎをする、そのたとえようもない愛らしさ――。早蕨は、ゴックリ唾をのみこんだ。

この寺小姓は巻絹さま御寵愛とは知っているが、このとき早蕨のこころにムラムラとたえがたい愛撫の炎がもえあがったのは、この女の恥も思慮もない好きごころのゆえか、それとも、あらゆる女のあたまを靄のようにけぶらせるこの美少年の魔性のゆえか。

「では、案内しや」

と、あごをふってから、もういちどお雪の方をふりかえって、

「そなた、菊弥のわびのしようによっては、きっとゆるしませぬぞ」

と、にくさげにいって、秋草の中をあるきだした。……

黥（いれずみ）

——肉欲のかたまりのようなこの女には、はじめ蜻蛉（かげろう）にも似てあえかな美少年よりも、むしろたくましい一念のほうに興味があって、巻絹が菊弥に執心したのも、

「まあ、男しらずの御中老さまらしいお面くい……」

と、憫然（びんぜん）の念にたえなかったのである。

それが、「おや」と思ったのは、最初このお寺をたずねてあんなことがあったあとで、巻絹が腰がぬけたようになって出てきたことと、それ以来、大奥で、「あの心行寺の寺小姓は……」など一ことでも口に出そうものなら、巻絹の目がのぼせあがったようになるのを見てからで、ムズムズと食指がうごいていたことは事実だ。

寺の奥座敷にすわってからも、

「さて、どのようにして……」

とか、

「どういって、巻絹さまへの口を封じたらよかろうか……」

とか、そんな思案が一応かすめたが、そばにすわった菊弥が、

「早蕨さま、どうおわびいたしたらようございます？」

といって、顔をあげたとたん、そのなまめかしさに魂も宙にとんでしまった。この少年を巻絹さまがもてあそんで、このような媚態を教えてしまったのか！　そう思うと、むしろ巻絹への嫉妬（しっと）がムラムラともえて、

「それは……」

ズルズルとその手をとってひきよせる。厚ぼったい早蕨の唇の下に、花のような小姓の唇がなかばひらいて、えもいえぬ芳香をはなつ。

「菊弥……」

「あれ……胸がとどろいて……裂けそうでございます……」

と、菊弥は泣くような声をあげて、早蕨の手をとり、じぶんの胸もとにさしいれた。

——とたん、早蕨のからだがはねあがった。

「そなた！」

たちあがって、雷にうたれたように立ちすくむ足もとに、しどけなく襟のひらいた小姓の胸もとから、ちらっとこぼれた——桜の刺青！

「見たか？　やっと知ったか？　あはははは！」

と、菊弥はぬけぬけと身をおこして、のけぞりかえって笑った。

「もっとも、わざと見せてやったのだが、ええ、頭がたけえぞ、汁たくさんの椎茸たぼ。そこへ直りゃがれ」

早蕨は、およそ人間の現わす恐怖の極致の相をして、

「そ、そなたは……」

と、くりかえした。菊弥はニヤリとして、

「おいらか、弁天小僧菊之助という盗っとさ。こう打ちあけたわけは、おい、わかるかえ？」

「ど、どうするのじゃ、わたしを——」

「あの世に送ってやろうってさ。墓場はすぐ裏にあらあ」

「な、な、なぜじゃ、なぜ、わたしを——」

「てめえがきれえだからだ。ああ、いままでよく辛抱した。てめえにさわられた桜の花が腐りゃしねえかと心配だよ。やいっ、すわらねえか！」

どうと足をあげて蹴たおすと、右手にキラリと脇差をぬきはなつ。

「ひいっ」

と、恐ろしい声をあげて、ヨタヨタとにげ出そうとするその胸へ、弁天小僧はムズと白い足袋をのせてふんまえた。

「た、たすけてくだされ。……な、なんでもするほどに……」

「ぷっ、ひとのまねをしやがる。やい、てめえに何かしてもらう――そいつが総毛立つほどきれえなんだぜ。笑わせねえで、念仏をとなえろ！」

なんたること！

弁天小僧の逆手にもった脇差は、そのまま、まっすぐに早蕨の腹部につきとおされて、たたみまでつらぬき通っている！

すさまじい絶叫があがった。ふりみだされた髪と、赤いもすそと白い足が五彩の旋風のようにまわった。

天井までも噴出して、雨のようにふりかかる血しおから、つーッと弁天小僧は宙をとんでにげている。そして、閾のところにたって、無残絵のような断末魔の女の姿を、おもしろそうにながめているのであった。

「弁天！」

うしろで、驚愕のさけびがきこえた。忠信利平がとんできて、棒立ちになった。

「な、何しやがったんだ！」

「兄貴、なんとかしてくれといったじゃあねえか。女ふたりに惚れられちゃあ、さぞ始末にこまるだろう」

と、弁天小僧はケロリとしていった。

「いくら始末にこまるったって――」

「生かしてかえすと、この女のことだ、お雪坊にむげえことをするぜ」

「そりゃあそうだが……」

「それによ、じつはおいらの刺青を見られた。というのが、あいにく赤星はいねえし、しかたがねえから、おいらがいやいやあしらってたら、刺青をみて大声をあげるからさ……」

手の甲に一滴とんだ血を、嘘をついた美しい口でペロリとなめて、弁天小僧はうす笑いをしていた。

　忠信利平は長嘆した。

「弁天……どうもおめえはひでえ奴だな……」

「いまさら、何を——それよりあの中間はどうした？」

「なだめて、庫裡に待たしてあるが……」

　といって、忠信利平はじっと弁天小僧の顔をみたが、やがて苦笑いして、

「しかたがねえ。あいつも生かしてはかえせねえか？」

　だまって、弁天小僧の手から血にぬれた刀身をもぎとって、ノソノソと庫裡の方へ出ていった。——これもあんまりひどくない奴とはいえないようだ。

蠍（さそり）

　まだ春になって、その十日ばかり、遠州上新居村の頭領日本左衛門のところへいっていた赤星十三がブラリとかえってきた。

「おい、いよいよお頭が江戸にくるってよ」

「それじゃあいよいよ、江戸城へ押し込むのか」

と、忠信利平は笑った。お城の中の建物、廊下、御金蔵、門——とくにその大奥の配置は、この一年のあいだに、巻絹や早蕨の口からそれとなく、しかも微に入り細をうがって調べあげてある。御殿女中の名から、甲賀衆の顔まで、すでに掌をさすようにわかっていた。

「ところで、あの早蕨をばらしたのア、つくづくとまずかった。——とお頭は嘆息していなすったぜ」

「まったくそうだ、弁天はまったくムチャクチャすぎらあ」

「と、いまさら愚痴をこぼしたってはじまらねえ、こうなったからは、あの巻絹をつかうか——」

「いくらなんでも中年寄が泥坊の手引をしめえ」

と、忠信はくびをかしげたが、

「いいや、こいつの手管にかかったら、あの女、火をつけることだってやりかねねえかもしれねえ。弁天、おめえ、あいつをたぶらかして、まず城にはいれ」

「いやだよ、そればっかりはかんべんしてくれと、まえからいってあるじゃねえか。そいつあ、お頭だって知ってらあ」

と、弁天はそっぽをむいた。

「それができねえなら、忠信、やっぱりあのお雪坊を大奥にあげられねえかと、お頭の仰せだ」

「そいつあ、あまりかわいそうだ」

と、忠信利平は顔をふった。

「あれほどいやがってるものを――」

「やいやい、ふたりとも、何を勝手なごたくをのべてやがる」

と、赤星十三の端麗な額に、さっと青い筋がはしった。

「おい、あのお頭のお申しつけだぜ!」

それがどれほど恐ろしいひびきをもつ言葉か。――ふたりはあわててすわりなおしたが、しかし依然として、だまっている。こうなると、どちらも巨盗の一味らしいずぶといところがある。赤星十三は、さもてあましたように、むずかしい顔をして腕をくんだ。

それからまた一月ばかりたってから、おなじ座敷で、弁天小僧は、やわやわと、巻絹の胸にもたれかかっていた。

巻絹の頬はかっかと火照り、息がはずんで、全身のうずきをもてあましている。意味もない言葉をたえずつぶやきながら、ムッチリした白い指さきで、ひっきりなしに小姓の腕をなでていたが、

「え、なんといったえ？」

と、熱い吐息を少年の頬に吐きかけた。

「早蕨が、どうしたのじゃ？」

そのことが、彼女にとっていまも胸を去らぬ謎だったのである。去年の秋、宿下りをして以来、大奥へかえってこない早蕨――。しらべてみると、家から巻絹の菩提寺正慶寺へ詣るといって出たっきり、中間ともども行方不明になってしまったという。

むろん、彼女は正慶寺へいったのではなかろう。この心行寺だとは思いあたったが、この寺は巻絹の泣きどころだから、それを口にすることはできなかった。

「あれのことじゃ、木挽町がよいが嵩じて、かげまとかけおちでもしたのであろう」

と、巻絹がいいだして、その怪事は霧にはいったままになってしまったが――そのことをいま突然、この菊弥が口にしはじめたのである。

「早蕨さまは、裏のお墓にねむっておいでてございます……」

「えっ」

と巻絹はのけぞった。

「早蕨は死んだといいやるのか。そ、それは――」

「おゆるしくださりませ。あのお方はわたしのためにお命を……」

「お、おまえがどうかしやったのか？」

「いいえ、そうではござりませぬ。巻絹さま……きょうここにお越しあそばして、わたしの兄者の一念の姿がみえぬことにお気づきなされませなんだか？」

「おお、そういえば、一念が見えぬな。あれは、どうしたえ」

「兄貴は、だいぶまえに、この寺を逐電いたしました。早蕨さまを手にかけて……」

「一念が、早蕨をあやめたと、それは、なぜじゃ？」

「早蕨さまが、わたしに……」

ぼうっと、菊弥の頬がさくら色に染まった。じっとそれに見入った巻絹の目がキラリとひかり、唇をわななかさせてさけんだ。

「わかった！　早蕨めが、そなたに……色をしかけたと申すのじゃな！」

菊弥は、身をくねらせて、いるにいたえぬ風情である。

「それで、あの一念めが嫉妬して早蕨をあやめたといいやるのじゃな？」

巻絹は、宙をみて、ひくくつぶやいた。

「そうか。そうであったか。早蕨……あれは、みだらな女であった。殺されて……自業自得じゃ……」

冷たい声である。

「そうきいても、わたしはなんとも思わぬ。一念はどこへにげたか……おまえもそれではさびしかろう、はやく呼びもどしてやるがよいぞえ。わたしはだまっていてやるほどに……」

「さびしいのは、わたしばかりでござりませぬ。門番の花屋の娘、あれも、兄を好いていましたゆえ……」

といいかけて、菊弥は、急にヒシと巻絹にしがみついた。

「巻絹さま、こんどはいつおいででござりまする？」

「それがのう、なんと申しても大奥に仕える身……」

巻絹が、身もだえした。

「わたしも切ないのじゃ。そなたも待ちどおしかろうが、しんぼうして待っていやれ、すぐまたおひまをいただいてまいるほどに……浮気をいたすと承知せぬぞ」

「……それが、わたしは恐ろしいのでござります……」

「なにが、恐ろしい……」

「兄がいませぬのが」

「それゆえ、呼びもどしてやれというではないかえ」

「それが……」

「どうした？　菊弥、どうしたえ？」

「申しわけがござりませぬ、あの花屋の娘と……」

「そなたと恋をしやったと申すか！」

巻絹はさっと顔いろをかえた。……もともと、ありそうなこととして、一番不安に思っていたことだ。巻絹の顔に浮かんだ凶相をあおいで、菊弥はおびえたように身をもがいて、すりぬけて、

「いえ、いえ、まださようなことはござりませぬ、ただ、巻絹さまと、一日も早う、一目でも多く会いたいばかり……」

にっと愛くるしく微笑(ほほえ)んだ。

「わたしの手くだでござります！」

そして、あの大振袖をひるがえして立つと、また縁側の雨戸のところへはいっていった。この少年はなお胸の痣をみられては、はずかしいといってきかないのであった。暗黒となる寸前、弁天小僧の美しい面に、チラとかすめた凶々(まがまが)しい笑いを巻絹は知らぬ。となりに振袖をきて待っている赤星十三も知らぬ。どこかにかくれている忠信利平も知らぬ。

それは花のような小悪魔の笑顔であった。

痛(いたみ)

将軍家御側付田沼主殿頭意次の家来たちが、心行寺門前の花屋にドカドカふみこんできて、その爺さんと娘のお雪を強引に駕籠(かご)にのせ、あれよあれよとあきれているあいだに、連れ去ったのは、その三日ののちの朝であった。

晩になってから、大枚の金子といっしょに、爺さんひとりがかえされてきて、

「なんてえことだ。田沼さまがお雪を養女にしてくださるってよ……。ありがてえんだか、めいわくなんだか、おれ自身サッパリわからねえ」

と、キョトンとしていった。

その夜、心行寺で、柱にもたれかかったまま、腕ぐみをして考えこんでいる忠信利平を、ちらっちらっと横目でみながら、弁天小僧は片頬にえくぼをうかべていた。

「忠信、忠信」

二、三度呼んだが、返事もない。

「へん、忠信らしくもねえぜ、女ッ子ひとり、とんびにさらわれたからって……」

「………」

「田沼の養女とかいったな、養女というえは、やがて大奥へあげるつもりなんだろう」

「………」

「おいらが巻絹をつかってお城にはいるか、おめえのお雪坊を大奥に入れるか、こないだ喧嘩(けんか)をしたが、おめえ運がわるかったなあ」

何をいってやがる。運をわるくさせたのは、そういってる当人だ。もうお雪のことなど忘れている巻絹をそそのかして大奥へあげるようにしたのは弁天小僧なのである。ああいえば陰険でやきもちやきの巻絹がじぶんとお雪をひきはなすために、きっと大奥へあげるだろうと考えた彼の思いつきは狂わなかったのだ。

しかし、弁天小僧はかなしそうな顔になって、たちあがっていって、忠信利平の肩に手をかけた。

「兄貴、元気を出してくれよ。おめえがそんなにしおたれると、おいらまでがうっとうしくならあ」

「………」

「あきらめなよ。もうしかたがねえ」

「うるさいっ」

と、忠信利平は吼えて、その手をふりはらった。

「だまってくれ、ペラペラ骨箱を鳴らしゃがると、たたっ斬るぞ！」

「おお、怖え」

と、弁天小僧は二、三歩身をひいたが、急にその頬に血がのぼると、どんとすわった。

「なんだと？　おれを斬るって？」

ふたつの振袖をぱっとはらって、

「へん、斬るなら斬ってみろ。おもしれえ。忠信ともあろう男が、花屋の娘にのぼせあがって、仲間の菊之助を斬ったと……お頭がきいてどんな顔をするか、ゾクゾクするほどたのしみだい。さあ、斬ってくれ……」

と、唇をとがらせて、つめよった。

「こ、この野郎、気にさわることばかりぬかしゃがって……」

と、ふだん重厚な忠信利平、今夜ばかりはどうしたか、かっとしたように立ちあがる。

そのとき、縁側をみだれはしってくる足音がした。忠信利平は殺気ばしった顔のままふりむいて、おどろきの声をあげた。

「やあ、力丸ではないか」

はいってきた二人のうち、一人は赤星だが、もうひとりは遠州にいるはずの南郷力丸、片手に笠(かさ)をもったままの旅装束だ。

「たいへんだ、お頭が自首して出なすったぜ！」

「な、なんだと？」

弁天小僧も、がばとたちあがった。

「なんのことだか、手下のおれにもわからねえ。突然、あたまがへんになっちまったらしいんだ。天網恢々疎にして漏らさず……おれがついに大往生をとげたら、この金言がうそになるなあと笑ってよ、急に京都の町奉行所へ名乗って出るといいだして、遠州から出てゆきなすったのさ」

「気がちがったのだ！」

「おれもそう思うが、そうでねえようなそぶりもある。とにかく、おめえ江戸にいって、このことを忠信たちに伝えてくれ。おれにならって自首しろたあ言わねえが、いまの金言をよっくかみしめてくれ、ながいあいだ世話をかけたなあ……と、こういうお頭のお言葉だ」

みんな、呆然たる表情であった。

「そ、それじゃあ、江戸城押しこみは、これでおじゃんか」

と赤星十三が風のようにつぶやき、

「ううむ、しかしおれはお頭のいうことが、わからねえでもねえ……」

と忠信利平が沈痛にうめき、

「なんのことだ！」

と、弁天小僧が絶叫したかと思うと、くずれるようにすわってポロポロ涙をこぼしはじめた。

「——どうする？」

と、やがて、赤星十三が顔をあげて、嗄れ声でささやいた。

「おれは、自首しねえ」

と、忠信はいった。じいっと宙をみながら、

「おれは、まだやることがある……」

——その夜、四人の盗賊は思い思いに寝た。頭領が自首したとあれば、数百人をかぞえる日本左衛門の大盗賊団が瓦解したも同然だ。ねむられぬ一夜の時がきざまれて、うつろなまどろみの中を、ひょうひょうとして深編笠の日本左衛門が雲の中へ消えてゆく。——ふいに、弁天小僧は、はっとして苦しい夢からさめた。

すすり泣きの声をきいたのだ。それは、いままできいたこともない忠信利平の泣き声だった。

「……？」

やがて、忠信は、そうっと起きあがった。身支度をし、坊主あたまに頭巾をかぶり大刀を腰にぶちこむ。

「おい、忠信」

と、弁天は、そっと声をかけた。

「どこへゆく？」

「田沼屋敷だ……」

「なに、田沼？」

「弁天、もうおれにさからってくれるな。お頭が自首したうえは、どうせこっちもながくねえいのち、罪ほろぼしにあのお雪を救い出してくれる」

弁天小僧は、ムクリと身をおこした。あぐらをかいたまま、じいっと忠信を見つめている。二つの目が、闇のなかに、猫みたいにひかって、さすがの忠信が、なぜか金縛りになった。……ふいにその目のひかりが、キラキラゆれた。

「それほどまでになあ」

と、ひくくつぶやいた。が、急にはげしい声で、

「忠信、ちょっと待て」

「まだ、てめえ……」

「そうじゃあねえ、おれも手伝うよ」

「なに？」

「だが、田沼屋敷はいけねえ。勝手がわからねえもの、命とりになるよ」

「命なんざ、どうだっていい」

「それで、お雪がとりかえせなかったら、藪蛇じゃあねえか」

「それじゃ、どうしろってんだ」

「大奥へあげろ。大奥なら、こちとらの庭みてえなもんだ」

「大奥へあげたら、いっそう事がむずかしくなるじゃあねえか」

「それが、そうでねえ、忠信、ちょっと耳をかせ」

と、立っていって、ヒソヒソと何やらささやく、忠信利平の目が驚愕にひろがった、

「なに、てめえ、御殿女中に化けて――」

「女に化けるなあ大っきれえだが、おめえのお雪坊のためとあればしかたがねえ。ほら、巻絹がひいきにしている日本橋の小間物屋があるだろう？　あれを通して、巻絹にそっといい伝え、すぐに呼び出す。お城にかえるとき、おれがお末なんかに化けて、供

まわりにまじってゆくさ。おれがゆくといったら、あいつあヨダレをたらしていうことをきく！」

「弁天！」

「おれが、お雪坊のいどころを見つけ出して手引してやるからさ。おめえ、夜にそっと城にはいってこい。でっけえだけに、田沼のところなんぞより、よっぽどたやすい仕事だぜ」

弁天小僧は快然と笑った。

「それより何より、江戸城から女を盗み出す。いかにも日本左衛門一味の最後の大仕事らしくって、うれしいじゃあねえか。……じつはおいらも、いちどあの大奥とやらへへえってみたくなった。姉の死んだというところによ……」

靨（えくぼ）

——巻絹は、有頂天であった。

三日まえ、お鈴廊下をはいってきた上様が、巻絹のうしろにうなだれてすわっている

「田沼の養女」を見てニヤリと唇をだらしなくゆるませたことだ。気に入ったのである。四十を半ばすぎて、いよいよ淫獣化した家重の、新鮮な処女への欲望、その抵抗を征服する快楽への執着は、いよいよ病的になっていた。忠義一徹の武家の娘など、もはや刺激をかんじないらしいのである。

（今夜、あの娘、きっと手ひどく抗うであろうな）

将軍の満悦が思いやられるというものだ。そしてまたその結果、じぶんや田沼どのにまた御加増の御沙汰がくだるにちがいない……。

巻絹は、お年寄のところで、澄まして明日の御配膳のことなど相談したあとで、しずしずと廊下をさがってきた。どこかで、自鳴鐘が鳴っている。——

いまごろ、将軍はお鈴廊下をおわたりあそばしているにちがいない。いや、もう御小座敷に成らせられたか？……雨がはげしい音をたてて甍を打っている。木々のざわめく音もたかい。

廊下に沿うて、真鍮の網をかむった蝋燭が明滅するなかに、巻絹の顔はゆるみにゆるんでいた。これからかえるおのれの部屋には菊弥が待っているのだ。まあ、あれが女に化けた男だとだれに想像がつくだろうか。新しく召しかかえたお末として、大奥の女

中たちのだれもが、

「まあ、これは器量よしの娘でありますのう」

と嘆賞の声をあげた妖しいまでの美少年。むかし絵島が後藤縫之助方からおさめる長持の底に、役者の生島新五郎をひそめて大奥へしのばせたのとわけがちがう。

菊弥が、女すがたであることが、なおさら巻絹の血をざわめかせる。雨よふれ、風もふけ、嵐の底にもだえぬく今夜の快楽を思うと、巻絹はすでにからだじゅうがトロトロと溶けそうであった。

——ところが、部屋にかえってみると、待たせてあるはずの菊弥の姿がみえなかったのだ。はっとして、見まわし、となりまたとなりの唐紙をあけ、あわてて廊下にかけもどる。

「お菊……お菊」

小声で、息せわしく呼んでみたが、いらえはない。

菊弥はどこへいったのか。迷路のような大奥に、少年らしい好奇のこころをもやしてどこかへさまよい出ていったのか。それとも迷っているのか。巻絹は狼狽した。万一、あれが男であるとわかったらどうしよう。いいや、それ以前に、身分のかるいお末の身で、あたりをウロウロされるだけで大騒ぎがおこるではないか。じれて、顔を赤くしたりあおくしたりしながら、こちらから騒ぎたてることのできない巻絹は、「おろか者めが、なんという大それたことを……」と胸あえがせてひとり右往左往した。

——そのころ、御小座敷では。

白鷺のような総白無垢のふたりの女がすわっていた。ひとりは御添寝の御中臈で、もうひとりは今宵御用の——お雪である。家重はすでに寝所にはいった。

「では、あなたさま」

と、御添寝の御中臈が無表情にうながす。

「早う」

と、もういちどいって、白い裾をひいて、立っていったが、お雪はくびをたれたままじっとしていた。

大奥にはいって以来、すでに半ば気死したようなお雪であったが、あたまのおくではなお町娘の意気が（いやだ！　あたし、いやだ！）とさけびつづけている。しかし、抵抗しようにも、櫛巻になおした髪でさえ、さっき解かされて、調べられたほどであった。

（一念さま！）

呼んでもむだとは知っているが、それでも呼ばずにはいられない、

「お雪坊」

と、だれか呼んだ。お雪は愕然としてふりかえった。

が、そこには真っ赤な裲襠をきた女中がひとり、じっとうつむいてすわっているばかりだ。さっき、じぶんの髪をといてくれたお三の間の女中らしい。——いまの声はききちがいだと知って、お雪の肩が、ガックリおちた。

「お雪坊」

ふたたび、笑みをふくんだ声が。——

お雪の顔色がかわった。その女中の髪が、じぶんとおなじ櫛巻になっていることに気がついたのだ。

その女が、しずかに顔をあげて、にっと片えくぼを彫った。

「……き、菊弥さま！」

その声も、出なかった。夢に夢みる思いとはこのことだ。あるべきことか、男禁制の

この江戸城の大奥に、心行寺の寺小姓がすわっている！

「にげろ、兄者もいる」

「え、一念さまが！」

「しっ、声をだしてはならぬ。もっともお三の間の女中はちょいとねむってもらっているが——ここを出て廊下から右へ、庭へ出ると築山がある。そこに一念がいるゆえ——さ、はやく」

すっくと立って、裲襠をぬぐと、下はお雪とおなじ総白無垢だ。が、あっとお雪が息をのんだのは、それより、どうみても男とみえぬ恐ろしいまでの美しさであった。

「で、でも、菊弥さま、あなたは——」

「わしか、わしよりも、ここで時をへては、一念までが危ない、お雪どの！」

せきたてて、お雪をのがしてから、女すがたの弁天小僧は仁王立ちになっていた。きえていった娘の影を見送った目に、怒りともかなしみともつかぬひかりがゆれている。

「ふん、ばかな奴だなあ」

と鼻を鳴らして、笑ったのは、だれを嘲（あざけ）っていった言葉か。

が、笑顔がきえた刹那、その全身にすうっと、やさしい、なまめかしい女の線があらわれた。まるで無声の笛、鼓の調べとともに、揚幕のまえに立った女面の能役者のよう――そのまますするすると寝所にはいってゆく。

寝所には、例によってお納戸縮緬の夜具に、将軍家重と、御添寝の御中臈がうずくまっている。御中臈は慣習どおり、こちらに背をむけたままであった。

処女が褥のそばに、雪女郎のごとくほのかにすわったのを、家重は目をとじたままで感じている。……ニタリとして、その手をとった。かすかな弾発――またひく。――抵抗。年のせいだ。家重がこういう事前の愛撫をたのしむ時間はいよいよながくなった。それだけに、そのあとのもてあそびぶりは醜怪をきわめる。

――無限につづくとも思われたそのいちゃつきが、ふっととまった。遠く、かすかに誰かさけんだようだ。

「しまった」

吐息のようなつぶやきをきいて、家重はふっと目をあけた。

娘は凝然と顔をあげて、宙に耳をすましている気配だ。やわらかな雪洞におぼろに浮かぶ白い顔。――家重のにぶいあたまに、このときぞーっとふしぎな戦慄がはしった。

その顔が、今宵御用の「田沼の養女」ではない、とそうはっきり認めたわけではない。それよりも、なぜか、身の毛のよだつ恐怖の記憶をよみがえらせる顔なのだ。

「うひゃっ」

と、家重ははねおきた。それはむかし、おなじこの御小座敷の閨で、舌をかみきった松平左近将監の娘の顔であった！

が、この将軍が奇声を発したり、おかしな行動に出ることはいまさらのことではないから、御添寝の御中臈は、なお厳粛な慣例のとおりに、しんとしてむこうをむいたままだ。

耳をすませていた弁天小僧は、家重に目をもどしてニヤリとした。

「わかったかえ？」

そういったときは、遠く城の中で、

「出合え！」

「曲者でござるぞ！」

という絶叫がきこえてきたあとである。

さすがの御添寝の御中臈も、叫び声をあげて起きなおっていた。家重は刀のそばにかけよろうとした。

「ええ、さわぎゃがるな、しずかにしろい」

と、弁天小僧は、一喝してグイと大あぐらをかいてしまった。

「もう化けはきかねえようだ。おらあ尻尾（しっぽ）を出してしまうよ。どちらもまっぴら御免なせえ」

ぱっと両肌をぬいだ。

朱

総白無垢のきものをぬげば、乳首から腹にかけてキリキリとまいた晒（さらし）をのぞき、肩から胸、両腕にかけて、万朶（ばんだ）と咲いた桜の刺青！

「やあ、何奴じゃ？」

さけんだのは、家重ではなく、御添寝の御中臈のほうだ。まさに驚天動地の大異変、江戸城大奥、将軍家御寝所に、すさまじい刺青の曲者があぐらをかいてすわっているとは。――家重はすでに喪神したように立ちすくんでいる。

「おいらか」

と、弁天小僧はニンマリと笑った。

「知らざあ言って聞かせやしょう。月の武蔵の江戸育ち、もとはこれでも松平――」

「なんと？」

「おっとっと、こいつあとっくに忘れた名だ。浜の真砂と五右衛門が歌に残せし盗人の種はつきねえこの国で、およそ日本六十余州、盗みにはいらぬ国もなく、だれ言うとなく日本と、肩名に呼ばれる頭株、賊徒の張本日本左衛門、その白波にすっぽりと、濡れて着なれた大振袖、水もしたたる前髪くずし、化けた櫛巻白無垢の、姿ではいれば大奥も、往来自在の弁天小僧！　面ア見知ってもらいやしょう」

ぬっくと立ちあがると、ツカツカと刀架のほうへあるいていって、これをとり、スラリとひきぬいて、将軍と御中臈につきつけた。ふたりは、声も息もない。

「やい、あるけ」

「ど、どこへ？」

「表の方へだ。あの音をきけ、あれアおいらの助けた娘と仲間が、伊賀か甲賀に見つかって、これに追われてる騒ぎにちげえねえ。こうなっては背に腹はけえられねえ、おめえさんを囮にして、侍どもをみんなこっちに呼びあつめてくれる！　早くあるかねえと、ほんとにたたっ斬るぞ！」

刀に追われて、将軍と御中臈はヨロヨロと御小座敷を出る。

ふいに足をあげて、御中臈の尻(しり)をどんと蹴った。

「さあ、上様の御命があぶねえと、吠(ほ)えてかけまわりゃがれ」

つんのめりながら、注文どおり、ひっ裂くような絶叫がにげてゆく。

「方々、大事でござりますっ、大奥に曲者が忍び入りました！　上様の御命があぶのうござりますっ、お出合いなされ、お出合いなされっ」

そうでなくとも、廊下をウロウロしていた女中たちは、このさけびに仰天して雪崩のようにかけあつまってくる。——が、いかんせん、男禁制の女護ガ島の中だ。

「やあ、曲者！」

「う、上様っ」

声だけは鼓膜もやぶれそうだが、薙刀(なぎなた)のひかりは遠く点閃(てんせん)とおののくのみ。もっとも、その上様の背にピッタリ刀がつきつけられているのだから、手のくだしようもない。悲鳴と号泣の声が渦をまいた。

その嵐にもみしだかれるような花の雲にとりかこまれつつ、家重と弁天小僧は、ツ、ツ、ツーとお鈴廊下を移動して、御錠口にちかづいてゆく。

御錠口。――これが表と奥をへだてる戸だ。

「あけろ！」

と、さけぶ弁天小僧の叱咤よりも、恐ろしいのは、そのまえにポカンと立っている将軍だ。

女ながら坊主あたまの御錠口番は、うろたえて黒塗縁の杉戸をあけた。

「出やがれ」

と弁天小僧が将軍をグイとおしたとき、うしろから、

「き、菊弥っ」

この世のものとも思われぬ絶叫とともに女がひとりかけよってきた。巻絹だ。おのれのつれこんだ人間が、このたとえるに言葉もない大騒動の張本人と知って、さすがの巻絹も、すでに正気の目のいろでない。

「待ちゃれ、待たぬか、菊弥っ」

さけびつつ、薙刀をふるって斬りかかる。身をしずめてこれをかわすと、弁天小僧は巻絹の左肩から大袈裟（おおけさ）に斬りさげた。ざーっとあがる血しぶきが、桜の刺青にふりかか

る。どっと女たちがあとずさった。

「婆(ばば)あ、世話になった！」

一声、にっとして弁天小僧は、家重をつきとばして御錠口から出ていった。

江戸城はまさに狂乱の坩堝(るつぼ)であった。数人の曲者がしのびこんで、庭から庭へ、塀から塀へにげはしる大変事さえあるに、

「出合え、お出合いなされ！」

「上様が一大事でござるっ」

「上様のお命が――」

この恐るべき声が宙をかけてくると、みんな全身の毛をさか立てて、その声の方に雪崩をうちかえした。

夜の江戸城に何百人何千人の武士が渦をまこうと、その中心部は、しかし台風の目だった。弁天小僧は、将軍を楯(たて)にしたまま、一歩一歩、座敷から座敷へ、廊下から廊下へのがれてゆく。

外はすさまじい嵐であった。暗黒の雨がたたく。暗黒の風が吹く。

ついに彼は極楽橋門にちかづいた。そのまえで旋風のようにまわっている死闘の一団

がある。救い出したお雪をとりかこむ忠信利平、赤星十三、南郷力丸と、これをのがさじと剣光でつつんだ武士たちだった。

「忠信っ」

「おう、弁天か！　しくじった。もういけねえ」

と、さけびかえす忠信の声も風にちぎれる。

「なんの――ここに将軍を――」

弁天がいったとき、家重がどっとたおれた。ついに気力がつきはてたのだ。しかし、将軍の足がなくなったということは、弁天小僧にとって破滅的であった。

「あっ……こいつ、のびやがった」

と、舌打ちする弁天小僧に、発狂したように大集団が殺到する。それとみるなり弁天は将軍に馬のりになって、

「やいやい、まだ死んじゃいねえ、気を失っただけだ。ヘタに近よると、ほんとに御命をちょうだいするぜ」

と、刀を逆手にもったが、じっと将軍のあおい顔をみて、

「おいらにゃ、やっぱり手がくだせねえ」

とつぶやき、いきなりぱっとかけ出した。とみるまに、襲いかかる二、三人を斬りおとしつつ、スルスルと猿のように極楽橋門の上に這いのぼった。

「やいっ、門をあけろっ」

彼は風に絶叫した。

「あけねえと、こうだぞ！」

その白い手が闇に一閃すると、門の外へなにか投げた。轟然とすさまじい火柱があがった。火薬だ！　それはかつて田沼から奪ったあの火薬にちがいない。――投げたのは外側だが、これにはみんなとびあがって、怒濤のようににげかえる。

「弁天っ」

忠信の悲痛な声がはしったのは、すでに門の外であった。いまの火薬におどろいて、すでに彼らをとめる影もない。

「忠信、お雪坊！　たっしゃでくらせ！」

弁天小僧の左手がまたあがると、こんどは門の内側へ――むらがる侍の群へ、黒いものが尾をひいて、また轟然と火柱が立った。

「あっはっはっはっ」

笑顔は明かるいが、火光に浮かんだ弁天小僧の姿は、世にも凄絶をきわめている。さすがにここまで出るまでに、狂気の乱刃をくぐったとみえて、髪はみだれて風に吹きなびき、袖も裾もズタズタになって、桜の刺青もただ朱一色であった。

「のがすな！」

「もう地雷火はつきたと見えたぞ！」

侍たちが、気死からよみがえって、またつむじをまいて門の下へおしよせたとき、門の甍に仁王立ちになった弁天は、

「嵐にちりゆく花じゃあねえが、これまでつもる悪事の年明、今夜を一期に斎日の、閻魔の庁へ名乗って出る、弁天小僧の最期のほどを、うぬら、近くへ寄って見物しろ！」

とさけぶと、簓のようになった大刀を血まみれの袖でつつんで逆手にもち、プツリと腹につきたてた。

寄手からこのとき名状しがたい叫喚があがった。切れて吹きながれた晒のあいだから、そこだけ真っ白な胸が見えた。とみるまに、それは炎と血に真紅に染まった。おう、見よ、そこに盛りあがったふたつの乳房！

「忠信……おいらはおめえを……」

ささやく声は、風だけがきいた。夜空に浮かんだ乳房は、次の刹那、女、弁天小僧のいのちの光芒(こうぼう)をえがいて、烏羽玉(うばたま)の闇に燃えおちていった。

第三帖　南郷力丸

頭

百数十人の群盗を指揮して、日本六十六州に跳梁し、江戸開府以来の大盗といわれた日本左衛門こと浜島庄兵衛が、いかなる心願あってか、みずからすすんで京都町奉行所に名乗って出たとき、公儀の方ではもとより愁眉をひらいた。巨木たおれて群葉の散るは、期して待つべしとかんがえたのである。

ところが、事態は、かえって逆となった。

日本左衛門が統率していたころは、泥坊なりの秩序があった。それゆえに、いっそう恐るべき猛威をふるったとはいえ、たとえば、少なくともそのころは、襲うのはかならず大名とか金持にかぎったのである。——が、それ以後というものは、縄をとかれた百数十匹の獣のごとく、相手えらばず、手あたりしだい、その惨害をおよぼしはじめたから、いよいよ始末のわるいことになった。

日本左衛門配下の大賊、忠信利平、赤星十三、南郷力丸などその居処はおろか、顔かたちさえよくわからないのである。

日本左衛門は、京都町奉行所で、峻烈な取調べを受けた。一味の組織人数、徒党の素性人相をあきらかにせよと、恐ろしい拷問を受けた。しかし、この首領は冷然と微笑しているばかりで、知らぬ存ぜぬで押し通した。

なんの収穫もないうちに、江戸町奉行所から、巨盗の身柄受け取りの一行がやってくる。

与力堀田十次郎、同心磯野源右衛門、小村岡右衛門、竜田孫助、佐藤久兵衛、岡儀八郎、星野磯八、小林藤兵衛、それにいずれも二人ずつの小者がついて、都合二十四人。

この堀田以下の面々は、ここ数年、とくに老中から密命を受けて、東海道一円、日本左衛門を求めて探索に苦労してきた連中だった。数年前、いちど見付の宿で、日本左衛門が配下のおもだったものと、庚申待ちの夜通しばくちをすることをようやくききこむという天来の機会を得て、その家を包囲したことがある。彼らがふみこんだとき、日本左衛門はあわてもせずに立ちあがって、燭台をうち倒したが、そのときニヤリとみせた笑顔の物凄さを、彼らはいまでも忘れることはできない。日本左衛門は、それから足をあげて、横手の壁を蹴やぶったらしい。闇の中の争闘がおわったのち、気がついてみると、捕手の死骸が六つ七つ残っているばかりで、めざす一味の影もなく、ただ壁の穴がパックリと黒い口をあけて彼らを笑っているばかりだったからである。

与力堀田十次郎は、とくに老中の下知を受けるほどあって、江戸町奉行所でも指おりの利け者だった。彼は京都町奉行所に到着して、日本左衛門の面だましいをひとめ見ると、すぐに、これはいかに拷問してみても容易に埒はあくまいと見てとった。

そこで、日本左衛門は、すぐにそのまま江戸送りとなる。

巨盗を唐丸籠に入れ、江戸からきた一行のほかに、京都からさらに三十人余の人数を加えての、厳重な東海道の旅であった。

むろん、配下の奪還をおそれてのことであったが、その威にうたれて手を出しかねたか、道中さしたることもなく、日を重ねて、一行はやがて袋井の宿にはいった。

ひとつの騒動のおこったのは、その夜のことである。

町はずれの小さな荒物屋に三人の凶盗が押し入り、亭主と老母を惨殺してにげようとし、近隣の人々に知られて、その家をとりかこまれたのだ。

それを見にいって、はせもどってきた同心の一人が、堀田十次郎に何やら報告すると、堀田の顔色がさっとかわって、異様な目で土間の唐丸籠の方をみたのに、中の日本左衛門はふしんな声をかけた。

「御役人、なんのさわぎでござる？」

「うぬの手下が、当宿の一民家に押しこんだそうな」

と、堀田は、にくにくしげに言った。

「四人組じゃ！　亭主と老母を斬り、町のものどもに騒がれて、女房と子供を人質にしておるという」

「ほう」

日本左衛門は嘆息をもらして、首をたれた。

「何と申す奴らでござるか」

「知らぬわい。ただ、日本左衛門の一党じゃとほえて、いばっておると申す。庄兵衛、義賊の張本とか何とか大言するうぬの手下の所業がこれよ」

「恐れ入ってござる。何とぞ御遠慮なくひっとらえて、御窮命くださるよう」

「たわけ、うぬの指図は受けぬわ」

といって、同心たちに、「それ」とあごをしゃくり、十手をとって歩きだそうとして、急に立ちどまった。はっとしたように日本左衛門の方をふりかえり、

「危ない、罠におちるところであった」

「罠？」

「庄兵衛！　うぬは手下に騒がせて、こちらの人数を手薄にし、そのすきに唐丸籠を破ろうとするのであろう。その手はくわぬわ！」

日本左衛門は笑いだした。

「フフ、なんのお疑いかと思ったら、そんな御懸念か。あはははは、さような小細工をするほどなら、なんでこちらから自首して出ましょうや」

「しからば、うぬを護送するわれらが、当駅に宿泊いたしおるというに、わざわざ、何を好んでうぬの配下が、さような騒ぎをおこしたか」

「されば、よほどうかつな頓狂者でござろう。あいや、それほど拙者が御懸念ならば、縄つきのままでよろしゅうござる。この唐丸籠をはこばれい。拙者がいって、よくいいきかせて、神妙にお縄を頂戴いたさせましょう」

「何を、た、たわけたことを——」

堀田十次郎がいよいよもってのほかという顔をするのを、日本左衛門は撫然たる目で見ていたが、やがてしずかにうなずいて、

「ぜひもない。と申して、きゃつらが、まことに拙者の手下ならば、拙者をお送りくだ

さるお骨折さえ恐れいるに、その上大汗かかせ申すのは、いよいよもって御苦労の至り。……これは、やはり、拙者の方で成敗いたしましょう」

「な、なにっ」

と、役人たちが目をむいたとき、日本左衛門は顔をあげて、口から一声、奇妙な声をもらした。梟のような声であった。……日本左衛門の一党が、仲間と合図するときに、つねに用いる奇怪な呼び声である。

――と、それにこたえて、どこやらで、べつの梟の声がした。

「や？」

役人たちが、総身に水のながれるような思いがして立ちすくんだとき、

「力丸っ」

と、日本左衛門がさけんだ。

「へえい！」

という返事が、思いきや、屋根の上で。――

鞭(むち)

しばらくのあいだ、役人たちは、金縛りになったままであった。

日本左衛門の護送に、かつての手下が奪還をこころみるのではないかというおそれは十分あり、それゆえにこそこの警戒なのだが、今まで少なくともその身辺に怪しい影はなかったと信じていたのに、日本左衛門はまるで侍者でも呼ぶように平然と呼んだ。

――しかも、その名は、南郷力丸！

南郷力丸。――それが大盗日本左衛門の四天王のひとりだということは、役人たちも知っている。すなわち、もっとも剽悍(ひょうかん)、凶暴の盗賊のひとりだということを。

その南郷力丸が、いつ屋根の上にひそんでいたのか、いや、いつごろから、この護送の一隊にくっついていたのか。――そうではない、日本左衛門がこう忠犬でも呼ぶように気楽に呼んだということは、おそらく京を出たときから、犬ならぬ送り狼のごとく、昼、夜、ピッタリと追いすがってきていたということだ。

「――く、曲者(くせもの)！」

たちまち、人々はどっと往来になだれ出て、屋根をふりあおいだ。

南風のふきわたる屋根の上に、まるい、春の月がかかっている。そこから、ノッソリとひとつの影が立ちあがった。

「曲者！」

「神妙にしろ！」

口々にさわぐ役人たちを見おろして、ニヤリと月に白く歯をひからせた。どちらかといえば、ズングリムックリと背がひくく、ふとり肉だが、若さと精悍の気が、全身にあふれている。

「南郷力丸か、ふ、不敵な奴！」

と、堀田十次郎がうめいた。

「さようさ、名は知っていたか？　いいや、知るめえ」

快活な笑い声であった。

「富士見の間からむこうに見る、大磯小磯小田原かけ、生まれが漁師に波の上、沖にかかった元船へ、その舟玉の毒賽をぽんと打ち込み捨て碇、船丁半の側中をひっさらってくるカスリとり、板子一枚その下は、地獄と名によぶ暗闇も、明かるくなって度胸がすわり、艫を押し借りやぶったくり、舟足重き凶状に、きのうは東、きょうは西、いどこ定めぬ南郷力丸！」

「そ、それ、ひっとらえろ！」

と、同心たちが十手をふりたてると、

「ええ、さわぎゃがるな、まだこっちにゃあ用があるんだ。ジタバタすると、こいつをたたきつけるぞ」

力丸は、片手に黒いものをふりあげた。

「あっ、あれは！」

役人たちは、どっとあとずさる。

日本左衛門の一味が、恐るべき火薬ようのものをつかうのは、いままでしばしば捕吏たちをふるえあがらせた事実だったからだ。

「おい、お頭をそこへ出せ」

と、力丸はふとい声でいった。

「おとなしく出さねえと、覚悟があるぜ。出してくれりゃあ、何もしねえ」

目をひからせて、屋根の上と、土間の方を見くらべていた堀田が、ややあって、

「出してやれ」

と、命じた。力丸の脅迫もさることながら、好奇心もうごいたのである。が、傍の同心に耳うちすると、三人ばかり刀身をぬきはらって、やがて往来にかつぎ出された唐丸籠にピタリとつきつけた。

「お頭！」

屋根の上から、せぐりあげるような声が降ってきた。

「力丸か」

唐丸籠の中から、なつかしそうに、

「御苦労。……だがな、おれのことは気にかけるな。これ以上の見送りはよすがいいぜ」

「お頭。……おいらにゃわからねえ。お頭はなぜ自首して出なすったんです！」

四天王のうちでももっとも快活、わるくいえば凶暴な力丸の声が、嗚咽（おえつ）している。

「仲間がみんな、泣いていますぜ。お頭に去られちゃあ、みんな巣に残された雛（ひな）みてえなもんだ。おねげえだから、もういちど娑婆（しゃば）へ出ておくんなさい」

「ばかめ」

役人の重囲の中だから、さすがの日本左衛門も狼狽したし、力丸ののほうずなのに、あきれかえりもした。力丸はその役人も眼中にないかのごとく、

「お頭、おいらがその籠を破ったら、お頭はもどっておくんなさるか？」

「そ、そうはゆかねえ。いいや、こんりんざい、おいらは出ねえぜ」

「な、なぜ？　なぜです、お頭――」

たまりかねて、堀田が制止に出ようとしたとき、日本左衛門は大喝した。

「みれんだぞ、力丸。――おれがおめえを呼んだのは、そんなたわごとがききてえためじゃあねえ。ちょいと、用があるんだ」

「用とは？」

「今聞きゃあ、この宿で、おめえの仲間が民家に押し込んで、無慈悲な人殺しをしたとやら、盗みはすれど非道はせずと、おれの高言にそむいた情けない奴ら――」

日本左衛門の顔に雲がかかった。

「いま、おめえがいったように、おれに捨てられてあとは巣にのこった雛同然ときけば不愍だが、このおれがそうきいて知らぬ顔はできねえ。てめえ、いって、ふンじばって、お役人にひきわたせ」

「えっ」

「せめて、いっしょに三尺高え木の上にあがり、おれが冥途(めいど)の道案内をしてやろう」

「お、お頭！」

「ゆけ、力丸っ」

日本左衛門の声は、凄烈(せいれつ)をきわめた。

南郷力丸は甍(いらか)の上で棒立ちになって、唐丸籠を見おろしていたが、やがて「あっ」と、大きくうなずくと、その影は忽然(こつぜん)ときえた。月に雲がかかったが、その刹那(せつな)役人たちには、まるで鴉(からす)が夜の天空に飛び去ったようにみえた。

虱(しらみ)

かつての日本左衛門の配下、天竜の金兵衛、白鳥雷蔵、沼津の十呂八(とろはち)、てれつく捨兵衛の四人は、おなじ夜、この袋井の宿に、唐丸籠の首領とそれを護送する役人の一行が泊まっているとは知らなかった。

それよりずっと夜おそくなって、すきっ腹ののら犬みたいに、ヒョロヒョロとこの宿場にはいってきて、闇雲に手ぢかの荒物屋に押しこんで、目をさましてさわぎだした老婆をたたっ斬り、それをみて半狂乱に刃むかってきた息子を惨殺したのである。

その悲鳴に近隣が起き出してきて、大騒動になった。沼津の十呂八と、てれつく捨兵衛が飯櫃にくらいついて離れなかったのと、白鳥雷蔵が若い女房に色気を出してもてあそぼうとしたために、このヘマをやったのである。一番年をくった天竜の金兵衛は舌打ちをしたが、こうなると、この太った町人みたいな顔をした男が、もっとも俊敏で残忍な行為に出た。

「戸をあけろ」

と、十呂八に命じ、

「灯を明かるくしろ」

と、ほえたかと思うと、土間のあがり框に腰をかけ、二つになる幼児を横抱きにひっかかえて、そののどにギラリとひかる脇差をつきつけたのである。

「やい、野郎ども、近づいてみろ、この餓鬼は一刺しだぞ」

往来に黒山のようにひしめいていた群衆は、一目みて、悲鳴をあげて、どっとさがった。

子供はいまにもひきつけそうに泣きさけんでいる。それを見て、じぶんもまた悶死しそうに身をもがく若い女房を、うしろから羽がいじめにした白鳥雷蔵は、

「………」

目をつむって、袖ぐちから入れた手の指さきで、もだえる乳房の触感をたのしんでいた。この場合に、赤い唇がニンマリと笑んで、こいつ、ちょいといい男だ。

「やいやい、てめえら、おれたちをどこの誰さまと思う？　きいておどろくな、日本左衛門の一党で、閻魔もはだしでにげる四天王だぞ。いいや、こわがることはねえ、こわがるより、上下座しなけりゃならねえ奴がいるはずだ。あしたは首でも吊らにゃならねえ土壇場で、天から降ってきた大判小判に命びろいした奴アねえか？」

天竜の金兵衛、勝手なことをいっている。宿場の役人の姿もみえるが、近づくこともできない。

「あれア天から降ってきたんじゃあねえ。おれたちの仕業だ。この宿の貧乏人にも、きっとおぼえがあるはずだ。あの大恩を忘れたか？」

金兵衛は、実はこうして吹いて吹いて吹きまくって、みなを完全に往来にひきよせ、釘づけにするのが狙いなのだ。このあいだ十呂八が、屋根裏を切りひらいて、穴をあけ

ている。いいかげんなところで女房を戸口に立たせ、うしろから脇差でおどしながら、あっというまに灯を吹きけして、屋根の上へ逃げ出すつもりなのだ。

沼津の十呂八は、往来からみえないかげで、箪笥(たんす)の上にはいあがり、屋根裏に刃をふるっていた。オッチョコチョイで意気地なし野郎だが、それだけに金兵衛や雷蔵みたいな度胸はなく、死物狂いだ。

ばりっ——と、ついに板が裂けた。バラバラと木屑(きくず)が散る。もう。一太刀、三太刀——穴から、春の夜空の星がみえた。

「しめた!」

と、さけんだとき、忽然、彼はぎょっとした。

その穴から、にゅっと一本のふとい足が降りてきたのだ。

「うわっ」

と、恐怖の悲鳴をあげて、夢中で斬りつけようとした十呂八の鼻をその足がドーンと蹴って、十呂八は地ひびきたてて畳の上にころがりおちる。

「や?」

女房を抱いていた雷蔵が、びっくり仰天してふりかえったとき、その穴から、精悍な獣のようにひとつの影がとびおりてきた。

「な、南郷の兄貴！」

「こ、こりゃまたどうして？」

四人は驚愕の叫びののち、狂喜の目いろになった。

ほんものの四天王のうちでも一番暴れん坊で、血の気が多くって、それだけに怒るとこわいが、もっとも人なつこくて単純な南郷力丸である。背はひくいが、まるまるふとって、力丸は、いつものように湯あがりみたいな若々しい皮膚の色をしていた。

「南郷の兄貴がきてくれたとありゃあ、百人力」

「天の助けってことよ、友だちがいに、よくきてくれた！」

笑いかける四人に、力丸は笑わない。ブスリとしていった。

「おいら、お頭のいいつけで来たんだ」

「なにっ、お頭？」

四人、同時にさけび、すぐ息せきこんで金兵衛が、

「お頭は、気が狂って、京都の町奉行所へ――」

「その京都から江戸送りの唐丸籠が、今夜この宿場に泊まってることを知らねえのか？

とんだとんまな野郎どもだなあ」

「……？」

「ところで、お頭の仰せだがな」

金兵衛たちは、大きな目だまをむき出している。どうやら風向きが少しおかしいと気がついたのである。

「盗みはすれど非道はせずと、日本左衛門一党の掟にそむいた奴ら――みんなふンじばって、お役人にひきわたせ――だとよ」

「なんだと？」

四人、あたまから、水をあびたような顔いろになった。首領の命令がどんなに恐ろしいものか、かつての配下で、身をもって知らぬものはない。

が、すぐに金兵衛は、そのお頭が唐丸籠の中にいる人間だということに気がついた。

「南郷の兄貴」

「なんだ」

「お頭は……ほんとにどうかしなすったんじゃあねえか？」

力丸は、沈黙した。実は彼もそんな気がしないでもない。

「かわいい手下を役人にひきわたせなどと……そりゃおれたちもよくねえが、あれ以来、しけつづきでよ、今夜も腹をへらして苦しまぎれのこのさわぎさ。背に腹アけえられねえとはこのことだ」

「フ、フ、あんまりかわいい方でもねえだろう」

力丸は苦笑いした。

「実をいうと、おれもお頭のかわりようがのみこめねえが、そりゃおめえたちをつかまえろといったことじゃねえ、そもそも奉行所に名乗って出なすったことだ」

「そ、それじゃあ、おめえ、お頭のいいつけどおり……おれたちを売る気か！」

「売る？」

力丸は、じろっとよくひかる目で四人を見すえて、肩をゆすって、

「そんなつもりはねえ。実は、お頭のお言葉にそむいて悪いがな、おめえたちは助けてやるつもりだ。はやく逃げろ」

「あっ、それをきいて、足のふるえがとまった。はやくそれをいってくれりゃいいのに」

「ただ、ものは相談だが」

「え、相談とは？」

「おいら、どうあってもお頭をあのまま獄門台に送る気にゃならねえ。かならず、きっと、救い出す。……そのとき、おめえら、手伝ってくれるか？」

「あ、そのことか。それなら、こっちで願いてえくれえだ」

といったが、金兵衛たちは、実はきびしい掟にしばられた集団から解かれて、ここのところ、悪の自由を満喫しているところでもあった。しかし、いまはそんなことを口にする余裕もなし、

「それじゃあ、兄貴、ここをぬけて、どこで会おう」

と、もう逃げ腰だ。力丸はちょっと考えて、

「小夜の中山、夜泣き松の下で待て」

といって、顔をあげて、

「ところで、そこにころがっている二つの仏、下手人はだれだ？」

「おいらだ」

と、十呂八がいった。いちばん臆病者の彼が、狼狽のあまり荒物屋の亭主とその母を斬ったのである。

「それじゃあ、十呂八だけをのこして、金兵衛、雷蔵、捨兵衛ははやくゆくがいい」

「わっ、お、おいらはどうなるんだ？」

「お頭の仰せだ。いくらなんでも、四人ともにがしてやるわけにゃゆかねえ。おめえだけ、罪ほろぼしに体を張ってくれ」

「そ、そいつあひでえ、兄貴！　そんなことってねえよ」

「それ、みんなあつまってくる。三人、はやく逃げねえか！」

立ちすくんでいた金兵衛と雷蔵と捨兵衛は、力丸に叱咤(しった)されて、女房と子供をほうり出し、ぱっと身をひるがえすと、先を争って箪笥によじのぼり、屋根の穴にはいあがる。

「兄貴、かんべんしてくれ、お、おいらも逃がしてくれ！」

すがりついてきたのが、突如、猛然としてくみついて、力丸をねじ伏せようとかかったのを、

「こいつ、とんまのくせに、糞力(くそぢから)のある野郎だな」

と、力丸は笑った。とみるまに、そのくびと帯をひっつかんで、目よりもたかくさしあげた。

凶賊が逃走を試みはじめたとみて、どっと役人たちが殺到してきた。その前へ、

「そらよっ、こいつだけで我慢しろやい！」

沼津の十呂八のヒョロ長いからだが、物干竿みたいにとんできた。

役人たちがはねのいて、すぐにそれになだれかかった。それから気がついて顔をあげると、南郷力丸の姿はすでに消え、星空の穴から酸鼻な血の海へ、チラ、チラ――と、二片三片の花びらが、散りこんでいるだけであった。

雛

「あ、唐丸籠だ――」

「日本左衛門が通る――」

東海道、どこの宿場でもそうだが、ここ大磯の宿でも、その行列がくるまえに、往還をあわててはしる人々のために黄塵がたちのぼり、ただよっている。

が、その一行がさしかかると、騒ぎはピタリとおさまって、まるで魔群の通過のごとき静寂が一帯におちる。まさに、泣く子もだまる大盗の護送風景といいたいが、ふしぎ

なことに、道ばたにひしめく群衆の中に、ときどきすすり泣きの声がおこる。はじめ、それがもとの手下の声ではないかと目をひからせた役人たちも、よくみれば貧しい百姓であったり、女房であったり、少年であったり、さては義賊を売物の日本左衛門に救われたことのある奴らだなと見きわめをつけたが、それがどの宿場にもみられることであったから、もうことさらに耳もかたむけなかった。

「ねえちゃん、あれか」

路傍の人々のなかで、小さなささやきがきこえた。

「あれが、兄さんのお頭か」

「そうよ」

「兄さんのお頭は大泥坊だったのか」

「…………」

「そうすると、兄さんも――?」

「しいっ」

十五と十三ぐらいの娘である。小麦いろの頬、くるくるとした黒い目、愛くるしいが貧しげな――潮の匂いがするところをみると、漁師の娘かもしれない。

十手、つく棒、さす叉にかこまれた唐丸籠は二つ。一つはいうまでもなく日本左衛門だが、あとの一つはベソをかいた胡瓜のような沼津の十呂八。

「あら、泣いてるワ」

「かわいそうに――」

ふたりは目を見かわした。涙ぐんでいるその目が、しだいにかがやいてくる。

「兄さんは、あのひとたちを助けようとしているんだね」

「そうよ、兄さんは日本左衛門の子分だったんだから」

「日本左衛門っていうと、貧乏人の味方だね」

「そうでなくって、兄さんが子分になるものか」

「それじゃあ、あのお林ねえさんも？」

ふたりは、ふりかえった。そこから群衆をこえて七、八歩、旅人風の男と、髪を櫛巻にした女がよりそって、通りすぎてゆく唐丸籠を見送っていた。が、その男の伏せた三度笠のかげにひかる涙――南郷力丸だ。

「お林、それじゃあ、おいらはゆくぜ」

「おまえさん、できるの？」

「できるか、できねえか、なんとかしてお頭を救い出さずにゃいられねえ。……お頭さえ、その気になってくれりゃ、何でもねえことなんだが」

「ほんとに、お頭は、どうしてまあ、みんなをおっぽり出して自首しなさる気になったもんだか――」

　お林は唇をかみしめた。雪のようなひたい、きれながの目、ぞっとするほど凄艶な顔だち。――やはり、日本左衛門の配下の一人で、浮雲のお林とよばれる女賊。

「けれど、何にせよ、危いからおよしとおまえさんにいえるあたしじゃない。きっと望みをはたしておくれ」

「いうにゃおよぶ。ただ、あのふたりの妹は、くれぐれもたのんだぜ」

　ふりむいた力丸とお林の目が、こっちをみている二羽の雛鳥みたいな娘のつぶらな目と合った。むこうはニッとして舌を出し、こっちはドギマギして苦笑した。

　はやくから両親を失った力丸のただふたりの妹、お富士とお波である。ふたりは、ふだん家にいたことのない兄の力丸が、東海道で魔神のように名のきこえた日本左衛門の子分だったとは、こんどはじめて知ったこと。

　もっとも、大磯の海辺の小屋で、貝をひろったり、藻をとったりして、チンマリとくらしている幼い姉妹のところへ、いままで年に二度か三度、風のようにもどってきて、金を置いては去ってゆく兄を、ふしぎがればふしぎなのだが、ふたりにそれほどの思考力はなく、第一、この強い、元気者の兄は、絶対の偶像だったからぜひもない。

ところが、一月ほどまえ、その兄がひとりの女をつれてやってきた。

「おいらの女房だ。仲よくくらしてくれ」

そういうと、また風みたいに飛んでいってしまったものだ。

天から降ってきたようなこの嫂の出現に、びっくりするより、お富士とお波はよろこんだ。ふたりは快活な気性だったが、やっぱり孤独の寂しさに抱きあって泣く夜もあったし、それにこの嫂の情のこまやかさ、気っ風のよさは兄そっくりで、すぐ三人はほんとうの姉妹みたいになってしまった。

昨夜、兄がまた飄然とこの大磯にもどってきて、あわただしいお林とのヒソヒソ話から、さすがのふたりもようやく兄の行状、お林の素性をかぎつけたが、

「いいかい、お波、知らないフリをしてるんだよ」

「わかってるよ!」

そううなずき合った問答をいまもくりかえしたところへ、

「お富士、お波」

と、力丸とお林がそっと寄ってきた。

「おいらはまたちょいと江戸へいってくる、姉さんのいうことをよくきくんだよ」

「あい」

「お林、天涯に身寄りのねえ妹たちだ、すまねえが、これも縁だと思ってどうぞ面倒みてやってくれ」

「何いってるんだよ、おまえさん、ホホ、あとのことは心配しないで、さっさとゆきな！」

じっと目を見かわしたのも一瞬、南郷力丸は身をひるがえすと、つむじ風のように東へかけ去ってゆく。お富士とお波の肩に手をまわし、女賊は目に涙をたたえて、いつまでもそのあとを見送っていた。

この路傍のひそやかな劇を、だれ知るまいと思いきや、

「おい、いまのはたしか力丸だな」

「ちげえねえ、お林が残ってるもの」

「ところで、そのお林が抱いてるふたりの娘はなんだ。どっか力丸に似てるとア思わね

えか」

「ひょっとすると、妹だぜ。力丸はここの生まれだときいたことがある」

群衆の中から、じっとひかってこちらを見ていた四つの目がある。

唐丸籠の一行が去って、どっと散る人々にまじって足早に歩きながら、しきりにあとをふりかえって小声で話しているのは——袋井の宿からにげた天竜の金兵衛と白鳥雷蔵。

「南郷め、唐丸籠を追っていたところをみると、奴め、やっぱりお頭をたすけようとあがいているんだな」

「無鉄砲にもほどがある。おれたちに、小夜の中山で待てといいやがったが——」

「こうなると、万一にもせよ、お頭に出てこられるのも、あんまりありがたくねえな」

「そうよ、今の気ままの方がいい。へへ、どうせ泥坊じゃあねえか、盗みはすれど非道はせず、とか——笑わしゃがらあ」

ふたりの唇はひきつっている。本音でもあるが、首領と南郷へのおののきでもある。

「夜泣き松ですっぽかしをくわされて、力丸、怒ったろうな」

「こんど会えば、バッサリだろう」

「と思いこんで、捨兵衛などは、どこかへ逃げてしまった」

ふたりは、足が萎(な)えたように、路傍の草の上にすわった。蝶(ちょう)が舞い、菜の花が咲いているが、ふたりの盗賊にはそれも目にはいらないように、首をたれてかんがえこんでいる。

やがて、顔をあげた金兵衛と雷蔵の目は、異様なひかりをおびていた。

「雷蔵、何をかんがえてる？」

「おめえは？」

「まず、おめえから言え」

白鳥雷蔵はニヤリとして、

「お林のことよ」

「なに、お林？」

「いい女だな。おれアずーっとまえから、のどが鳴ってたよ。南郷の情婦だから、おたかくとまりやがってよ、だから、いっそう高嶺(たかね)の花にみえたのかもしれねえが、こう一党がちりぢりになってしまえば、ひとり対ひとりだ。何とかしてやりてえなと考えてたんだよ」

「あきれた奴だな、てめえ」

と、金兵衛は目をまるくしたが、

「実はな、おれアあのふたりの娘っ子のことを考えていたのよ」

「へえ、そんな脂ぎった面アして、あんな乳くせえ子供を――」

「馬鹿野郎、色気じゃあねえ、南郷への楯にしようと思ってな」

「楯？」

「うむ、お林は、おめえ、どう思ってるかしらねえが、あれでなかなかこっちの手におちる女じゃあねえぞ」

「だから、いっそう武者ぶるいがするんじゃあねえか。歯ごたえがなくっちゃあ、おもしろくねえ」

「おもしれえか、おもしろくねえか――抱いたときに、おめえの命がありゃ見つけもんだ。それよりも、あのふたりの小娘をつかまえた方が、南郷への楯にもなりゃ、お林への槍ともなる。というのは、どうやらあの小娘は南郷の妹で、お林はふたりをたのまれたとおれはにらんだ。で――あのふたりをひっさらえば――だな――」

「あ、そうか。あの勝気な姐御が、おれたちにあたまをさげてくるってわけか。しかし、そんなことをすりゃ、南郷め、いっそう火みてえになるぜ」

「ならなくったって、どうせあいつといっしょにお頭を救う気がなけりゃ、こっちは無事にすみっこねえ。こうなりゃ、毒くわば皿までよ。それに……あの野郎、友だちがいもなく十呂八を不浄役人に売りゃがった」

「そうだ。そうだな、ようし、それにきめた！」

白鳥雷蔵は、赤い唇で、キュッと笑った。

「それじゃあ、おれはお林を手なずける。からだで手なずけて見せるよ、へ、へ、おめえには、あの小娘をやらあ」

「ばかにするな」

「なあに、ちょいと見だけだが、金時みてえな兄貴に似ず、かわいらしい顔をしてたじゃねえか。ここ二、三年も待ってみろ、あんがいびっくりするような上玉になるかもしれねえぜ」

ふたりの凶賊は、すっくと立ちあがった。

網

大磯の海は、目には風光絶佳だが、岩が多く、波はあらい。ただ、その底に沈んだ小石に、赤、青、白など五色の石とよばれるものが多く、むかしからこれを盆景などにつかう。

その石をひろって籠に入れ、ざぶ！　ざぶ！　と白い足に波をまつわらせながら、春光うららの砂浜にあがってきたお富士とお波は、そこの岩に腰をうちかけ、煙管(きせる)をくわえてこちらを見ている二人の旅人風の男に気がついた。

顔を見あわせ、そっと遠まわりにゆこうとすると、

「おい」と、太った方がよびとめた。

「お富士坊、お波坊」

だれからきいたか、もう名を知っている。

「え、おじさん、だあれ？」

「おれたちか。……おめえの兄さんの友だちだ」

「それじゃあ、泥坊？」

金兵衛と雷蔵は狼狽した。二人の娘は大きな目で、じっと見つめて、

「おじさんたち、どうしてお頭を助けにゆかないの？」

「そこまで知ってるか？」

うめくようにいった雷蔵を、金兵衛は目でおさえて、

「そこまで知ってりゃあ、話はらくだ。だが、おめえたちの兄貴、南郷力丸は、戸塚であの唐丸籠の行列に斬りこんで、役人につかまったことは知るめえ？」

「うそ、大うそ」

「あの兄さんが、オホホホホ」

「あはははは、うそだと思うだろう。まさに、そのとおり」

金兵衛、からくも笑いとばしたが、心中、これは、とあわてている。西も東もわからない小娘だと思っていたが、さすがは力丸の妹、ちょいと罠にはおちなかった。力丸の妹であることをたしかめたのが、せめてものことだ。

「それはうそだが、うそでねえことがある」

と、声をひそめて一大事らしく、

「おめえたちのところに、女がひとりいるだろう?」

「お林ねえさん?」

「そうさ、そのお林だ。おめえたちはどう思ってるかしらねえが、あれア恐ろしい女だぜ。あんなにきれいな顔してて、何人ひとを殺したかしれやしねえ。女だてらに、日本左衛門の子分だというだけで、ただものじゃねえことがわかるだろう?」

「あれは、兄さんのお嫁さんだ」

と、お富士がキッパリといった。金兵衛はおっかぶせるように、

「その兄さんがだまされてるんだ。力丸の兄貴は人がいいからな。おれア、まったくおめえたちがかわいそうだからいってやるんだぜ。いまにみてろ、おめえたち、宿場女郎にたたき売られるから……」

お波が、あどけない顔を姉にむけてつぶやいた。

「ばかだね、このひとたち。……姉さん、ゆこう」

「ええ、いいかげんにしやがれ!」

と、額に青筋をたてて、白鳥雷蔵がかんしゃくをおこした。

「おとなしく口をきいてりゃつけあがりゃがって……兄貴、もうよせ、こんな乳くせい

娘にこんな手間暇かけてりゃあ、かんじんのお林をつかまえるのが思いやられる。こうなりゃ、腕ずくでひっさらっちまえ！」

「やるか！　よしきた！」

ついに本性をあらわした金兵衛と雷蔵、人手をひろげてつかみかかってきた。と、その悪鬼のような顔へ、ぱらっとたたきつけられた五色の石。

「痛っ」

「あっ、この野郎！」

おさえた手がはなれると、雷蔵の鼻から血がとび、赤いその手でギラッと脇差をひっこぬいた。なぐりつける刃の下をかいくぐって、二羽の胡蝶のように娘たちはにげる。

……美しい砂浜に、ときならぬ恐ろしき子をとろ子とろ。

砂が散り、小石が飛ぶ。磯育ちの二人の娘のあきれるほどの敏捷さ。――追っかける金兵衛と雷蔵の目は汗にくらみ、ついに往来までかけ出して、東の方からはいってきた行列にも気がつかなかった。

「無礼者っ」

というひっさくような声に、はっとして立ちどまると、二人の娘はその行列の先手にとらえられ、陣笠をひからせつつ、四、五人の武士がこちらにかけてくる。大名とまではゆかないが、少なくとも大身の旗本の旅と見たときはもうおそい。

「たわけ、将軍家御側衆の先を切る不埒者め」

「みれば、白昼、年歯もゆかぬ小娘を白刃で追うとは、けしからぬ曲者っ」

「ひかえろ、ひかえろっ」

両腕をとらえられて狼狽しつつ、天竜の金兵衛、死物狂いの奸智をふりしぼってわめいた。

「申しあげます、あの両人は、天下のお尋ね者、日本左衛門の配下」

「凶賊、南郷力丸の妹でござりますっ」

と、白鳥雷蔵も声をあわせた。

その声を、行列の中の駕籠のぬしがきいてはっとした。

日本左衛門、それは「御下知物」といって、老中がとくに召捕を命じたほどの大盗だから、もとより将軍家御側衆が知らないはずはない。知らないはずがないどころか、実は昨日、戸塚あたりで、その大盗の江戸送りの一行とすれちがったばかりだ。

「なに、日本左衛門の一味じゃと?」

と、駕籠から白い顔をのぞかせて、

「これ、それはまことか、しかとあいたしかめろ」

「はっ」

と、娘をとらえた武士が息せきこんで、

「娘っ、あの男の申すところにまちがいはないか？」

ふたりの娘は、びっくりしたようにまわりを見まわしたが――正直といおうか、度胸がいいといおうか――コックリ、うなずいたものだ。

「まことか！　殿、まさしく日本左衛門の党類のようで――」

「それは容易ならぬ、かまえてのがすな」

という命令に、騒然として家来たちがお富士とお波をとりかこんだすきに、天竜の金兵衛と白鳥雷蔵は、

「ありがとうございます！」

「わたくしどもも、おかげで御用の御役目が立つでございます！」

とんでもない調子のいいことをいって、上下座したかと思うと、ぱっと身をひるがえしてにげてしまった。

「役人を呼んで、この娘両人をひきわたし、即刻、江戸へ送るように申せ」

こういって、駕籠の戸をとじたのは、将軍家御側衆田沼主殿頭意次。

この年相模国足柄などに三千石を加賜せられ、都合五千石の大身となる。はじめ西城の御小姓として出仕したときは、わずか六百石だった主殿頭だが、あいつぐ累進に得意満面、新領地の検分に出てきた旅上のとんだ拾い物であった。

俠

不覚なことに、お林は、この騒動を知らなかった。

何年ぶりにもつ針か。――ホロ苦さと甘い郷愁のいりまじった気持で、姉妹のつくろいものをして、夕方になって、あまりにふたりがかえってこないので、探しに外に出て、はじめて、お富士とお波が田沼の行列にとらえられたことをきいたのである。

田沼にとらえられたのみか、姉妹はすぐに役人にひきわたされて、そのまま江戸へ送られたという。――そこまではわかったが、なぜふたりがそんな運命におちいったか、まるで天狗にさらわれたとしか想像のしようもない意外事だ。

お富士とお波がつかまった！

むろん、公儀の方では、日本左衛門の余類とかぎつけたからにちがいない。どうしてそれがわかったのか、あの姉妹がどこまでじぶんの正体を知っているか。……なんにしても、容易な調べですむものとは思われない。

お林は、立ちくらみしたように海辺にたちすくんでいる。

なんの顔(かんばせ)あってか、力丸にまみえることができるだろう？　……あれほどくれぐれもたのまれ、あれほど高言したじぶんが！　勝気な女だけに、からだじゅう火にあぶられるような苦悩にさいなまれる。

いや、それよりも、お林自身が、あのふたりを、真実、じぶんの妹のようにかわいく思っていたのだ。

お林の耳に、いままで鳴っていた松風の音が、ようやくよみがえったのはしばらく後のこと。一種の失神状態から、こうしてはいられないという意志が、身もだえしつつ燃えあがってきたのだ。

決心をすると、あとははやい。そのまま、家にもとってかえさず、お林は風のようにそのまま、姉妹を追って走りだした。

夜にはいって、雨となった。

大磯から二十町平塚、平塚から三里藤沢、藤沢から二里戸塚。

お林は、ここに姉妹を護送する役人たちが泊まっていることを知った。が、その宿をとりまく警戒のものものしさ。日本左衛門が天下を聳動（しょうどう）させたお尋ね者であったにちがいないが、それにしてもその一子分の妹だというのに、なんという大袈裟（おおげさ）な——と、お林はあきれかえった。

あきれかえったが、同時に、じぶんの手では、ふたりを救い出すことなど、思いもよらぬことを知った。

あのひとは？……力丸はすでにお頭をしたって江戸にはいっているだろう。ここから品川までわずかに八里、この一行も明日じゅうには江戸にはいるにちがいない。

「ああ！」

夜の戸塚の宿。そのものかげにひそんで、雨の中にお林はもだえた。

江戸小伝馬町の大牢（たいろう）。その恐ろしい光景が、まざまざと目のまえに浮かんできたのだ。お林は、数年前、ほんのしばらくだが、そこにはいっていたことがあった。

まさか、南郷力丸の妹というだけで、お富士とお波のくびをきることもあるまい。しかし、小伝馬町の牢に入れられることはまちがいない。そして、戦慄すべきは、その女牢なのだ。

牢内のきまり、ならいは、男とたいしてかわりはないらしい。入牢したときまっぱだかにすること、新入りがひどくいじめられること。――が、女同士の世界であるだけに、それはいよいよ陰惨をきわめる。とくに牢名主が、若い美しい新入りに命ずる夜伽の、残忍、淫猥、醜怪な方法は、筆舌につくしがたいほどいまわしいもので、お林がそこに入れられたときは、まだ悪の世界のかけだしのころだったが、いま思いだしても身の毛もよだつくらいであった。

……お富士とお波を、あの中に入れるのか！

闇のむこうに、雨におぼろな御用提灯、そのまえをゆきつもどりつしている幾つかの槍、棒のひかりを見つつお林は、いてもたってもいられない。――と、そのうしろから、ささやくような声が、

「姐御」

お林はふりむいて、雨にうたれている二つの三度笠をみた。息をひいて、のぞきこんで、目をまるくして、

「あ、天竜と白鳥だね」

「ひさしぶりだなあ」

と、雷蔵はへんに粘っこい、ギラギラする目を寄せてきたが、

「白鳥、なんだかタチのわるいことをやってるというじゃないか」

と、真っこうからやられて、ギョッとした。まさかあの姉妹の件ではあるまい、それはこの女は知らないはずだと気がついたのは一瞬ののちで、

「フフ、あれか、南郷の兄貴、怒ってたろう？」

と、かすれた声でいった。お林の目がキラリとひかった。

「南郷？　おや、あたしがあのひとにきいたって、なぜ知ってるのさ？」

金兵衛の方が狼狽した。雷蔵の袖をぐっとひいて、

「なぜって、おめえ、南郷の兄貴とあんな熱々の仲だったじゃねえか。一味がわかれたからって、おめえたちがわかれるわけはあるめえ」

「お言葉通り、あのひとからたしかにきいたよ。お頭にそむいてまでいったん助けてやったのに、小夜の中山で待ちぼうけをくわせたってね。日本左衛門の面よごし、どこかで会ったら、唾でもひっかけてやれっていわれたわ」

「く、くっ――」

「おや、白鳥、おなかでもいたいの？」

「そうなんだ。こいつ下っ腹に持病があるらしい。実はそのおかげで小夜の中山で兄貴と会うことができなかったのよ」

と、金兵衛は苦しいところをうまくにげて、

「ところで、姉御、こんなところで何してる？　見れば、あそこに御用提灯、どうやら罪人の護送らしいが、まさかお頭じゃあるめえ」

かすかに浮かんだ笑いを、提灯の遠あかりにお林はじっと見つめて、

「実は、南郷の兄さんの妹がつかまったのさ」

「えっ、兄貴の妹が？　そ、そいつあてえへんだ」

「あたし、くれぐれもたのまれてたんだから、このまま江戸へ送られちゃあ、死んでも兄さんにおわびができない」

「そうだ、そうだろう、そのとおりだ」

と、白鳥雷蔵、ここぞとばかり身をのりだした。

「そうときいちゃあ、こっちもひとごとと見すてちゃおけねえ。姐御、おれたちも手

伝ってやろう」

「うむ！　これで南郷の兄貴にも申しわけがたつぜ。姐御、なんとか知恵をしぼってみようじゃあねえか。ちょいと、おれたちの宿にこねえか？」

と、いったのは、その宿へお林をひきずりこみさえしたら、金兵衛の口、雷蔵の腕っぷしで、あとはこっちのものという算段あってのことだ。

「ありがとう。それじゃあ、仲間のよしみ、ひと働きしておくれかえ？」

「ああ、やるともさ、ところで、その知恵は？」

と金兵衛は、知恵はじぶんの専売みたいなうぬぼれがあるから、

「知恵はあるさ」

と、軽くうなずかれて、ふっとお林の顔をみた。

「そ、それは？」

「何でもいい。これからあたしと三人で、あの御用提灯の前の往来を歩いておくれな」

「へ？　そいつあ、どうも、あんまりゾッとしねえな」

「おや、いま何でもやるといったじゃないか。ホホホホ、臆病ねえ、まさか役人は罪人の護送なんだから、往来をあるく旅人までいちいちとっつかまえやしない。ただ通りす

ぎるだけなんだから」

「それで、どうにかなるのか」

「あとは、あたしにまかせておくれ」

ポンと胸をたたかれて、二人は狐につままれたような顔だ。

やがて——お林を中にはさんで、天竜の金兵衛、白鳥雷蔵、笠をかたむけて、スタスタと御用提灯の前を通りかかる。お尻の穴がこそばゆい。……いったいお林は何をしようとするのか。

——と、そのまんまえで、ふいにお林がうずくまってしまった。

「ど、どうしたんだ？」

狼狽しながらかがみこむふたりに、

「あっ、痛い、痛いよ、あたしも持病の癪があるんだよ——」

と、お林はからだをくの字にしてもだえ苦しむ気配である。ふたりは何ともいえない顔を見あわせたが、にげだすわけにもゆかない。さっきの高言があるし、これがお林のいう知恵かもしれないのだ。両方から耳に口をあてて、

「姐御、おねげえだから、も、もうちょっとむこうへいって、痛がってくんな——」

「それとも、これが、どうにかなるあれかね」

お林は、それもきこえない様子で、髪ふりみだしてくびをふり、

「痛いっ、痛いよっ」

「これこれ、いかがいたした」

と、棒を小脇にかかえた役人が、二、三人近寄ってきた。金兵衛と雷蔵は、ぞーっと水をあびたような気持になりながら、顔をそむけて、

「へ、へい、とんだことで、恐れ入ります」

「どうか、ほうっておいておくんなさいまし」

と、手をふったとき、お林は顔をあげて、ハッキリと、

「どうぞ、ほうっておいてくださいますな。あたしは、日本左衛門の子分、浮雲のお林、このふたりは、やはり同類の天竜の金兵衛、白鳥雷蔵――」

なんともいえない叫喚が発せられたのは、金兵衛、雷蔵のみならず、役人たちの口からもであった。

のけぞりつつ、

「出合えっ、大盗の一味でござるぞっ」

宙におどりあがった金兵衛と雷蔵のからだに、棒がはしり、投げ縄がとんだ。雨の中に地ひびきたててころがったふたりは、役人にとりおさえられながら、

「姐御っ、気でも狂ったかっ」

と、絶叫した。

役人に両腕をとられたまま、浮雲のお林はしずかに立ちあがった。

「正気だよ。あたしゃ、小伝馬町の女牢にゆきたかったのさ」

「なにっ、な、な、なんのためだっ？」

「兄さんの妹、あのふたりを守ってやるためにねえ……」

わからない。お林の心事も言い分もよくわからないが、二人の凶賊は悩乱その極に達した。

「何ぬかしゃがる。それで、てめえ、仲間を売ったのかっ」

お林は、凄然と片頬で笑んだ。

「おまえたちも、南郷の兄さんに悪いと思ったら、無宿牢でお頭をまもっておあげ――」

「御用だっ」

闇

——ここは、闇淵の底であった。

いや、明かり取りは、下はめ四尺から上にあって、格子の太さ四寸角、そのあいだ三寸ばかりのところから、日光風気は通ってくるけれど、その外にまたおなじような太格子があるから、晩春というのに、ここは日かげの雪のような冷たさであった。

それよりも、この小伝馬町牢屋敷内女牢は、女の世界そのものの闇淵だ。

女牢は、二間半に三間の間取。常時二十人ぐらいが収容されていたということで、空間的には男の大牢よりだいぶ恵まれているけど、その反面、うすら寒いことはやむを得ない。

「ううっ、これでも裟婆は春かいの」

と、「穴の隠居」がいった。夜鴉のお定といって、江戸の女掏摸（すり）界の元老格だ。

「これで夏がくりゃ、まっさかさまに焦熱地獄だぞい」

と笑ったのは、牢名主のうぶめのお源。

うぶめとは、嬰児を産もうとして途中で死んだ女の怨霊(おんりょう)で、雨の夜下半身血でビショビショになって、女をみると、「やすかろう!」という物凄いさけびをあげる幽霊の名だが、どうしてこのお源に、こんな異名がついたのか、青黒く骨ばった顔に真っ白な髪をふりみだした悪と恐怖の化身のような老婆であった。

ところで、寒い寒いとこぼしつつ、ふたりともつみあげた畳の上にまた異様なものを重ねて、それに腹ばいになっている。異様なもの——それは、若い女のからだであった。一人の老婆にふたりずつ、仰(あお)むけにじっと横たわって、老婆はその上に寝そべっているのだ。

四本ならんだ白い円柱のような足、ふくよかなふたつの腹部、もりあがった四つの乳房。……たとえようもなく柔らかで暖かな肉蒲団(にくぶとん)。

その上に、遠慮会釈もなく、枯木のような肘(ひじ)をおいて頬づえをつき、ギロリとした目で見おろして、

「これ、仕置をつづけぬかい」

と、うぶめのお源はあごをしゃくった。

ほの暗い床の上に、十人ちかい女がもつれ合っていた。だれかひとりの女の四肢をお

さえている様子だ。しゃがれ声の督励一下、女たちはいっせいにうごめきだした。——と、その下から、

「あっはあ、あっはあ、おほほほほほほほほ！」

という笑い声が、あがりだした。字でかけばまさに笑い声だが、耳にきこえるのは笑い声どころか、獣のさけびだ。腕がもがく。胴がうねる。二本の足がのたうちまわる。——それを、女たちは、死物狂いに押さえつけているのであった。そしてまたべつの女たちが、あごの下、足のうらと、汗みどろになってくすぐっているのであった。

笑い責め。——いかにも女性らしい陰険な拷問で、その方法の単純で容易なわりに、その効果の残酷凄惨なことは、ちょっと類がない。

犠牲になっているのは、十日ばかりまえに入牢してきた若い女である。貧しい浪人の娘だということで、奉公先の主人の暴行をふせごうとして簪でその目を刺した罪ではいってきたそうだが、浪人でも侍の娘らしく、またその罪が物語るように、いかにも清楚で気品のある顔だちだった。

それが、かえって悪かったのである。まったく金をもってはいってこなかったのが、もともとこの牢内ではとんでもない物知らずなのに、それをあてこすっても、はては食

べ物をへらしても、はてはぶってもたたいても、冷たい月光みたいな顔をしているのが、お源やお定のかんにひどくさわった。

「ようし、いまに見ていやがれ、そのお姫さま面をひんむいてくれる」

――そして、このくすぐり責めだ、

「イッヒー、イッヒーッ、イッヒーッ」

もはや、獄衣も蹴やぶり、ひきちぎり、まるはだかのようになって七転八倒する娘の姿を、おもしろそうに見物しながら、

「のう、穴の隠居、見ていると、どうやらこっちの体も熱うなるの」

「こりゃ、もう何もかもまる出しじゃわいの。いっそ食べてやりたくなるような。いひひひひひ」

物凄い会話をかわしつつ、カタカタと乱杭歯（らんぐいば）を鳴らして笑う。

そのたびに、木の瘤みたいな肘や膝（ひざ）や腰の骨にグリグリ肉をえぐられて、蒲団になっている下の女たちの顔にたえがたい苦痛のひだが刻みこまれるが、うめき声ひとつあげる者もない。この老婆たちの意にそむくことがあると、こんなくすぐり責めどころではない。言語に絶する陵辱を受けることを知っているからだ。

牢名主、隠居、二番役、三番役。——牢内の階級ほど絶対的で酷烈なものは、例がない。

「姉さん」

「ああ……」

「あのひと、たすけてやれないか……」

「しっ」

落間という土間の隅っこに、チンマリとかたまってふるえているのは、いうまでもなくお富士とお波。

いくらこの時代でも、未成年者を牢に入れるということはめったにない。江戸の法律では、十六歳を成年とする。これは八百屋お七の話でもよく知られているが、それをなおかつこの少女を入牢させたのは、よほど子細のあることだろうと推量し、さすがの女囚たちも手をふれなかったが、この牢内のならわしを、目撃しただけで、さすが、ものを怖いと思ったことのない姉妹も戦慄した。

「イッヒー、イッヒー」

そのあいだにも、仕置にかけられた女は、犬のように舌を出し、もだえながら、とうとう嘔吐(おうと)しはじめたようだ。

「よしな！」

ついに、お波がとびあがって、かけだした。

お富士があっとどめるいとまもなく、くすぐっている女たちをつきとばし、はねとばし、大手をひろげて、上座の牢名主をにらみつけて、

「よしな！　そんなにひとを笑わしたけりゃあこれですむじゃないか！」

と、両手を顔にもってきて、目じりをつりさげ、口をひろげ、舌を出してみせた。

「べっかっこう」

あきれたようにこれを見ていたうぶめのお源は、はたして注文どおり、ニヤリとした。たしかに笑ったが、そのつぎに出た声は、陰々として恐怖にみちたものであった。

「こ、この餓鬼。なんだかえてえのしれぬ小娘だからだまってやっていたが、どうせお牢にくる奴だ。きっと手癖足癖のよくねえ、ろくな餓鬼じゃあるめえ。牢名主さまにむかって、と、と、とんでもねえだいそれた真似(まね)をしやがる。ようし、それじゃこの次は、おめえを笑い死にさせてやるから、そう思え」

と、一同を見まわして、あごをしゃくったとき、牢の外で声がきこえた。

「これこれ、何をさわいでおる？」

牢屋同心の声だ。お源はあわてもせず、

「牢法にそむきましたから、仕置をしております」

こう答えると、いかに牢内で無惨な私刑が行われていることを承知していても、いつも同心は知らぬ顔をするのが常だ。はたして、

「牢法にそむくとは不埒な奴だ。きっと仕置をいたせ」

といったが、それにつづけ、声を張って、

「牢入りがある。北町御奉行能勢肥後守どのおかかりで、遠州無宿お林、二十四歳！」

と、さけんだ。

灯

「おありがとう——」

と、あたまをさげたのはうぶめのお源、ふりむいて、

「おいよ」と呼ぶと、四十ぐらいの、魚の干物みたいな女がたちあがった。

これは、江戸市中の乞食（こじき）の女房で、女牢付人といい、ふだんから予約してあって、一月ずつ交替で、女牢のなかにくらしているものだ。これが、牢の外で新入りの女囚をはだかにして、法度（はっと）の品をもっていないかどうかをしらべる。法度の品とは、金銀、刃物、書物、お道具などだが、このうち金銀は、これは法度の品どころか、絶対にもっていなければならないものである。地獄の沙汰（さた）も金しだい、これがなければ、覿面（てきめん）にさっきの浪人の娘のような無惨な目にあわされる。だから、それが着物の中に縫いこんであったり、妙なところにかくしてあるのに気づいても、乞食の女房はもとより、牢役人さえ知らぬ顔をしている。というのは、結局それは回りまわって、じぶんのふところにはいる金だからだ。

それがすむと、はだかのまま、着物の中に、帯、腰巻、草履などをくるんで、「はいれ」という声で、小さな戸前口をはいろうとするところを、うしろからドンと蹴とばされ、つんのめった頭へ、牢内で待っていた四番役が、ぱっと獄衣をかぶせ、むき出しの尻をキメ杖（づえ）で、ピシリピシリとなぐりつける。――これが男牢女牢をとわず、新入りの荘厳なる儀式だ。

――ところが、さて。

鍵役同心が戸前口をあけて、乞食の女房が格子の外へ這い出したとき、

「御苦労さま、あたしゃ初牢のものじゃないんだから、お手数はかけないよ」

と、その新入りの女は笑って、みずから着物をくるくると解いた。と、どこから出てきたか、おびただしい山吹色の金が、豪勢な音をたてながらあらわれて、しかもそれを見せつけるようにして、女は着物にくるんでしまった。

それから、白い指で、バサと髪をとく。

「ようござんすか？」

と、まわりを見まわして、もういちどニンマリしたかと思うと、さっさと戸前口をくぐって、ひとりで牢の中にはいってしまった。

乞食の女房ばかりか、牢役人たちが、あっといったきり、それを止めることも忘れていたのは、いまの金のみならず、またその不敵さのみならず、女の裸身の息をのむような美しさのせいであった。

まっすぐ立てたくび、傲然とつき出したみごとな乳房、くびれた胴も張り出した腰も、衆目にさらして恥じらうどころか、白い炎と化して瞳もくらむよう。

唖然としていたのは、牢内の女囚すべてだが、その女が牢のまんなかまで歩いてきた

とき、下座の本役がはっとわれにかえり、上座のたたみの上にすわってかっと目をむいているうぶめのお源をみて、恐怖につきうごかされたように、じぶんの役目の「シャベリ」をはじめた。

「やい、娑婆からきやがった磔（はつつけ）め、そっ首をさげやがれ、御牢内のお頭は、お名主さま、御隠居さまだぞえ。うぬのような大まごつきは、夜盗もしえめえ、火もつけえめえ、割裂（かっさき）のたいまつも振れめえ――」

この新入りにたいする訓辞の文句は一定のもので、まだまだあとがつづくのだが、そこまでいったとき、女は乳房を宙にそらして笑い出した。

「ちょいと、たいへんすみませんがね、あたしゃ夜盗もしたし、火もつけたし、割裂のたいまつも振ってきたんだよ――」

割裂のたいまつを振るとは、夜盗の道案内をするという意味だ。

お源が、軍鶏（しゃも）みたいなのどをふりしぼった。

「う、うぬァ、何をしてここへ来やがった？」

「あたしゃ、日本左衛門の手下さ」

「ええっ」

「浮雲のお林といやあ、東海道じゃちったァ知られた女、どうぞこれから、御昵懇にねがいますよ」

といったかと思うと、ツカツカお源のまえにあるいていって、そのたたみの上に、チーンチーンとさっきの小判を山形につみあげた。

「見あいたら、たたみをちっとあっちへはこばせな」

そして、悠々ときものをつけて、はじめて、隅の姉妹の方へあるいていった。まさに、水ぎわだった入牢ぶり、完全に牢内を圧倒してしまった。

「ねえさん！」

両側からとびついて、声をあげて泣きだしたお富士とお波の両肩をやさしく抱いて、

「あたしがきたんだよ。もう心配おしでない」

と、お林は微笑していった。

青黒くなったり、赤黒くなったりして、浮雲のお林と目のまえの小判を見くらべていたお源は、ふりむいて夜鴉のお定とうなずきあった。

「――やるかい？」

「……いや」

と、お源がくびをふったのは、金もさることながら、お林が日本左衛門の手下だといった一句の圧力であった。その日本左衛門はいま東無宿牢の方にはいっているはずだが、それ以来、この牢屋敷全体が、まるで地雷火でも抱いているような異常に緊張した雰囲気にあることは、まざまざと感じているし、もとよりこの大盗の高名は知っている。

「たたみを」

と、お源は咳ばらいして、かすかにあごをしゃくった。と――

「なるほど、お牢はあいかわらずさむいわねえ。そのためにお上からくだすったたたみじゃないか。みんなで仲よく分けあおうよ」

と、また大それた提案がかえってきた。

たたみはもとより牢内にしきつめる分だけ配給されている。それを、牢独特の慣習で、牢名主は見張台といって十二枚もつみあげてその上にすわり、以下階級によって、七、八枚、三、四枚、一、二枚――さらに一枚を二人、四、五人、七、八人共同でつかい、新入りや金なしは、落間という土間にすわらせるのだ。

「勝手にしやがれ……」

ふるえながら、お源はそっぽをむいた。――ここにいたって、相手が日本左衛門の一味であるといなとに論なく、お林自身の迫力によろめいた感じだ。

「御役人のおとがめを受けたって、知らねえぞ……」

しかし、牢役人は、あとで牢内の変貌ぶりに目を見張って、「だれがやらせたことか」ときいたが、それがお林だときくと、ぎらっと目をひからせたが、なぜか何もいわずそのままいってしまった。……女囚たちに、声なき動揺がおこった。

やがて、女牢に、革命的一夜ともいうべき夜がふける。――

しかし、いままでの支配者、ふたりの恐るべき老婆が決して退却したわけでも、あきらめたわけでもない。闇の中に、猫のように四つ目がうなずきあう。

「もう少し、待っていようぞえ……」

「おおさ、あの女……いまに見ていろ……」

それも知らず、お林は両わきにお富士とお波を抱いてスヤスヤと不敵な寝息をきかせている。

四

夜があけて、午後になって、お林に呼び出しがかかった。

「奉行さまじきじきの御出座である。そのつもりで、神妙に出ませい」

牢同心のささやく声も物々しく、「ほう」というように口をあけたのは、お林よりも、それをききとがめたお源とお定だった。

「もし……お林は、御奉行所の御吟味へいったのではございませんかえ？」

と、お林がひきたてられていったあと、張番にきくと、

「穿鑿所（せんさくじょ）へじゃ」

と、声をひそめていった。

お源とお定は、ニヤリとした。してみれば、拷問である。穿盤所は、牢屋敷のほぼ中央にあって、笞（むち）打ち、石抱きなどはここで行う。傍に拷問蔵もあり、海老（えび）責め、釣責めなどの道具がそなえてあった。しかし、ふだんこれを執行するのは吟味方の与力であって、町奉行じきじきに出座することはめったにない。もって、いかにお林が重罪の追及をうけているかが、思いやられる。――

はたして、――しばらくして、お林が三枚の石を抱かせられているという情報があっ

た。

石は、長さ三尺、幅一尺、厚さ三寸、一つで十三貫ある。三枚で三十九貫——。それを膝の上にのせられるばかりではない、尻をまくらせて、むき出しになったその膝の下には、そろばん板という三角形の木をうちつけた板があるのだ。

「へえ、三枚……さすがのあばずれも、口鼻から血泡を吹いているでござんしょうね」

と、お源は張番にうれしそうに話しかけた。平生から、鼻ぐすりをきかせてあるから、きってもきれない仲である。

「それがな、あんなにきれいな顔をしてて、しぶとい奴でまだ一味徒党を白状せぬというわい」

「一味徒党？　頭がつかまっても？」

「さればさ、頭がつかまったため、何百人かの子分がバラバラになって、いっそうヤケになって、あばれちらしておるからの。せめて、おもだった子分の素性でもわかれば、その人別帖、いや無宿でもその知合いをたよりにひっくくることができようというものさ」

「なあるほど、ま、五枚も抱かせりゃ、口を割りますさ」

実は、お源も五枚で白状した。夜鴉のお定は三枚だ。

悪党の世界は、いつの世もおなじであって、白状せずに牢にかえれば英雄となって、在牢の囚人たちは、その英雄をはだかにして、全身に酒をふきつけ、もみさすって手あてをしてやるが、白状してかえってくると、ほうりっぱなしだ。が、お源の場合は、たとえ白状しても、よく五枚までがまんしたと、みな驚嘆の目で介抱してくれたものであった。

ところが――まもなく、お林の石が五枚になったという知らせがはいる。六十五貫だ。

「あきれけえった女だ。まだ口を割らねえとよ」

お源とお定は顔を見あわせた。

「……足の骨が折れるぞい」

「当分、腰はたたねえのう」

……逆襲の機会はある。病んだ女囚などおさえつけて、その顔にピッタリ濡れ雑巾をかぶせ、その上に大きなお尻をのせ、またべつの数人が胸や腹をドスンドスンと踏みつけてあの世へやってしまうのは、牢内でそれほど珍らしい行事ではない。

「六枚！」

下男がひとりかけてきて、悲鳴のような声をあげた。

お源とお定は沈黙した。おなじようにしーんとした牢内で、かすかに泣く声がきこえてきたのをふりかえると、隅でひしと抱きあった姉妹であった。

「七枚になったぞ！」

――やがて、お林がかえってきた。釣台にのせられているが、裾のあたりは血の海をあるいてきたように濡れ、反対に顔は白蠟のようになって、目はうすくひらいたまま、恍惚として宙をみている。

「ねえちゃん！」

「ねえちゃん！　しっかりして――」

みんな、じいっと陰火のような目をして見まもる女囚たちのなかに、半死のお林は仰むけに横たわった。

「死なないで！　ねえちゃん！」

とりすがる姉妹の声のみが悲痛をきわめる。

夜鴉のお定が、ふっとお源を見あげた。お源の目が異様なひかりをおびてきた。お定

が、ひくい、しゃがれ声で、

「やるかね?」

「いや」

とお源はくびをふって、ふところからグイと小判をとり出した。

「穴の隠居、これでタンポをもってこいと張番にいっておくれ」

タンポとは、牢内の隠語で、酒のことだ。

「あの女の傷を洗ってやろうよ」

「な、なんだって!」

お源は、涙にひかる目でお林を見つめて、すっくと立ちあがった。

「お林、よくやった! よくこらえたのう、ほめてやる、うぶめのお源が、ほめてやるぞよ……」

——おなじころ、穿鑿所では。

拷問下役の同心、下男などが、石やそろばん板をはこび去ったあと、まだ白州に血がトロリとたまっていた。

そこから三尺の板縁をあがり、八畳の間をすぎた奥、屏風(びょうぶ)をへだてたかげに、黙然とすわっているのは、北町奉行能勢肥後守頼一。町奉行が牢屋敷の拷問の場に出てくるのはまれなことだが、出座すればこのように屏風のかげできいているのをつねとする。

「女ながら、あっぱれな奴よのう」

と、苦笑してつぶやいたのに、平伏していた与力堀田十次郎は顔をあげた。

「恐れながら、あの女も、十呂八、金兵衛、雷蔵同様、一味全体のことについては知らぬのではございますまいか？」

「わしは、そうは思わぬ。金兵衛らの白状によれば、あれは四天王の一人南郷力丸の情婦であったそうな。知らぬとは思えぬ」

「では、もう一責め――」

「いやいや、もはやあれ以上責めても、責め殺すだけであろう」

大岡越前以来の辣腕家といわれる能勢肥後守は、このとき老獪をこえて、物凄い目つきになった。

「堀田」

「はっ」

「このように、一人一人を捕えてみても、知らぬ奴は知らぬ、知っておる奴は口を割らぬ。かと申して散った百数十人の賊どもは、いたるところ悪逆のかぎりをつくす。……これを一網打尽にする法はただひとつある」

「そ、それは――」

「首領をこの牢から解きはなつことじゃ」

「えっ」

堀田十次郎と傍の牢奉行石出帯刀は驚倒した。肥後守は皺(しわ)だらけの口をきゅっと笑ませて、

「おどろくでない、日本左衛門がふたたび世に出たとあれば、秘諜(ひちょう)は六十六州に飛んで、きっともとの手下がそのまわりに集まってくるであろう。じゃが、こんどは以前のような跳梁はゆるさぬ。日本左衛門に紐(ひも)をつけておくのじゃ」

「紐？」

「金兵衛か、雷蔵か。あれを飼え。そして、一味がふたたび集まったところをおさえるのじゃ」

堀田十次郎はかっと目をむき出していたが、

「恐れながら」

「うむ」

「日本左衛門ほどの男、理もなく放たれて、さようにこちらの罠におちましょうか？　きゃつ、かならず、これはくさい、と感づきそうでござります」

「さればよ、ひとりで彼に破牢させよ」

「牢ぬけ？」

「いや、ひとりで牢ぬけをしたと思わせよ。そのためには、あの沼津の十呂八と申す奴、あれは日本左衛門と相牢であるな？」

「御意。天竜の金兵衛と白鳥雷蔵は、西の無宿牢に、日本左衛門と沼津の十呂八は東の無宿牢に入牢しておりまする」

「十呂八に、牢ぬけをそそのかせろ」

「………」

「十呂八によくいいふくめ、知恵と道具を貸してやるのじゃ。配下が牢に穴をあければ、日本左衛門も、外に浮かれ出さずにはいられまい？　それが人情」

能勢肥後守は音もなく笑った。

「罠とはいえ、賊をこちらから放ちやる。――かようなことをした町奉行が古今にあろうか。それにつけても、さてさて、手をかける大賊よのう」

檻（おり）

東無宿牢の沼津の十呂八は、妙なことをはじめた。

小伝馬町の牢では、三日に一度ずつ、牢内の掃除をする。むろん、在囚がやらされるので、その都度十数本の草箒（くさぼうき）が投げこまれる。掃除がすむと、あとでこれをかえすのだが、十呂八が一度に一本ずつそれをごまかして、牢内にかくしたのだ。

「十呂八、何をしておるのだ?」

と、牢名主の五郎蔵がいった。

ある雨の夜、十呂八がふんどしを裂いて、この三本の箒の柄をかたくむすびはじめたからである。

「へへ、まあだまって見ていておくんなさい」

と、十呂八は、ちらちらっと大隠居の方をみながらいった。

大隠居——これは牢名主の客分で、たたみも十枚ちかくつみあげているが、この大隠居の一挙一動に気をつかうのは十呂八ばかりではない。牢名主以下八、九十人の入牢者のことごとくがペコペコして、かえって十呂八のごとき、そのもとの子分として、虎の威をかる狐のきみがあるくらいだ。

もっともこの虎は、平生ほとんど口もきかず、ただ微笑しているか、そうでなければ、ウツラウツラ居眠りをしていることが多い。――いまも、首をまえにたれて、じっとうごかないところをみると、眠っているのであろうか。二千六百坪の牢屋敷全体はしいんとして、ただ遠くかすかに梟の声がきこえるだけであった。

「……あ？」

牢名主の五郎蔵は思わずかすかなさけび声をあげた。

牢の外は、外鞘（そとざや）といって幅三尺の通路となっていて、そのむこうはまた格子となっている。つまり牢格子は二重になっているのだ。その外鞘からさらに一間もはなれて、ボンヤリと釣り行灯（あんどん）の灯がともっている。――十呂八は二重の牢格子のあいだから三本むすびつけた草箒をさし出して、それに火をうつそうとしているのだった。

「と、十呂八！」

みんな、目をむいてしまった。パチパチ、パチパチと箒のさきから火の粉がはねる。

「て、てめえ、赤猫を出すつもりか？」

赤猫とは、火事のことだ。

牢屋敷から出火の節は、重罪人のみ縄をかけ、のこりの罪囚はいっせいに解きはなされ、牢名主引率のもとに本所回向院まで立ちのかされる。文字どおり火急の際は、「打ちはなし」といって、重罪人もろとも各自バラバラに四散することをゆるされる。もっとも、牢奉行石出帯刀はこのとき声をかぎりに、かならずあとで立ち返るよう、立ち返ったあかつきはそれぞれ罪一等を減ずべし、まいらざる者は、雲の果てまでさがし出し、その身はおろか一門まで成敗すべしと厳命するをつねとする。……が、牢そのものから出火などということは前代未聞のことだからいま十呂八のとろうとする火で、こんな打ちはなしがあるかどうかはわからない。

いや、打ちはなしどころか。――

「十呂八、磔、火あぶりもまだ追っつかねえぞ！」

「赤猫は出さねえ、まあ、見ていさっし」

十呂八は隅からボロのかたまりや、いつ貯めたものか数十本の杉箸（すぎばし）をとり出して、これに少しずつ火をつけ出した。それから、それを牢格子の根もとにあてて、じょじょに焼き切ってゆくのであった。

「隠居……」

五郎蔵はおし殺されるような声をあげた。

日本左衛門は大きな目をあけて、じっと十呂八のすることを見ていた。ぞっと手をすくませたのは十呂八である。お頭が、どういうか？

「十呂八には似合わねえことをやる……」

と、日本左衛門は目を笑わせてつぶやいた。

が、これでほっとしたのは十呂八で、だまってしまったのは五郎蔵である。この大隠居が黙認しているならば、何もいうことはない。ただあと、じぶんがこの大盗といっしょに破牢するか、あと、ふみとどまって何と役人にいいわけするかえらぶのみだ。

火はいくどかきえた。十呂八はそのたびに釣り行灯から火をとった。牢屋同心、提灯持ちの張番、拍子木をうつテンマと称する雇男からなる夜回りが、時の定めなく夜回りに外鞘を通ってゆくので、遠くから拍子木の音がきこえてくると、あわてて火を消す。

……手に汗にぎるような一夜あけて、それでも十呂八は一本の牢格子を三分の二焼き切った。

十呂八は、朝のもっそう飯をそのあとに塗りつけた。あまり想像外のことだから、牢番たちはだれも気がつかなかったらしい。

十呂八が、牢格子を一尺の間隔で上下二個所、外鞘に出て、そこの牢格子も同じように焼き切ったのは、五日目の真夜中であった。三寸おきに四寸角の格子だから、一本切れば一尺の幅ができたことになる。

「お頭、できやした」

「うむ」

「どうぞ、出ておくんなさい」

「おれは出ねえ」

と、日本左衛門はしずかにいった。

「おめえ、出ろ。それから出てえ奴はみんな出な。あとの始末はおれがしてやるから安心するがいい」

唖然としたのは沼津の十呂八ばかりではない。一同、ポカンと口をあけてしまった。

「お頭、ど、ど、どうして？」

「いま出るくれえなら、はじめからはいるか？」

それはそうだが——沼津の十呂八は狼狽した。

「お、お頭、そ、そりゃあんまりだ。この苦労も、みんなお頭をにがしてえばかり……そ、そんなら、な、なぜいままでだまって見ていなすったんです？」

思わず泣き声になったのは、親分思いとはまったく別の心からだが、日本左衛門はそれをどうきいたか、うすら笑いして、

「だまって見ていたのは、おめえがあんまりできすぎた真似をするから、おもしろくってよ。それに、おめえが出るなら、ちいっとたのみてえことがあってな」

「たのみとは？」

「本来なら、おめえも出してやるんじゃあねえが、ちょっと思いなおした。おめえ、このごろ、夜中に梟の鳴声をきかねえか？」

「へえ、そういえば、きこえやすが……」

「ありゃ、南郷だ」

「えっ」

十呂八はのけぞりかえった。

「南郷が、この牢屋敷の裏の榎(えのき)の大木にきておれを呼んでいる。——おめえ、ぶじにこ

こをにげたら力丸に会ってな、心はありがてえが、おれアこんりんざい、ここを出る気はねえから、危ねえ真似はよすがいいとつたえてくれ――」

「お頭――」

日本左衛門はぐるりと見まわして、

「みなの衆、にげねえか」

「ゆかねえ」

と、五郎蔵がくびをふると、みんないっせいにうなずいた。日本左衛門がにげないとあれば、にげるのにかえって危険性をおぼえたのである。

日本左衛門は笑って、寂のある声でいった、

「十呂八、ゆけ、ゆかねえか！」

魔

『江戸砂子（すなこ）』によると、「小伝馬町一丁目北手、御入国のみぎり、このへんに大榎四、五株あり、そこの徒者（いたづらもの）をとらえ、この木の下に置かる。大御番衆石出帯刀という人、強

情の士なれば、彼らをあずけさせられしより、いつとなく、その御役儀をつとめられしといえり」とあって、家康が代々石出帯刀を牢奉行に任じた由来がわかる。

そのゆいしょある大榎の高いしげみで、梟が鳴く。ホウ……ホウと凄味をおびたなかに、どこか悲壮のひびきを伝える声であった。深夜だ。

と——その下で、かすかな梟の声が、

「ホウ……ホウ……」

とながれて、上の声は、はたとやんだ。

「兄貴、南郷の兄貴」

「…………」

「おれだ、十呂八だよ」

「なんだと？」

さすがに愕然とした声はまさしく南郷力丸。

「兄貴、おりてくれ、お頭からの伝言がある」

ザザッと葉が鳴って、猿（ましら）のように黒い影がとびおりてきた。十呂八のまえにすっくと立って、じっと見入った目が、夜光虫のようにひかる。

「十呂八、うぬはどうして出てきた？」

十呂八は思わずヘドモドして、

「ろ、牢抜けをしたんだ。いや、おっそろしい苦労をしたよ！」

「牢抜け？」

力丸はまだ信じられないように十呂八をみていたが、すぐにせきこんで、

「それでお頭はどうして出ておいでなさらねえ？」

「さあそれさ、お頭のおっしゃるには、力丸が毎夜おれを呼んでいるなあ知っているが、おれは考えるところがあって、牢は出ねえからと……」

「ふうむ……」

と、腕をくんで考えこんでいた力丸は、ふっと顔をあげた。

それから十呂八を見て、ニヤリとした。闇の中なのに、その笑顔がなぜか炎にあぶられたようにありありと見えて、十呂八が恐怖のさけびをあげてとびさがろうとしたとき、

「野郎、売りゃがったな？」

十呂八の胸に熱い火のようなものがメリこんだ。悲鳴をあげるいとまもあらばこそ、

棒立ちになった十呂八の胸から、グイと匕首をひきぬくと、ぱっと噴出する血しぶき。

「やった！」

「南郷力丸、神妙にしろ」

「御用だっ」

総練塀、掘割、土手のかげからムラムラと数十人の影がわき出したとき、どっとたおれる十呂八からとびはなれた南郷力丸は、たちまち大榎の枝にとびついて、暗黒の天に姿を消してしまった。

「それ、木にのぼったぞ！」

「にがすな！」
四、五本ならんだ大榎の根もとには、蟻一匹ものがさじと捕吏のむれがとりつめる。
「龕灯！　龕灯！」

「松葉いぶしの用意をしろ！」

「いや、鉄砲だっ」

ひしめく捕手のなかから、数条の龕灯の光芒が大榎に投げあげられたが、しげみにさえぎられてよく見えぬ。……しかも、なんたる不敵な男か、その頭上からあざ笑うがご

とく、

「ホウ……ホウ……ホウ……」

と、例の梟の声がふってきた。

「うぬ！」

捕手の背後で総指揮をとっていた堀田十次郎は歯がみをしていた。

「だれか上れ！　いいや、五、六人上れ！　きゃつを追いおとした者には、褒美はここにまかせるぞ！」

ややあって、五、六人の決死隊が十手をくわえて大榎をよじのぼり出した。それでも、悠々としてまだ梟は鳴いている。……

「南郷！」

「御用だ！」

葉の中で、何やらバタバタと羽ばたきの音がした。あっと思った。梟が一羽、枝にむすびつけてあるのをはじめて知ったのだ。

「堀田さまっ、ここにいるのは、ほんものの梟でございますぜ！」

「南郷の姿はみえませぬ！」

捕手が悲鳴のようにさけぶよりはやく、血相かえて堀田十次郎ははしり出していた。遠く背後で、梟の声をきいたからだ。

「きゃつ！」

怒りに逆上して、われをわすれて十歩はしる。——土塀のかげで、一本の腕がニュッと出て、いきなりそのくびにまきついてしまった。

「おのれっ」

叫ぼうとしたが声も出ず、ただ狂気のようにもがくからだが、すさまじい強力でひきずりあげられると、たちまち鉄蹄の音があがり出し、堀田十次郎の耳は、かすめ飛ぶ風の音と、南郷力丸の高笑いの声をきいた。……

急をきいて、能勢肥後守は驚倒した。

沼津の十呂八にそそのかせて、日本左衛門に牢ぬけをさせることには失敗した。しかしそのかわり、四天王のひとり、南郷力丸が大胆にも毎夜牢屋敷をうかがっていることを知ったのである。せめてそれを捕えようとして、まんまと捕えそこねたのみか、一撃のもとに十呂八をほふられ、あまつさえ、じぶんの片腕ともいうべき与力をさらわれるとは！

「うーむ、なんたる凶賊！」

冷静なること古沼のごとき肥後守も、思わず血まよった。

「どうしてくれよう！」

事は急を要するのだ。こう思案しているあいだにも、堀田の死骸が江戸のどこかにころがっていないとは保証できないのだ。

「一刻もはやく、きゃつを捕えて堀田を助け出さねばならぬ」

「御意」

石出帯刀も膝をつかんでワナワナとしているばかりであった。

「さりながら、きゃつめ、いずこへ逃げ失せましたか？」

「探索しておるいとまはない。むこうから出てくるようにせねばあいならぬ」

「もはや、容易にあらわれますまい」

「いいや、かならず追い出してくれる。帯刀」

「はっ」

「明朝、出牢いたす罪囚は幾人ある？」

「されば……五人ばかりござりまするが……」

「二十人放してつかわせ」

「は？」

「その二十人に、こうしゃべらせるのだ。南郷が堀田を殺せば、牢内の南郷の妹は――」

「斬ると」

「いや、あれほどの凶賊、それではまだおぼつかない。あの二人の妹を男牢に投げこんで、囚人どものなぶりものにすると」

「なんと申される？」

「蛇の道は蛇じゃ。明朝出牢する悪党の口から出たことは、かならずどこかで南郷がきくであろう」

「し、しかし、それに南郷がひっかかるでござりましょうか？」

「されば、今夜、あの一味の女賊浮雲のお林とやらを、まことに男牢に投げこんでやれい。日本左衛門のおる東無宿牢はいかぬ。西の無宿牢にいたせ。あそこにおる天竜の金兵衛、白鳥雷蔵によくいいきかせての、安心してなぶりものにせよといってやれ。たとえ死に至るも苦しゅうないとな！」

「…………」

「どうせ遠からず、獄門に送る女じゃ！　まことにまざまざとそれを見聞きすれば、出牢人どもの話に熱がはいろう。南郷も、単なるおどしではないと知るであろう。……もし南郷が堀田を殺さず、いそぎ名乗って出るにおいては、妹どもはさような運命から助かるということじゃと吹きこむのじゃ」

「し、しからば、お林を……」

さすがの、石出帯刀も、この無惨の奇想には胴ぶるいをした。が、歯をくいしばった能勢肥後守は、陰火のような目を宙にすえて、

「大事の前の小事と申すか、背に腹はかえられぬと申すか。……帯刀、やれ！」

鉄血の断はくだされた。

狼

無宿牢は、四間に三間というから、二十四畳のひろさである。ここにぶちこまれている者は、常時八、九十人あったという。一畳あたり三、四人となるが、もとよりその分配

は、牢名主以下上座、中座、下座、小座と不公平の極致をしめしているから、末端は——それが大半だが——寝るはおろかすわることさえできぬ惨状を呈することがある。それで苦情をもらす者があれば、上座の会議の結果、いわゆる「虫の好かぬ」野郎数人に白羽の矢が立って、彼らが占めていた空間を他にゆずることになる。すなわち、濡れ雑巾を顔にかぶせられ、陰嚢を蹴られて息の根をとめられるのだ。

食物も同じで、モッソウ飯と汁と糠漬けの大根が一日二回与えられるが、百人の囚人がいても、張番が三割を天引きして入れるから、七十人分しかない。この七十人分のうち、上座の連中がまずタラフク食ってしまうから、あとの連中はまさに餓鬼道だ。

無宿——すでに人外の人間として自他ともにゆるす凶悪な恐るべき集囚。陰湿な巨大なはこには、男の匂いというより、獣の匂いがたちこめている。

彼らは飢えている。

いわんや、女をや。

——そのまっただ中に、釣り台にのせられたひとりの美女がかつぎこまれて、横たえられたとき、どーっと声もないどよめきがわたったのち、はたと重っ苦しい沈黙がおちたことこそ奇怪であった。夢ではないかと疑ったわけではない。あまりに激烈なショックのために口もきけず、金縛りになってしまったのだ。

が、たちまち異様な叫喚がわきあがろうとして、

「ま、待て？」

とさけんだのは、この西無宿牢の牢名主、赤まだらの丈念。

「な、何かの罠かもしれねえ、こんなことがあるわけはねえ、ちょっと待て！」

と、たたみの上から飛んできて、大手をひろげたが、目は血いろにもえたぎって、女の姿に吸いついている。

どういうわけか、全身にぶちのような赤痣があるので赤まだらと呼ばれている醜怪きわまる雲つくような大入道、もとは破戒僧だが、いちじは夜の江戸で悪名をとどろかせた男だ。だから、あわててとめたのは、いま口にした、もっともらしい思慮よりも、まず餓狼のような一同をおさえて、まずおのれが紫いろに垂れさがった唇でむさぼり食おうとする欲望からで。――

が、横たわった女の、大きく見ひらいた瞳と目があうと、さすがの丈念が、なぜか射すくめられてしまった。

「う、うぬアだれだ？」

「日本左衛門の配下、浮雲のお林という女だい」

こう答えたのは、当の女ではなく、牢の戸前口からだ。

天竜の金兵衛と白鳥雷蔵が、そこからはいってきた。ほんの先刻、牢奉行じきじきの呼び出しを受けて出ていったところだ。

「や？」

思わず身をひいたのは丈念ばかりではないが、

「だが、遠慮にはおよばねえ、どうせ近いうち獄門になる女だ」

「へへっ、ここの衆はみんな神妙だから、その褒美にこの女をくださる、煮るなり焼くなりどうともしろってえ、御奉行さまのお言葉だ」

「それはほんとうか？」

「おなじ日本左衛門の手下のおれたちがいうのだから、嘘をつくわけはねえ」

金兵衛と雷蔵は、痙笑ともいうべきひんまがった顔で、ソロソロと歩いてきた。

「ちっ……」

お林ははね起きようともがいたが、哀れむべし、まだ足のままならぬをいかんせん。

——怒りと恐れにのたうつからだを、金兵衛はぶきみにひかる目で見おろして、

「お林、よくも戸塚でおれたちを売りゃがったな」

「売ったなあどっちだ。おまえたちのしたことは、お富士とお波からみんなきいたよ。おまえたちのやりそうなことだ」

「そこまで知ってるなら、もうおどろかねえだろう。いいか、おれたちゃ、もう御奉行さまの手下だぞ」

「なんだって？　そうか！　天竜、白鳥、天にむかって唾を吐いたむくいはきっとくることをお忘れでないよ――」

なぜか、東の牢の方をみて、おどろな風に吹かれたような面持になったふたりの裏切者は、次の瞬間、狂い立って、

「天に唾を吐くとはよく言った！　お林、きけ！　てめえの大事な南郷力丸、大それた奴もあったもので、与力さまをさらってにげたという――」

「その罪に、これからおめえをなぶりつくしてやれとのお上のお下知だ。覚悟しやがれ」

お林の目がかがやき、にっと笑んだ。

「そうか、それなら、あたし、よろこんで――」

といいかけた唇に、白鳥雷蔵はむさぼりついた。その手が猿のように、お林の獄衣をひきちぎって、のびた爪がその雪白の胸にすーっと赤い糸をかいた。

なにかわめき出そうとする赤まだらの丈念に、天竜の金兵衛はうめくように、

「もし、御名主さんへ、さっき罠かもしれねえといったっけなあ、その心配を消すために、まずおれたちが毒味をしてやるから、安心して待っていな——」

と、きめつけた。この男にしては珍らしい元気だが、それも悍馬のような肉欲と、それからじぶんでもわからぬ恐怖からくる自暴自棄の迫力だった。それにうたれて、さすがの丈念も、

「ううむ、それなら、おれが三番！」

とうなって、足ぶみした。

「それ、しっかりと手足を押さえてろ！」

「八十八人あとがつづくぞ。こわさないように大事にしろ！」

それからあとにくりひろげられた光景は、この世のものではなかった。

遠いあぶら火の赤ちゃけたひかりのなかにどよもす影、さけび、笑い、骨のきしみ、歯ぎしり。……猛り狂うどす黒い炎のような地獄図から、ついに顔を覆ってにげ出した

者が数人あったというだけで思いやられる。

「もうやめてくれ！」

「もうゆるしてやってくれ！」

彼らは両手をふりまわして、狂ったようにこうさけんでいた。

その翌朝――牢屋敷門前から、真似だけのたたきをうけて、二十人の囚人が放たれた。

その二十人が、江戸の闇へ散っていって、何をしゃべったか。――

果然、南郷力丸が堀田十次郎をつれて牢屋敷の門をたたいたのは、じつにその夕のことである。ふたりとも、それぞれの魂の苦悩のために、死人のように悽愴な顔色であった。

力丸は、悲痛な目をはやくも牢屋敷の奥へ投げながら、別人のように沈んだ声でいった。

「南郷力丸、負けやした、おれの首に免じて、お林と妹たちを放してやっておくんなさい――」

「わしの勝ちじゃ」

と、能勢肥後守は笑った。

「どうじゃ、図にあたったであろう?」

「御意」

といったが、石出帯刀は面を伏せたままだ。かえってきた堀田十次郎は、平蜘蛛みたいに這いつくばっていた。

「はは、あまり感服せぬかのう。じゃが、堀田、こうでもせねば、おまえの命はなかったぞ」

「恐れ入ってござります……」

「とはいえ、おまえが助かった今となれば、わしも何やら心に滓がのこったような気がする。このままで、事をすませばじゃ」

「——と、仰せられますと?」

「南郷を責めても、やはり埒はあかなんだであろう？　こちらの推量どおりじゃ。されば、もう一押し、もういちど、わしの考えどおりにやろうと思う」

「は？」

「あくまで、日本左衛門を外にはなすこと」

石出帯刀と堀田十次郎は目を見張った。この奉行の強情我慢、鉄のような意志、職務のためには手段をえらばぬといっていいほどの遂行力には、平生から敬服していたが、この執念ぶかさには呆れざるを得なかった。

「わしはの、南郷から日本左衛門に破牢をすすめれば、きゃつも腰をあげると見る」

「いかにも――」

「そのためには、まず、力丸めを破牢させなくてはならぬ」

肥後守の声は、老人らしくもなくはずんでいた。彼はおのれの才知に陶酔しているのであった。じぶんの考えたこの虚々実々の「牢獄戦争」に、あの破天荒の思いつきによる完勝――盗賊団の残党の一網打尽を見たいという欲望にとりつかれているのであった。なまじ、例の奇想で南郷の捕縛という成功を見ただけに、いよいよその誘惑にはまりこんでいた。

「南郷は、西の無宿牢に入れてあるの。されば、もういちど、あの天竜と白鳥を使って——」

「あいや、お言葉ではございますが、それはこのまえの日本左衛門と沼津の十呂八のとき以上に、こちらのもくろみは首尾よくまいりますまい。南郷は、白鳥と天竜がまっさきにお林を犯したことを知って憤怒し、ために両人ともおそれおののくことはなはだしく、南郷の両手両足をひっくくってあるほどにござりますれば」

「そこをあえて、南郷の手足と心を解かせるのが、こちらの知恵じゃ。両人、近う寄れ」

肥後守はふたりの耳を呼びよせて、扇子のかげでヒソヒソと語りかけた。ふたりの顔には、みるみるおどろきと不安の色がひろがってゆく。

「首尾よう南郷をまるめこみおったら、もはや日本左衛門の紐となる必要はない、紐は当方でべつに考える、それだけで、金兵衛と雷蔵には、放免してやるのみならず、相応の褒美をつかわすと言うてやれ。——どうじゃ、これほどまでにたくらんで、そのうえ近いうちあの姉妹をもお林とおなじ仕置をすると申したら、南郷も悶(もだ)えて破牢せずにはおれぬであろう?」

「すりゃ、あの姉妹はまだ放免なさらぬのでござりますか？」

と、堀田はくびをあげた。

「たわけ、あれはまだ使える囮（おとり）よ」

「しかし、南郷には、もし自首して出たら、妹をゆるすと――」

「わしが南郷に言ったわけではないぞ。力丸が、放された罪囚からきいたまでのことよ」

ガックリとまたくびをたれた堀田十次郎を、老獪な笑顔でみていた能勢肥後守は、ふいに、目を爛（らん）とひからせて、

「堀田！　悪党をひっとらえるのがわれらの御役目であるぞ！」

と、叱咤した。

「そちゃ、南郷につかまって、逆に奇怪な感化を受けおったか？」
二、三日おいて、牢屋敷では、各牢のたたみがえがあった。五年ごとにそうする慣いで、その日がちょうど来たのである。むろん、外鞘まで囚人が追い出され、厳重な監視のもとに、そこから中へたたみを運搬させられる。
この日、堀田十次郎は、何もなかったようにこれを監督していたが、その夜、割腹し

た。

「与力として、盗賊にさらわれた恥辱しのびがたく――」うんぬんと書置きがあり、だれもそう信じたが、肥後守だけは苦い顔をした。たしかにそれもあろう、いや、それが大部分の理由であろう。けれど肥後守は、二、三日まえの堀田の苦痛にみちた目を思いだし、なぜか彼がじぶんの権謀を非難しているような気がした。

しかし、書置きを投げすて、剛腹な肥後守はうめいた。

「堀田、わしはやるぞ。わしはあくまでわしの知恵をつらぬく。そして日本左衛門の残党を掃滅することが、おまえの魂魄(こんぱく)へのなによりの供養と信じる！」

槍

――その翌日である。

両手両足をくくられて、目をひからせている西無宿牢の南郷力丸の傍へ、天竜の金兵衛と白鳥雷蔵はいざり寄った。

「兄貴、すまねえ」

「…………」

「かんべんしてくれ」

「…………」

「姐御をあんな目にあわせたのア、奉行命令だ。何しろ、兄貴が与力をひっさらっちまったんだから、血まよいやがったんだ」

「それに、あの姐御はどう思ったか、おれたちを売りゃがったんだぜ」

じぶんたちが、力丸の妹たちをこの牢に追いこんだことは、まだ力丸は知らないはずだ。――が、力丸の目はギラリとひかった。

「てめえたち、おれに小夜の中山ですっぽかしをくわせたからさ」

「ささ、そのことについてだ」

と、ふたりはまた体をズリ寄せて、

「あれはこの白鳥が急病をおこしたせいだが、その言いわけはもうよそう。が、あのときの約定ははたす。兄貴、お頭を救いだそう」

「いいや、兄貴、兄貴がお頭を救い出してくれ！」

「なんだと？」

と、力丸は息をはずませた。

「おいらがどうすれば、お頭を救いだせるんだ？」

「おれたちが兄貴に牢ぬけをさせる」

「なに？」

「イチかバチか。……いいや、きっとうまくゆく手が一つあるんだ。うまくゆかなくったって、兄貴に迷惑はかけねえ。どうか、わびのしるしに、おれたちの話にのってくれ」

「お頭がどうして自首しなすったか、何か心願のことがあるらしいが、兄貴がここをぬけて、東牢へいってお頭に話したら、いくらお頭でも牢ぬけする気になるにきまってい る……」

力丸はこのふたりを信用していなかったが、ふたりの奸悪な意図もまた看破できなかった。まえに十呂八が牢ぬけをしてきたといったのは、じぶんを罠におとす道具であったことは見ぬいたが、現在つかまっている自分を牢ぬけさせて、それからどうしようというのか、それ以上は単純な彼には想像を絶している。

何より、じぶんが破牢できるという、それが恐ろしい誘惑だ。ここさえぬければ、お頭を救いにゆける。それに奉行は約束をやぶって、お林も妹たちもまだ釈放していない様子だ。――力丸がふいと謀に乗ったのはぜひもない。

「牢ぬけとは、どうやるのだ？」

「あっ、きいてくれるか！」

と、金兵衛と雷蔵は土下座して、ひたいを床にスリつけた。

「ありがてえ、これでお頭も助けられるし、おれたちのわびもかなうというもんだ！」

――あくる日、金兵衛は外鞘の外の張番を呼んで、そっとささやいた。

「おい、すまねえがな、ひとつ酒を世話してくれ……」

こういいながら、袖のかげで金を見せつけた。牢番はニヤリとした。思いがけぬ大金だったからだ。その四分の三は、張番の役得になるのが、公然の秘密だった。

よくあることだから、その夜、張番は、かたく栓をした一升徳利を格子ごしに外鞘にさし入れた。牢内からはふんどしを投げる。張番がそれを徳利にむすびつけると、酒はスルスルと金兵衛の手もとにたぐりよせられた。

それから、また猫撫声でいった。

「かっちけねえ、ところで、もうひとつたのみがある。この雷蔵がこないだから目がいてえいてえといってるんだが、どうやら髪の毛がかぶさって、目にはいるらしい。見な、こののびた月代（さかやき）を。……だからよ、ひとつ、蟹（かに）を入れてやってくんねえか」

蟹とは、鋏（はさみ）のことだ。

「なに、小っちぇえ奴でいいんだよ」

そして、またふんどしが投げられ、それに金がゆわえられた。

あくる日、別の牢番がヒソヒソ声でささやいた。

「おい、近えうち、ここにまた娘が入れられるっていうぜ。なんでも、まだほんの小娘の姉妹だが、あんまりあばれるから、お仕置に……」

力丸の顔色がかわった。

その夜、例の張番の手から、三寸ほどの小さな鋏が入れられた。彼は小声で、

「使ったら、きっと返してくんねえよ」

と、いった。

金兵衛は、その鋏を手にとって、じっとながめていたが、

「こいつあ、いくらなんでも月代をそるにゃ小さすぎらあ。もうすこしでかいのを入れておくんなせえ」

「だって……」

と、張番はいって、金兵衛の手もとに鳴る金の音をきいた。

「それじゃあ、大きいのととりかえてやらあ。そいつをよこしな」

「まあさ、その大きい蟹をもってきなよ。こいつの金はわたしてあるんだからな。大きい蟹をもらったら、こいつはかえすよ」

張番は、蒼白になった。眼をつけられたこの不運な男は、金兵衛と奉行がグルであることを知らない。その恐怖の相をみて、白鳥雷蔵がニヤリとした。

「おい、もってきな」

「そいつはかんべんしてくれ、その蟹だっていけねえんだから……」

「いけねえものをなぜ持ってきたんだ?」

「あっ、大きな声を出さねえでくれ……」

「出したかあねえが、役に立たねえものをもらってもしようがねえから言うんだ」

張番は狼狽した。たいへんなことになったと、心臓が早鐘をうち出した。が、笑っている白鳥雷蔵と天竜をみると、まさかと思う。……いずれにせよ、もはやここまできたうえは、彼らのいうことをきくよりほかはない。

その夜、大きな蟹がはいった。

「さて、と……」

顔見あわせてうなずき合う金兵衛と雷蔵に、それまでだまっていた力丸が声をかけた。

「おい、それで格子を切るつもりか?」

「まあ、そうで……ちっと手数がかかるが……」

「そうか。手伝ってやるから、とにかくおれの縄を切ってくれ」

ふたりは、ぶるっと身ぶるいして、

「切るなあいいが、兄貴、縄を切っても、おれたちをどうともすまいね?」

「馬鹿野郎、おれに牢ぬけをさせるつもりなら、ひっくくっていてどうしようってんだ。……おめえたちに言い分はあるが、その蟹を手に入れた知恵に免じて、ひとまず大目にみてやる」

「おれたちに乱暴すると、さわぐぜ……」

「うるせえ、だまって、切れ」

ふたりは、南郷の縄を切った。それははじめからそうするつもりであり、また南郷がいまいったような心理になることも見越してのことだったが、やはりぬっくと立ちあがった力丸の姿に、物凄まじい恐怖をおぼえたのはむりもない。

が、力丸は、たしかにふたりに手は出さなかったが、まったく意外な行為に出た。

「その蟹をわたせ」

と、ひったくると、大鋏の鋲(びょう)をはずして、二枚の刃物に変えてしまったのである。

牢内には、水をいれた四斗樽(しとだる)がある。飲み水でもあり、火事のさいの貯水槽でもある。力丸はそこへツカツカと歩みよると、一枚の刃をあてて、その箍(たが)を切りはじめた。箍を切りはなすと、樽をバラバラにする。少しのこっていた水が、ザーッと床にながれたが委細かまわず、樽の板をたてに割り、二枚ずつ腹合わせにし、それを箍でキリキリまいて棒に変え、そのさきにもう一枚の刃を箍でくくりつけた。

「あっ――」

と、赤まだらの丈念をはじめ、牢内の一同は目をむいた。その手ぎわのあざやかさ、手の力の強さにあきれて呆然(ぼうぜん)としている。見よ、そこに恐るべき一本の手槍が出現したではないか。

「蟹で格子を切ろうなんて、気がながすぎる」

と、力丸は笑った。金兵衛と雷蔵は、羽目板に背をコスリつけたまま、声もない。

遠くから、拍子木が鳴ってきた。夜まわりの同心たちが、外鞘をあるいてくる。

それが、この西無宿牢の前を通りかかったとき、

「お願い――」

と、力丸は格子の傍にはせ寄った。

平囚人に不服があるときは、そういって不意に訴えることがあるから、誰ともしらず、同心たちは足をとめる。

「申したてることがございます」

「何か？」

と、こちらに顔をむけたそののどに、ピカリと何やらひかった。それが牢内からのびてきた一筋の槍だと知って、同心がはっと硬直したとき、

「おい、牢をあけな」

と、南郷力丸の口が、すさまじいひかりを放射して笑った。

竜

「なんと申す」

牢屋敷内にある四百八十坪の石出帯刀の居宅の奥で、能勢肥後守はがばと閨からはねおきた。

じぶんの考えていることが非常な奇謀であることは百も承知だから、その経過を見とどけるため、こうして泊まりこんでいたのだが、それでも南郷が鋏で牢をぬけるのは、数日後のことになると見ていた。そして、牢をぬけた南郷は、ひそかに東無宿牢にしのびよって、日本左衛門をつれ出すものと考えていた。それを大きな網でつつんでゆくつもりだったのだ。

ところが、倉皇としてかけつけた石出帯刀の注進によると、力丸は手槍をつくって、はやくも第一夜に破牢したという。それにつられて、おなじように牢屋敷内へにげ出した囚人も十数人あるらしい。

南郷の凶猛さはすでに先夜の榎の騒動で思い知らされたことだが、その肥後守の覚悟を一撃にうちくだくほどの不敵さであり、不敵以上に無茶苦茶であった。

「それで南郷は？」

「予想どおり、東牢へはしってございます」

「よし、それをしかと見張れ。あと、にげた囚人どもは、かまえてのがすな」

「はっ、仰せのごとく、すでに門々は」

能勢肥後守は、武者ぶるいして、かけ出した。

力丸はすでに東無宿牢の外鞘にはいりこんで、その戸前口にすがりついていた。すぐ傍にも、外鞘の外にも、はやくも胸や胴をえぐられた牢番の死骸がころがっている。

「お頭っ」

と、力丸はさけんだ、

「南郷がきやした。出ておくんなせえ！」

「これ、そこをあけるな――」

と、日本左衛門はいった。大きな目で、かっと南郷を見ているが、騒然たる囚人の波のなかに、たたみの上からうごこうともせぬ。

「ま、まだそんなことをいっていなさるか。それじゃ、おいらは、なんのためにここに来たのかわからねえ、お頭っ、どうぞ――」

「いいや、おれは出ねえ」

と、日本左衛門はしずかに首をふる、氷のように冷たい声だ。

力丸は、あまりのことに、両腕をねじりあわせ、だだっ子みたいに泣いた。

「お頭、なぜですっ！　なぜ、なぜ、なぜ？」

「なんどもいうとおり、天の裁きを受けんがためだ」

決然としていって、それから宙に目をあげ、耳をそば立てた。

「しかし、そいつあおめえには強いねえ。おめえは逃げろ。いや、おめえの妹とお林も女牢へ入れられていると知った。あいつらをつれて、ぜひ逃げてくれ。力丸、おめえいま、金兵衛、雷蔵の手引きで牢をぬけてきたといったなあ。あいつら、くせえ。こんなところにウロウロしてると、罠におちるぞ。それ、このまわりに近づいてくる罠の皆がする。――だが、あわてているな、ふふ、おめえがあんまり無茶苦茶だから、めんくらっているんだ。いまなら――おめえなら――なんとか逃げられる。はやく逃げろ――」

「お頭――」

「ゆけ、ゆけっ、力丸っ」

叱咤されて、鉄鞭にうたれたように、力丸はとびあがり、二、三歩はしって、

「おい、槍を忘れるな――」

日本左衛門の微笑した声にふりかえり、唇をわななかせつつお辞儀をしたが、すぐに

手槍をひろって、つむじ風のようにはしりだした。

「――しまった」

と、闇のむこうで、舌うちしたのは能勢肥後守。

なんたること！　ここまで辛抱して、かんじんかなめの日本左衛門が動かぬとは！

「もはや、これまでじゃ。南郷を斬れ！」

と、ついに、歯がみして命令した。

「女牢へゆかすな、追え！」

どっと牢屋敷の庭の底を、黒い暴風のようなものが吹きつけてゆく先を、南郷力丸は飛んでいた。まさに風神にまがう姿である。ゆくてに立ちふさがる幾つかの影は、稲妻のような手槍につらぬかれ、たたき倒される。

「お富士、お波っ」

ついに彼は、女牢のまえにかけつけた。

「お林――」

そう絶叫しながら、彼はその場にたおした同心の刀をふるって、牢格子をなぐりつけた。

「あっ、兄さん!」

「ねえちゃんが——」

狂喜してはしり出てきた姉妹は、うしろをふりかえって、身もだえした。

お林は、女牢の闇の底に横たわっていた。力丸がきたと知って、かすかに笑んだようだが、力丸の胸に弱々しい抵抗をしめした。が、その顔に力丸の涙が散ったかと思うと、物凄い力でグイと背にかつぎあげられた。

「お林、苦しませた礼はあとで言う。しっかり、つかまってろ!」

「帯だよ!」

傍で、しゃがれた声がすると、骨ばった手が、一本の帯をつかんで、キリキリと、お林を力丸の背にくくりつけてしまった。だれかと思ったら、牢名主のうぶめのお源。

が、力丸が女牢の前に出たとき、彼はまったく重囲におちたことを知った。まわりにゆれる火の波のような御用提灯だ。が、それにひるむ力丸ではない。恐怖の色もなく、背にお林を負い、両わきにお富士とお波をしたがえ、原始の手槍に血ぶるいをくれて歩みだしてゆく。

さて——このとき、東の無宿牢には、じつに驚天動地のことがおこっていた。

南郷がかけ去って、牢屋敷のものすべてがそのあとを追い、この無宿牢のまわりにはぶきみなばかりの静寂がおちたが、

「いけねえ」

その中で、ポツリとつぶやく嘆きの声がしたのである。じっと耳をすませていた日本左衛門であった。

「やっぱり、おれが出なくちゃいけねえか?」

と、ひとりごとをいったかと思うと、ぬうと、立ちあがり、じぶんのすわっていたたたみを二、三枚はねのけると、その下の一枚に指をかけた。どこをどうしたか、たたみ表は紙のようにむしりとられて、中からとり出したものがある。

「あっ――」

みんな、それをみて仰天した。そこから出てきたのは、鞘もなければ鍔もないが、まさに一本の戒刀だったのである。

「――ふむ、せっかくのあの与力の志、無になるかと思ったが、やっぱり無にはならなかったなあ」

と、日本左衛門は口の中でつぶやいたが、それは、だれもきかなかったから、のちに

なって、この大盗が前もって牢に刀を仕込んだたたみを送りこんでいたものと思われ、その大胆さ、周到さに、みなを慄然とさせたことである。

日本左衛門は、牢格子にむかって、斜めに交差して二度その戒刀を切りこんだ。四寸角の格子が、まるで麻幹（あさがら）かと思われる脆（もろ）さであった。それを片手で押すと、パックリあいた穴を、この大盗は、獅子（しし）王のごとく歩み出ていった。

魂

女牢の前から遠ざかってゆく死闘の旋風を見つつ、能勢肥後守は、地団駄ふんで絶叫していた。

「のがすな！　かまわぬ、女も斬れ、子供も斬れ！」

そして、たまりかねてかけ出そうとするまえに、ぬっと大きな影が立った。

「御奉行」

一目みて、肥後守は天魔でもみたように頭髪を逆立ててしまった。恐るべき不運、その一瞬、まわりに護衛の人影もない。

「日本左衛門推参」

影はニヤリとして、

「それがお望みらしいと、どうやら推察したが、さて拙者が破牢していかがなさる?」

「わ、わしを、わしを、なんとする?」

「ふふ、両方でき合ってりゃあ世話はねえ。さて、どういたそうか」

そのとき、背後の女牢の穴から陰気な声がかかった。

「もし――お頭へ」

「おお、だれだ」

「牢名主のうぶめのお源という婆あでごぜえます。名主として、お奉行さまにうかがいしてえことがごぜえますから、どうぞお身柄をおくんなせえまし……」

「ほ、奉行に何をきく?」

「おれのあずかったお林という新入りに、御奉行さま、天下の御大法にそむいた仕置をなされました。牢名主として、文句がごぜえやす……」

「わかった。それじゃあ、奉行はおめえにわたすぞ」

日本左衛門は、気死したようになっている肥後守の襟がみをひっつかむと、やぶれた格子のあいだから、暗い女牢の中に投げこみ、そのまま魔鳥のように宙を翔(か)けていった。この大盗は、前後左右に五間ずつ飛んだという伝説がある。まさに伝説であるが、たしかに超人的な跳躍力であった。

牢屋敷は、二千六百余坪。むろんそのまわりをかこむ二丈の総練塀、内部の埋門(うずみもん)、番所など警戒は厳重をきわめているにせよ、大したひろさではない。それにこれほど正攻法で破牢をくわだてたものは、小伝馬町牢獄史にいまだかつてないのである。南郷の牢ぬけはこちらからそのかしたとはいえ、その時期もやりかたも、たしかに意表をつかれ、度胆をぬかれた。第一、牢奉行の石出帯刀当人は、南郷の牢ぬけそのものに、決して乗気ではなかったのだ。

（肥後守さま、いらざることを！）

切歯する思いであった。

見るがいい、旋回する槍にとぶ血へど、くだける骨片、あらゆるものを蹂躙(じゅうりん)する戦車のように南郷力丸はすすむ。その猛烈さもさることながら、虻(あぶ)をはなったような他の脱獄囚たちも混乱の度を倍加した。

「お富士、お波！」

「兄さん！」

「いいか、はなれるなよ！」

が、表門にちかづいたとき、さすがに南郷の全身は赤不動みたいに血まみれであった。それに、お林を背負っていた帯がどこか、切れたらしく、あきらかにその戦闘力が半減した。

表門の鉄扉はもとより鎖(とざ)されて、そのまえに番人たちは長槍の屏風を立てている。

「追いつめろ！　門から一歩も出すな！」

ようやく石出帯刀が気をとりもどして絶叫したとき、塀の上を風のようなものがはしって、その門の上にぬうと立った影が見えた。

「南郷、おれが来た」

「おっ、お頭っ」

石出帯刀は、驚愕してのけぞりかえった。とみるまに影は門の内側へとびおりて、狼狽する長槍隊を転瞬のまに粉砕した。

「日本左衛門だ！」

「日本左衛門が破牢したぞ！」

恐怖のあまり潰乱する同心たちのなかに、石出帯刀は狂気のごとく、

「御奉行」

ふりかえって、のどをしぼった。

「御奉行さまはどこにおられる？」

さっきから、気にかかっていたことだ。その町奉行の姿は見えぬ。めざす大盗がついにのがれようとするのに肥後守はどうしたのだ？

——その夜があけようとして、はじめてわかったことである。能勢肥後守は死体となって、女牢のまえにころがっていた。それは牢屋敷の永遠の謎であったが、ひからびはてた奉行のからだには傷ひとつなかった。彼はどうしたのか、誰がどうしたのか、すぐ傍の女牢の囚人たちにきいても、みな陰鬱にくびをふるばかり、ただ不吉な鴉みたいに影をならべている女囚人たちの中で、うぶめのお源がぶきみなうすら笑いを浮かべていたきりであった。

「南郷、にげろ」

日本左衛門が閂をひきぬいて、鉄扉をおしあけるのを見て、

「鉄砲、鉄砲！」

と、石出帯刀は地団駄ふんだ。

のがれ出る力丸たちのあとからどっと脱走囚たちが殺到する。その目の前に日本左衛門は仁王立ちになって、

「うぬらは、おれ」

と、底力のある声でいって笑ったが、ふっとその目がひかると、まさに五間の距離を飛んで、

「ましてや、うぬらが」

そのまえに、恐怖に金縛りになって立ちすくんだのは、思わぬ失敗に逃走しようとしていた天竜の金兵衛、白鳥雷蔵。それにおまけに赤まだらの丈念までが。――

「いっしょに天の裁きを受けさせてやりたかったが、天もなあ」

と、いいかけた日本左衛門に、無謀にも赤まだらの丈念が棒をふるっておどりかかった、

「てめえたちには、鼻をつまむかもしれねえ!」

丈念が唐竹割りになったかと思うと、両手をあわせた金兵衛と雷蔵の首が、かっという頸骨(けいこつ)を断つ音とともに宙に斬りとばされていた。

「かわりにおれが成敗してやった。ありがたく成仏しろやい」

そして、ふりかえりもせず、日本左衛門は、大刀をなげすて、かなしげな顔で、悠々ともとの牢屋敷の奥へかえってゆくのであった。

「――お頭っ」

牢屋敷の門をはしり出して百歩、ふいに南郷力丸は立ちどまった。ふりかえって愕然とする。いっしょに出てくるものと思いこんでいた首領の姿がない。

「お頭っ」

かけもどろうとして、背からドサリとお林のからだがおちた。

「おねえちゃん！」

しがみつく姉妹の姿を見おろし、力丸は身もだえした。お林は地上から、蠟のような顔をあげた。

「おまえさん」

「お林」

「あたしは、ここへおいてっておくれ……」

「ばか」

「いいえ、おねがいだ。あたしは、おまえさんの女房にゃもうなれない。舌をかんで死のうと思っていままでやめたのは、ただおまえさんに、お富士坊お波坊のことをたのまれたから、地獄の果てまでまもってやろうと思っただけ。もうこれで思いのこすことはない。さあ、あたしは捨てて、はやく逃げておくれ……」

お林の唇がわななないて、じっと力丸を深い目で見あげた。

「おまえさん、ゆるしておくれ……」

その白い唇から、タラタラとひとすじの血の糸がながれおちた。

わけのわからないさけびをあげて、三人がとりすがったとき、闇の彼方から、疾風のように鉄蹄の音がちかづいてきた。

「南郷」

「力丸っ」

力丸は、お林を抱いたまま顔をあげて、

「忠信、赤星！」

と、呼びかけた。

馬からとびおりて、ふたりの男が、ころがるようにかけ寄った。

「力丸！　苦労をかけた！　旅に出ていて、知らなんだのだ！　お頭は？」

「どうしても、出て来なさらねえ」

「やっぱり、そうか。しかしそれほどおめえが、お頭を救おうともがいていたとは！」

力丸は、ボンヤリと忠信利平と赤星十三の姿を見あげていたが、たちまち牢屋敷の方をふりかえり、

「あっ、出てきやがる。――赤星、忠信、それじゃあ、このふたりの妹をつれてってくれ。おいらはこいつを背負ってすぐ追っかける」

南郷の怪力と疾走力は、誰よりも信じている忠信利平と赤星十三だから、「おおっ」とこたえたときには、すでにそれぞれお富士とお波を横抱きにして、馬上にとびのっている。

「南郷、ゆくぜ！　いいか！」

「おお！」

たちまち駆け去ってゆく馬蹄のひびきのあとに、力丸とお林はのこった。

「お林」

お林は力丸の腕の中で、ガックリと白いあごをあげたきり、もううごかなかった。

「鉄砲！　鉄砲！」

石出帯刀のしゃがれた絶叫がきこえたかと思うと、門の前に数人の鉄砲隊がならんだ。

それでも、力丸はじっとそこにうずくまっている。お林の死顔に、滴々と男の涙をおとしつつ。――

「お林、おれもいっしょに死んでやる」

すさまじい銃声とともに白煙があがり、闇の中を数条の火の糸がはしった。そのあとに――牢屋敷を出ること百歩の位置に、折りかさなった南郷力丸と浮雲のお林の屍（しかばね）から、ひしと抱きあった二つの血まみれの魂が、業風ふきどよもす真っ暗な天へのぼってゆくのであった。

第四帖　赤星十三郎

矢

享保二十年閏三月二十八日、加賀百万石の当主、前田中将吉徳は、金沢から江戸へ百二十里、美々しい行列をつらねて、参勤の途についた。

それから五日たった四月二日未明、側室のお貞の方が男子を出産した。

前田吉徳は、まえに五代将軍綱吉の養女、松姫を妻に迎えたが、この松姫が十五年前に病死してから、四十一歳のいままで正室というものがなく、八人の側室を侍らせていた。

その中でも、お貞の方は、このとき二十九歳、もとは江戸の町娘だが、八人の側室の中でも群をぬいた美女で、吉徳の寵愛もひとしおふかく、とくに二年前、総姫を生んでからいよいよ凄艶の香を濃くしていた。そして二番目がこの男の子である。

出発の日まで吉徳が気にかけて、

「もし男子であったら、勢之佐と名をつけよ」

と言い残していったばかりである。これは、吉徳にとっては、まえに別の側室に生ませていま十歳になる犬千代につづく次男となる。

ただちに金沢の城から、主君のあとを追って早馬の使者が飛び出した。

使者に立ったのは、御徒士（おかち）の赤星十三郎である。まだ二十歳になるかならぬかの若さだが、この数年、前田家でめきめき勢力をひろげてきた大槻内蔵允にもっとも愛されている俊秀児であった。

快馬一鞭、祝いの使者はひた走る。

北国街道はいまや春たけなわであった。主君の行列は花をめでつつ、まだ越後から信濃路へはいられたくらいであろう。この彼方には江戸がある。

江戸には、じぶんにひどく目をかけてくれる大槻内蔵允さまがいま御出府中だ。もとは一介の茶坊主だが、主君のお覚えめでたく八百五十石物頭並の大身となり、ゆくすえ御家老に列することは太鼓判を押されているひとである。

それから――お麻どの。

春風をきって疾駆する十三郎の頬（ほお）に、灯がともるように血しおの色がさした。

お麻は、彼の親友玉虫半兵衛の妹で、そして彼の恋人であった。彼女は側室お菊の方つきの腰元にあがっていた。お菊の方も、お貞の方とともに去年の秋まで国元にくだっていたが、ゆるしを得てさきに江戸にかえり、お麻もそれにしたがって、いま本郷の上屋敷にいる。

この御用をはたせば御供の中に加えられることであろうから、そうすれば江戸でお麻どのに会える。

いかにも利口そうに目のかがやいたお麻の顔を、花吹雪の中にえがきつつ、十三郎の馬は天馬のごとく翔けた。

神のみぞ知る、若いふたりの運命に、惨たる血しおの雨をそそぎ、闇黒の風を吹きおとした大魔雲は、このとき、この青い春の旅のゆくてに陰々と待ちかまえていたのであった。

「や？」

十三郎は急に馬をとどめ、また走りだした。越中富山の城下、神通川のほとりである。

人夫たちが何十人も混乱しているので、かけよってみると、船橋がきれかかっての騒動であった。

この川は立山以下の大山脈から出るもろもろの水をあつめてくだり、あまりにその流れが凄じいために橋脚を立てることもできない。そこで四十五間の川幅を六十四隻の大船を横に鉄鎖でつらねてその上をわたる。

その鎖がひとすじきれて、船が流れかけ、みな必死になってそれをつくろっているのであった。それも三日まえ、加賀の大行列が通ったせいだと口々に人夫たちはわめいていた。

この修理が存外手間どって、二日間通行止となり、十三郎はそれだけ遅れた。めでたい知らせをもって走る使者とはいえ、ともかく早馬をつかうほどの役目だから、十三郎は少し焦った。

ようやくにして越後にはいる。悪いときには悪いまわりあわせが重なるもので、その入口で、例の親不知子不知の険にまた止められた。

天晴れ無風の日でさえ、二里にわたる大岩壁の下の路は、波濤のたびに十数丈のしぶきの下になる。人はその波のひいたとき、数十歩走っては岩かげの穴にひそみ、また波のすきをねらっては駆けだしてこの難所を越えねばならぬのに、あいにく風が出てきたのである。路はまったく激浪の底であった。

一日足ぶみして、越後にはいったが、まだ雨はやまなかった。十三郎はぬれねずみになって、ようやく必死に馬をとばせていった。

直江津から南下して、高田、新井を経て信濃にはいる。善光寺、上田をかけぬいて、十三郎がやっと主君の行列に追いついたのは、四月九日、小諸の城下であった。

「おう、男子が出生いたしたか。貞め、出かしおった!」

乗物の中から吉徳は満面の笑みをうかべてうなずいたが、

「なに、二日に生まれたと?」

と、くびをかしげて、それからさけんだ言葉は、十三郎を愕然(がくぜん)とさせた。

「この七日、江戸で菊も男子を出生いたしたぞ。一刻まえ、江戸より早駕籠(はやかご)の使者がまいったわ」

「えっ、お菊の方さまが?」

「ははははは、ようもめでたいことが、こう重なるものじゃ。二日に七日か、ははははは」

と、吉徳は苦笑した。しかしお菊の方は去年の秋まで金沢にいたのだから、これは十分あり得ることであった。

「そ、その御使者は?」

「前田家に次男出生いたしたと、余に告げたうえは、あとは公儀に届け出るだけじゃ」

吉徳はまた笑った。

「国腹は、たとえ一月ぐらいは早うても、江戸腹のあとにつくのがならいじゃが、勢之佐はほかならぬ貞の子じゃ。ともかく五日早う生まれた子じゃ。十三郎、江戸よりの使者のあとを追え。さきに江戸に着いた方を余が次男として届け出よ」

虹

使者の矢は、金沢と江戸から放たれた。的は金沢から江戸へ移動しつつあった。

そのため、江戸から出た矢は、小諸まで四十里を二日で達し、金沢から出た矢は小諸まで八十里に七日かかったのである。もっともそれには神通川と親不知子不知でのやむを得ない足ぶみがあったとはいうものの、もしこちらの届けがおくれたならば、十三郎の失態はとりかえしがつかなかった。

どこの家でもそうだが、とくに大名の家では、子を生んだ妾(めかけ)とそうでない妾とのあいだには、一段の差ができる。ましてそれが男子であった場合はなおさらである。そして、それも長男であった場合は、やがてあとつぎとなる人のお袋さまとして、まさに天地もただならぬひらきを生ずるのだ。いわんや、この場合、家は加賀百万石。

もっとも、このとき前田家にはすでに十歳の嫡子があった。しかし、それであとの子は無用かというと、けっしてそうではない。夭折（ようせつ）ということがあるからである。大名が多くの側室をもったということは、たんに欲望のみではなく、この意味があるのだ。

この時代、いったん病にかかったら、それをなおす薬も治療法もでたらめといってよかったし、かえって大名の子供など、日光に縁のない奥ぶかいところに垂れこめて、食べ物なども品数はべつとしてかえって一般庶民よりも、栄養価のひくいものをとっていたのではないかと思われるふしがある。のちに十一代将軍家斉（いえなり）が、五十五人の子を生ませたが、そのうちともかく成年まで育ったのは二十五人だけであったというのもこの例だ。この前田吉徳は一生に九人の男子と八人の女子を生ませたが、その半ば以上が二十歳前後で死んでいる。長男の犬千代も二十二歳でこの世を去ったのである。

したがって、次男三男といえども十分見込みはあるわけで、ただあとになるほど希望の濃度が等比級数的に希薄になるのはやむを得ない。大名小名の長男は相続人、次男は御控えといって大事にしたが、三男からは、さすがにそれほど珍重されなかった。

「江戸からの使者におくれては一大事!」

十三郎は馬に鞭をくれて宙をかけた。

彼は軽井沢でそれらしい駕籠を見た。ものも言わずかけぬけようとしたとき、

「あっ、十三郎さま!」

駕籠の中からさけび声がした。

手綱をしぼり、ふりかえって、十三郎はかっと目を見ひらいた。

「お麻どの!」

「十三郎さま、どうしてここへ?」

馬をとびおり、二、三歩かけ寄って、十三郎は棒立ちになった。

「江戸からの使者はそなたか?」

「はい、実はお菊の方さまが、この七日、男の子さまをお生みなされました。その知らせをもって、ただいま殿さまへ――」

「はて、女のそなたが?」

「使者を命ぜられたは兄でございます。が、出発まぎわにふいに腹痛を訴えてたおれ、いまごろどうしているやら実は気になっているのでございます。苦しみながら、もはや

ほかのお方にかわってもらういとまがない。麻、おまえかわって早駕籠でゆけ、きっと殿さまはいまごろ信濃あたりをお上りあそばしているはずだと申しますゆえ――」

「それは、御苦労なこと」

といったが、お麻の透きとおるような顔いろをみて、十三郎は立ちすくんだままだ。

「兄は、どうやら毒を盛られたかもしれぬ、と申しましたが」

「なにっ、誰に？」

「それは申しませぬ、申せぬことだと歯をくいしばっておりました。が、何にせよ、使者を命ぜられてからの不覚はほかにもらすだけでも恥、はやく発てとせきたてて――」

お麻は、目をかがやかせた。あえぎながら、

「十三郎さま、江戸におゆきあそばすなら、おねがいでございます。殿さまにはもう御報告あいすませましたゆえ、すぐ御公儀にそのむねお届けあそばすように伝えてくださいまし」

「お麻どの。わしの用は、金沢にてお貞の方さま、御次男御出生の知らせをもって江戸へゆこうとしているのだ！」

「えっ？」

お麻の目がひろがった。

「いつ？」

「この二日」

お麻はだまった。いちど放心したような目が、すぐにキラキラとまたひかってきた。

「ああ、この使者、こう急がれたのはそんなことがあってのことか……」

高原には春光がひろがっていた。野のはての浅間山から、けむりが東へ吹きなびいていた。ふたりの恋人はじっと顔を見あったままうごかなかった。

このような美しい天地で、このように切迫した、重大な使命をかみ合わせる邂逅(かいこう)をしようとはいつ想像したであろう。――どちらが先についても、ふたりがそれぞれ使命を負うたふたりの御子とそのまわりの人びとに、大きな運命のちがいがおこる。……その使者に立ったお麻の兄は、出発前に毒を盛られたという。もしそれが事実なら、いよいよこの一事が身ぶるいするような重大性をはらんでいることはあきらかだ。

「十三郎さま」

お麻はガックリくびをたれた。

「そちらがお先でございます。どうぞ、早く、江戸へ――」

十三郎は、細いお麻の頸をみていた。いつも希望というより野心にもえ、聡明な活気にかがやいているようなお麻の目が光を失って、二日早駕籠をとばしてきたからだは、さすがに女か、八十里馬を翔けさせてきた自分よりもやつれはてていた。

「いや国腹はあとじゃ」

と、彼はようやく言った。

「それにそなたはお菊の方さまのお付き、江戸から出てかえったおぬしが、金沢からきたわしに遅れては、もはやそなたのみならず兄者まで顔が立つまい。早くゆきなされ」

「えっ、では、十三郎さまは？」

「わしはそなたより半日おくれて江戸にはいろう。なに、わしは大槻さまにかわいがられておるのだ。あのお方はよう事のわかったさばけたお方、大槻さまにすがれば何とかおゆるしくださるだろう。どっちにせよ、一方がおくれねばあいならぬのだ」

彼は笑った。

どんなことがあっても、お麻の立つ瀬を蹴流してはならぬ、それでおれが手柄をたてても何にもならぬ！　と決心したのだ。

「すみませぬ、十三郎さま！」

お麻はおじぎをした。

駕籠があがって走りだした。見送ったまま、十三郎はなお笑っていた。

大槻内蔵允にたよる——それはお麻に安心させるために言った言葉だが、そう言うと、ほんとうに内蔵允がたしかにじぶんをかばってくれるにちがいないと思い出した。

すると、こんどはお麻がおじぎをしながら、じっとじぶんを見つめた目が、まぶしいばかりの光芒をはなってきた。

お麻の駕籠が白樺の木の間がくれに碓氷峠の彼方に消え、小諸の方から加賀家の行列の鳥毛が遠くみえてきたとき、十三郎は馬をひいてユックリとあるきだした、彼の目には、青空にかかる虹のようにお麻の幻がうかんでいた。

——こういうわけで、お菊の方の生んだ一子は、前田家次男亀次郎として公儀に届け出られた。のちに、若死した兄のあとをついで加賀百万石の当主となった重熙である。

そして、赤星十三郎は前田家を放逐された。金沢から江戸まで早馬の使者を仰せつけられながら十日ちかくも日をついやしたのは過怠なりという上意である。

「見そこなったぞ、十三郎。どこなとゆけ」

この罪名は覚悟していたが、みずから十三郎の前に現われて、そういった大槻内蔵允の能面のような端麗な顔は、十三郎が愕然としたくらい冷たかった。

そして、上屋敷の奥ふかく仕えるお麻にはそのことを告げようもなく、その兄玉虫半兵衛は、彼が江戸についたときすでに死んでいた。そもそも十三郎はそのことをお麻に訴えようとも思わない。

彼は犬のように加賀家を放り出されると、いちどもえるような目を屋敷の空になげたが、すぐに厳しい、明るい笑顔で、巷を歩きだしていった。

雲

「……おおおいっ」

雲の声。

天狗獄に真っ白にひかる入道雲が、黒姫山に盛りあがる夏雲へ呼びかけたかと思われるような声であった。

が、つづいてこれらの山脈の裾を野尻湖に沿うてはしる北国街道で、獣のような――

いや、たしかに人間の絶叫がした。一人ではない。何十人かの叫喚だ。

その血をふくんだ下界の渦へ、雲を背に、のめるような山肌をタタタタタと駆けおりていった影がある。どこかで梟の声がした。

「おう、弁天！」

岩かげからあらわれて、ほくそ頭巾の間からニッと目だけ笑わせた小柄な影が、

「赤星、あそこだ！」

と、さけぶと、どちらもキラッと腰から一閃のひかりを走らせて、また猿のごとく山の下へ躍っていった。

そのあおさと澄明度で知られた湖の一角から、虹みたいに赤い波紋がひろがっていた。街道は十数人の算をみだした武士の死骸におおわれている。

その中の数人のくびに、切れた鎖がからみついているのが恐ろしく、また異様だった。

そして、七つ八つの乗物が横だおしになって、そのまわりに段織の帯や簪、金砂子の扇子や上草履が血のなかにちらばっていた。

「ほ、手早くすませやがったな。こいつあしまった」

と、小柄な方が、つまんなさそうに鼻を鳴らせば、

「どうやら、椎茸たぼの旅らしいが、みんなどこへ失せやがった?」

と、長身の方はほくそ頭巾のあいだからきれながの瞳をまわして、

「やあ、あっちだ!」

と、むこうの山裾の杉木立の方へかけだした。

杉木立からちょっと山ぶところにはいりこむと空地があって、夏草が青い熱気を吐いていた。そのなかで世にもすさまじい光景が展開されようとしていた。
七、八人の御殿女中らしい女を、十数人のあらくれ男たちが犯そうとしているのだ。みんなほくそ頭巾をつけているが、毛脛をむき出しにして、
「やい、ジタバタすると、いっそう汗だらけになるじゃあねえか」

「めんどくせえ、きものなどとってしまえ」

と、越後縮の帷子をひきちぎると、みるみる女中たちは天をむいた蛙みたいに白い腹を出した。

「弁天……」

と、立ちすくんで、息づまるような目をかえすと、小柄なほくそ頭巾も、

「あいかわらずだが、おいらは殺すなあ好きだが、こいつあ、あんまりぞっとしねえ

な、見な、あれは白鳥と天竜だろう？」

と、あごをしゃくって、そっぽをむいた。

むこうで、二人のほくそ頭巾がねじ伏せようとしているのは、白髪の老女である。女なら相手をえらばない恐れ入った連中らしい。傍で六尺ちかい頭巾の男が、青空に鳴りかえるように笑っていた。

「何しやる、無礼な！」

と、老女は歯をむき出して、帯のあいだから懐剣をぬいた、そのはずみに何か白いものが地におちたが、横なぐりに空をかいたひかりにどこかかすられたとみえて、ひとり頬をおさえて、

「や、やりゃがったな、この婆あ」

「賊っ、われら一行を何と思いやる、われらは加賀の――」

「あっ」

と、こちらで、口の中でさけんで目を見張ったが、突然、飛鳥のようにかけだした。

「待てっ」

「なんだ、赤星」

と、頬をおさえた賊が、かみつくようにふりむいた。

「やめてくれ、そいつあいけねえ」

「なな、なぜだ？」

「いま、きいたが、この一行は、か、加賀――」

といいかけて、絶句した。

「おう、加賀がどうした。おれたちゃ盗賊将軍日本左衛門の一党だ。百万石ぐれえに目をまわすな」

長身のほくそ頭巾はもだえて、あたりを見まわし、

「みな、よせ！　よさぬとおれが――」

と、いちど鞘（さや）におさめた大刀をびゅっと宙に一閃させた。

「待て、赤星」

と、うしろから寂のある声がかかった。さっき哄笑（こうしょう）していた六尺ゆたかなほくそ頭巾が、岩に腰をかけて、こちらをみて、目で笑っていた。

「あいかわらず浮世の甲羅がとれねえな、赤星。てめえを捨て犬にした大名に、まだみれんがあるのか、おれの手下になってもう五年もたつというのに」

「お頭……」

と、つらそうな声で、

「もとはおれが悪かったのだ。おれのおかげで、運の星の狂ったおひとがある――」

「ばかなことを。てめえのもとの殿さまに何人子があると思う? 雄雌（おすめす）あわせて十何人か、ひとりやふたり順番がひっくりけえったって、それがなんだ」

「そなたは、もしや!」

と、老女がふいにさけんで、ほくそ頭巾の中をのぞきこんだ。

「お麻のもとの許婚（いいなずけ）、あの亀次郎さまと勢之佐さまの御出生のさいに浪人いたしたとかいう――」

「お麻!」

その名が、錐（きり）となって胸を刺したかのごとく彼はふりむいたが、すぐに顔をそむけて、

「ちがうっ」

と、絶叫して、山の方へかけだしていった。

大盗賊日本左衛門は苦笑いして見送ったが、

「やい、てめえら、かまわねえから好きなようにしろ。ただ、殺しちゃあならねえぞ、あと裸にして、もとの駕籠の中へほうりこんでおいてやれ」

と言いすてて、ツカツカ山の方へあるきだした。

その片手ににぎっているものを一目みて、老女はとびあがった。それはさっき彼女がおとしたものだった。

「ああ、それは！」

「これか？」

日本左衛門は、その白い書状のようなものを投げすてようとしていたところだったが、老女がむしゃぶりついてきたので、ヒョイと腕を横にふった。

「なんだ、それほど大事なものか。それではもらっておく気になったぜ。あっ、白鳥や金兵衛とちがって、おれは婆あに抱きつかれるのはあんまり好きでねえ」

足をあげて蹴たおして、あともふりかえらず大股にあるきだした。あとにふたたび悲鳴と笑いの渦があがりだした。

さきに山の中へかけこんだほくそ頭巾は、突然立ちどまって、

「お麻」

うめくようにつぶやいた。

赤星十三郎だ。加賀家を浪人して五年ののち、いまは大盗日本左衛門の四天王の一人とまでになった男である。つぶやいてみても、もはやどうしようもない名ではあったが、

「どうしているか？」

と、目をあげて、燃える青空に遠い虹を見るようなまなざしになった。

「十三」

呼ばれて、ふりかえると、日本左衛門がユックリと近づいてきた。頭巾をとって額のすさまじい三日月傷を風に吹かせながら、

「おめえ、お貞の方とやらいう側妾の生んだ子が、前田家の三男になったのをすまながってたなあ。ふん、気に病むことあねえや、これをみろ」

と、手にした書状をつきつけた。十三郎はけげんな表情で首領を見あげる。

「そのお貞の方へ、大槻内蔵允って家来が送った恋文だ。大槻内蔵允――知っておるぞ。もとは茶坊主から小姓となって吉徳に尻の穴を狙われ、いまは二千三百石の側用人、百万石をきってまわしておる才物とか」

十三郎はかっと見ひらいた目を書状におとしたきりだ。

「なるほど才物だ。殿さまの妾まできってまわしておる。この恋文のあんばいじゃあ、ふたりの仲のくせえのはここ一年や二年のことじゃあねえな。フフフ、加賀の殿さまには十何人か子があるが、そのうちには種のちがうのもまじっているかもしれねえ、十三、おめえのやったことあ、あんがいまちげえなかったのかもしれねえよ」

お貞の方の生んだ勢之佐は、大槻内蔵允の子だというのか！

彼はじぶんを追放するときに見せた内蔵允の能面のような冷たい顔を思いだした。たしかにあの能面の奥には、憎悪と憤怒の炎があった。

「おめえが放りだされたのには、その大槻のかんしゃくまぎれの手がうごいていたのじゃあねえか？　ところでな、この恋文だが、いまの婆あがこの恋文をはこぶ役かとふと思ったが、おかしなことに封じ目ははじめから破れていたぜ。してみると、こいつあ、当人同士の知らねえまに盗まれたものかもしれねえ。きくところによると、加賀藩じゃあ、殿さまが妾狂いしているあいだに、成りあがり者の大槻一派と、古くからの前田八家の家老一派と内輪もめしているとか。——思うに、あの婆あは、その家老方のものだな」

すると、お麻もその一派に属することになるのか？

要するに、赤星十三郎は前田家の大秘密をめぐる陰謀と党争の渦にまきこまれて、ほうり出された小石にちがいなかった。

——数刻ののち、からくも逃げ去っていた加賀藩の侍たちがおそるおそる街道にもどってみると、駕籠はもと通りに寂然とならべられていた。ほっとして、その中をのぞいた彼らは、異様なさけびをあげてとびさがった。

……駕籠の中には、まっぱだかに剥かれた奥女中たちが失神し、なげ出された白い二本の足のあいだから、ニョロニョロとうごいているものがあった。一匹ずつ、それは青大将の尾であった。

……日本左衛門の配下、白鳥雷蔵、天竜の金兵衛たちの凶悪ないたずらである。遠く湖の彼方の雲へ、無数の梟の声が、笑うように消えていった。

女

若君亀次郎さまを送って金沢へいっていた御年寄の芦間と奥女中たちが江戸にかえっ

てきた。途中越後と信濃の国境で恐ろしい凶盗に襲われて、金品をうばわれたのみか、御供の侍たちもほとんど斬り殺されたという知らせはそのまえに本郷の屋敷にはいっていて、みなを震駭させたが、芦間以下の女中たちの命に別状なかったのは何よりである。

しかし、彼女たちは屋敷にもどっても、異様な戦慄を保ちつづけていた。その模様をきいても、だれも何も語らない。芦間からかたく沈黙を命ぜられたせいもあるらしいが、それよりみな気鬱病みたいになっているところをみると、そのときの恐怖をまざまざと想像させて、みなをふるえあがらせた。

それでなくとも、数人の愛妾がそれぞれ部屋をあたえられ、ひそかな暗闘をつづけている加賀屋敷には、いっそう暗い陰鬱な風がうずまきだしたようである。

お菊の方つきの女中から、いまは局とよばれる身分にまでなったお麻は、江戸にかえった芦間が、急にじぶんを憎悪の目で見るようになったことに気がついた。

もっともそれは、このごろにかぎったことではない。お麻がいつかの兄にかわっての使者の手柄と、それ以来の彼女の怜悧さのおかげで、急速にお菊の方に信任されるようになってから、ずっとつづいていることだ。おなじ屋敷の中で数群の敵味方がからみあい、同じ棟の味方の中にも敵がある女の世界であった。芦間は、お麻に嫉妬(しっと)しているのだ。この老女は、お麻にじぶんの権力を侵害されるような気がして、それをおそれているのであった。

そのことはお麻も知っていた。しかも、それにめげるようなことはなかった。けっしていまの身分を幸せとは思わない。十三郎の放逐とひきかえのように得たいまの身分が、どうしてうれしいことがあろう。しかし、それでもなお彼女がここにとどまっているのは、むしろ芦間たちの反抗に張りをおぼえる彼女の勝気のせいであったろう。

それから、まだ理由がある。お麻は、兄を殺した相手の正体を知りたかった。それははじめからおぼろげに感じていたが、しだいにその輪郭ハッキリさせてきた。それをつきとめるためには、どうしてもこの加賀家にふみとどまっていなければならない。

さらにもう一つ、いちばん大きな理由がある。彼女は十三郎があの事件で、まさか追放されるとは思わなかった。追放されたことも、その当座は知らなかった。彼はだまって去った。去ってどこへいったのか？　……何はともあれ十三郎さまを、もういちど前田家に帰参させなくてはならない。十三郎さまは、きっとわたしのところへかえってくる。彼女はそれを信じて、この屋敷に奉公しているのであった。

十三郎の帰参のことは、お菊の方にいくどか願った。亀次郎が次男となったのは十三郎のおかげである。——そのことはお菊の方も承知していた。しかし早急にはどうにもならなかった。

なぜなら、そのおなじ理由で十三郎を放逐させたのはお貞の方の一派であることは確実で、お貞の方のほうが、吉徳の寵愛がふかいからである。そしてお貞の方のうしろに、もうひとつ、巨大な影がそれをあやつっていた。

大槻内蔵允。

前田家はじまって以来といっていいほど異例の昇進をしめしたこの才物は、完全に暗愚な吉徳をつかみ、いまでは八家七十家老が連合して対抗しても、押しもどされそうなくらいの勢力を得ていた。

藩の人事は、すべてこの側用人の手中にあるといってよかった。

勝気なお麻も、しだいに絶望的になってきていた。

ただ一目だけでも、会いたい、見たい、……十三郎さまは、どこにいるのか？

そのことがわかったのは、老女芦間が屋敷にかえってきてから十日ばかりのちのことだ。芦間自身の口からきかされたのである。

例によって重箱の隅をつつくようないやみを言われ、お麻が活発にしっぺ返しをしてのけたとき、

「まあ、こわい女よ、……さすがは大泥坊をむかしの許婚にもっていやったおひとだけのことはある」

怒りに歯をカタカタと鳴らしながら、吐きだすように芦間はつぶやいたのだ。お麻は愕然とした。

「なんと申されました？」

「大泥坊よ、そなたの許婚、そなたがお方さまに帰参をかきくどく赤星十三郎は、いまでは大盗日本左衛門の一味よ」

「たわけたことを」

「たわけたことではない、浪人になったとはいい条（ながら）、お家の恥になるからだまっていたのじゃが、うそだと思いやるなら、わたしといっしょに江戸にかえった女中たちにおきなされるがよい。……まことに、野尻湖のほとりで加賀家のわれらを襲うた群盗のな

かに、たしかに赤星十三郎という男がいたわ」

お麻は、白痴のようになって、部屋にもどってきた。

二、三日のうちにお麻は、芦間のいったことが、うそではないことを知った。盗賊の中にたしかに赤星と呼ばれた男があったそうである。同時に女中たちが、すべてこの盗賊のむれに犯されたことを知った。

十三郎さまが盗賊におちなされた！

お麻は懊悩(おうのう)した。気力をとりもどしたのは三日目であった。

十三郎が盗賊におちたのは、もとはといえば、やっぱり自分のせいである。じぶんが十三郎を盗賊におとしたのだ。

救わねばならぬ。わたしは十三郎さまを救わなければならぬ。しかし、どうして救ったらよかろうか。どうして救うことができるのか？

お麻のこころは、この衝撃と苦悶(くもん)のためにねじれた。そして彼女の闇の世界にも悪星がかかった。

お麻は変心した。彼女はひそかに大槻内蔵允に手をさしのばしたのである。

やがてこの側用人は、前田家のすべてを掌握するであろう。その内蔵允にすがるよりほかにない。そのためには、じぶんは内蔵允の一派にはいらなければならない。……その内蔵允を兄の敵ではないかとうたがいつつ、それよりなお強い、めくらめくばかりの恋の炎であった。

前田家次男亀次郎君の生母お菊の方。そのお菊の方に重用される局のひとり。――それを手に入れることにどんな意味をみとめたか、大槻内蔵允は能面のような顔に微笑をうかべて、さしのばされたお麻の手をにぎった。

世に有名な「加賀騒動」の布陣は、ここになったのである。

爛(ただれ)

前田家の三男勢之佐が、はたして吉徳の子であったか、大槻内蔵允の子であったかは、今に疑問とされている。

しかし、お貞の方と大槻内蔵允がひそかに通じていたことは事実であった。江戸城とおなじく、大名屋敷でも表と奥とは厳重にわけられているが、内蔵允にかぎって吉徳から異常なばかりの信任をうけていたし、それに吉徳がこのごろめっきり体が弱って、病床に親しむことが多かったので、いやでも側用人の内蔵允が吉徳の居間に伺候しなければならない。ふたりが密通する機会は十分にあるわけであった。

ある秋の雨のふる夜、お貞の方がひそかに待っている小書院に、吉徳の居間からもどってきた大槻内蔵允がはいってきた。

それは密通のためではなかった。もっと重大な相談のためであった。金沢にくだっていたころ、内蔵允からもらった手紙も、読んだらすぐに火中にするようにとの文面にもかかわらず、お貞の方の女ごころから、それを手文庫に秘めたままにしていたために、うっかり忘れてきたものを、何者かのために盗まれたということがわかったのである。

そして、それをお菊の方の老女芦間がひそかに江戸へもってこようとしたということまでわかった。もとより内蔵允の敵がこれを証拠に吉徳の目をひらかせようとするたくらみであったろう。……ところが、どうしたわけか芦間が江戸にきても、何のかわりもない。芦間のもってきたそれは、途中でどこかへ失われたらしい。

野尻湖畔で野盗に襲われたというから、おそらくそのときに奪われたものと想像するが、そこのところがハッキリしないうちは、夜の目もねむられないことは当然で、ふたりは必死にそれをつきとめようとしていたのであった。

　そのことは、このごろ一味となったお菊の方つきのお麻に依頼して、芦間たちのあいだをさぐってもらっており、今夜その報告をもって、ここにお麻がしのんでくるはずであった。

　雨が蕭々と庭の石灯籠や筧を打っている。ふたりは灯のない小書院にじっとすわっていた。

　お麻がくるのを待つばかりだが、お貞の方は不安のあまり内蔵允にすがりつくような姿勢になっていた、

「内蔵允、文はたしかに途中で失ったものであろうか」

「そうとしかかんがえられませぬ。あれを手に入れて、だまっている敵ではありませぬ。……ただ……」

「ただ?」

「もしあれが土足にふみちぎられて、湖にでも散ればよし、もし賊がそれをひろい、手紙の出し主、受取主から察すれば——」

「まさか……無縁の賊が」

「いや、それが日本左衛門と申せば、好んで大名などを狙い、夜の将軍などと自称する

容易ならぬ大賊でござれば――」

「内蔵允、わたしはこわい。わたしがわるかった……」

ふるえるお貞の方を、内蔵允は抱いた。この不敵な陰謀家は、この場合に、女をこわがらせて心中おもしろがっているところがある。まさか、いくら日本左衛門でも、そこまで頭も手もまわすわけはないと思う。……手紙の失態を、はじめは驚愕し、怒り、恐れたが、いまはこの主君の寵妾のおびえかたが可憐ですらあった。

「御案じくださるな、拙者がついているのでござるぞ」

まるいあごに手をかけて、顔をあげると、闇に女のふるえる吐息が花粉のように匂った。内蔵允の微笑した唇が、女の唇を吸いよせた。

恐怖のなかに、いや恐怖すればこそ、女のからだはすぐ燃えた。三十をこえた熟れきった女体は、荒淫に衰えた吉徳から満たされず、いちど火がつくと、冷静な内蔵允を一瞬に獣とするほどに豊艶な牝獣になった。

「なるほど」

どこかで、感心したような声がきこえた。ふたりは愕然とはね起きた。

「この手紙はほんとうなんだなあ」

小書院の隅で、闇のなかでユックリと黄金いろにうすびかるものがうごいた。音もなくそこにあった金泥の屏風(びょうぶ)がたおれたのだと知るよりはやく、そこにすっくと立っている何者かの姿に、ふたりは全身から血の気がひいてしまった。

首をかたむけてつぶやくように、

「そうか、おれを追んだしたなあ、そのためか。いやわかった。てめえの子を主家の次男とされずに三男とされちゃあ、それア腹も立ったろう。だが、いままでおれが悪かった、きのどくなことをしたと、まじめにすまながっていたおれが、ちょっとばかばかしくもある」

「き、きさま――」

と、内蔵允は声をしぼった。

「何者だ」

「日本左衛門の四天王、赤星十三郎」

「なにっ、赤星？」

「ひさしぶりだな、大槻さん」

うす笑いの声が、のっそりとちかづいてきた。

「こわがることアねえ。ま、人間、泥坊だろうが百万石の側用人だろうがおなじようなもんさ。そうわかって見れア夢からさめたようなものさ。これからサバサバした気で悪事ができる。もうし、御方さま、おれにもちょいとそのうまそうな味を味わわせてくんねえ」

傍若無人にお貞の方を抱きよせて、その唇を噛むように吸った。

「あれ」

「まだ泣くのア早え、これからユックリ聞かせてもらうし、おれの寝物語もきいてくんな。五年前には、おめえさんの生んだ子供の知らせに、八十里、大汗かいて走ったこともある。おい、にげるねえ、闇の中だが、そこにいる大槻用人よりだいぶいい男だぜ」

「無礼者！」

内蔵允の手から光芒が赤星の背に走った。その背がくるっとかえると刃はガッキと宙にくいとめられている。

「ははははは、十手をもった泥坊ってのア日本左衛門一党だけさ、大槻氏。貴公は悪知恵はまわるが、やっとうの方は茶坊主並みでござったな」

刀は二つに折れてたたみにおちた。

「ジタバタしてもだめだ。おい、おれはおめえさんたちの恋文をもってるんだぜ」

内蔵允は愕然として立ちすくんでいたが、

「あ……返せ、それを返してくれ」

「そうしてやりてえのはヤマヤマだが、実はそのまえにこいつを見せてやりてえひとがいる」

「えっ、だ、だれだ、それは——」

「お菊の方さま」

「なにっ！」

「付の女中、お麻という女」

「——では、それをくださいまし、十三郎さま」

廊下でひくい声がきこえると、障子がしずかにひらいて、裲襠（うちかけ）をきた女の姿が浮かびだした。

「……や？」

と、一声うめいたきり、赤星十三郎は棒をのんだように立ちすくんだ。相手もだまって立っている。雨の蕭々たるひびきのほかは、息ひとつせぬ沈黙が満ちた。

「は、はやく、それをとれ、お麻どの」

われにかえって、両手をさし出したのは大槻内蔵允だ。

「お麻どの？」

十三郎は、ふしぎげな目をお麻の顔にすえた。

「そなたは……お菊のお方さまつきの御女中ではないか？」

「いいえ、いまは大槻さまのお心にしたがうお麻でございます。十三郎さま、大槻さまは、やがてきっと御家老さまになるお方」

みなまでいわせず、赤星十三郎はのけぞりかえって笑った。

「そうか！　わかった！　そういや、御女中ともみえぬ風体だな、見損なったか。お麻どの、さては立身出世が望みか。うむ、むかしから、そなたの利口さは知っておったが、あのとき、おれの馬よりはやく駕籠で江戸にはしったのも、それが望みであったのか」

笑いながらも、苦鳴にちかい声だった。お麻は身もだえした。

「ちがいます、十三郎さま」

「何がちがう？　野心に目がくらんだか、お麻どの。この大槻とこのお貞の方は、主の目をぬすんで密通している当家獅子身中の虫だが、それを承知の上での望みか」

「いいえ、恋です」

「恋？」

「人は、恋のためなら、何でもするのです。とくに女は――」

十三郎はまた笑った。ぞっとするほど冷たい笑い声をたてた。

「さよう、おれがそうした。そのあげくのはてが、おれは今は盗賊、おめえさんは御出世なすってお局さまか。そのうち大槻加賀守さまの御中臈におなりあそばすだろう。よかろう、ついでのことに、もういちど手柄をたてさせてやる。引出物にこいつあおめえさんにやろう」

と、手にしていた文をお麻におしつけた。お麻はそれを受けとろうともせず、

「十三郎さま、きいてくださいまし――」

「うるせえ、おめえの利口ぶったいいわけはききたかねえ。そうら、むこうから、誰かくるじゃねえか、泥坊に長話しているのをきかれたら、御出世のさまたげになろうぜ。それでは、御中臈さま、あばよ――」

むこうから廊下をわたってくる雪洞が二つ三つ見えてきた。赤星十三郎のからだは庭

に跳躍した、とみるまに石灯籠にとび、立木にとび、大屋根にとんで、空をうずめる雨音の中で、二度三度、うつろな梟のような声がきこえた。

喪心したように立ちすくんでいたお麻は、はっとわれにかえった。足もとの恋文をあわててひろって逃げようとする大槻内蔵允の袖（そで）をひしととらえた。

「大槻さま、あの赤星さまを帰参させてくださりますか？」

「それこそ、わしの望むところだ！」

と、内蔵允は息をきっていった。秘密を知られた上は、ぜひともこのお麻ともどもあの男を薬籠中のものとしておかねばならぬ。事なったあかつきはしらず、いまは、それが必死の本音であった。

柩（ひつぎ）

飛び去った鳥は、魔天のどこに消えたか。

それからさらに数年のあいだ、日本左衛門一党の跳梁（ちょうりょう）ぶりはさらに傍若無人をきわめ、幕府を奔命につかれさせた。

なかでも、もっとも荒れまわったのは、赤星十三郎である。顔かたちは、一味の弁天小僧とあいならんで、むしろ優美と形容したいほどなのに、彼は首領の日本左衛門が舌をまくくらいよく奪い、よく犯し、よく斬った。

とくに女にたいしてはもっとも残忍であった。武家の妻、侍の娘とみればまっさきに立ってはずかしめ、いちばんあとで彼がとどめを刺した。恐ろしく残酷なことをしながら、この美しい凶盗はいつも虚無的なやさしい笑いをニンマリと浮かべていた。

――しかし、悪はついにさかえない。突然首領の日本左衛門が何かの魔につかれたように自首して出てから、その一党は崩壊した。その四天王といわれる弁天小僧も立ち腹をきったし、南郷力丸も鉄砲で射ち殺された。いずれも江戸においてである。そのとき、彼らの身辺にやはり四天王の他のふたり、忠信利平と赤星十三郎の影が見えたというので、すわとばかりに捕方はいろめきたち、江戸の町々には蟻（あり）の這（は）い出るすきもない探索の網がしかれた。それでも彼らは容易につかまらなかったが、しかし、そのことは時間の問題と思われた。彼らはまったく追いつめられたのである。

――ちょうどこれと併行して、加賀藩の内争も、当主吉徳と長子宗辰（むねとき）の不慮の死をさかいに、突如として、爆発し、急速に幕をおろそうとしていた。

前田中将吉徳は、帰国の途中、神通川の船橋をわたるさい、川の流れを見ようと、傍にしたがっていた大槻内蔵允に乗物の戸をあけさせたはずみに、前から病みがちであったからだが急によろめいて水中におちたのである。数人の家臣があわててとびこんで吉徳を救いあげ、溺死することはまぬがれたが、水をのみ、怪我をし、金沢にたどりつくやまもなく死んだ。

この事件をさかいに、大槻内蔵允の運命は急変した。彼は吉徳のあとをついだ宗辰の命により、突如側用人を免ぜられ、閉門を仰せつけられたのである。

金沢の城下には、彼が神通川で主君を川につきおとしたのだという噂が立った。それを聞いて彼は勃然とした。

「たわけ、船橋の前後には、数百人のお供がいたではないか。衆人の眼前で、さような不敵な仕業をするほどわしを愚か者と思うか。また、吉徳さまあってこその内蔵允、あれほどわしを寵愛してくだされた殿を、なんのために害したてまつるか――」

しかし、噂はこれに答えた。

「そのとおりだ。が、内蔵允はお貞の方と密通していた。それを知らないのは殿さまだけであったが、ようやくそのことを疑い出されたために、背に腹はかえられず、あわてて殿さまに手をかけたのだ――」

しかも、閉門の表面の理由は、

「その方、先代護国院様のお病中、御介抱不行届の段、多年の御高恩にそむき、仕方不埒につき、蟄居申しつける」

とあって、まさに君側に侍しながら吉徳が川におちたのは事実なのだから、ただ恐れいるよりほかはない。

しかるに、前田家をつぐやいなや内蔵允にこの仕置をした宗辰は、それからあまり日も経ないのに、突然江戸の屋敷で世を去ったのである。しかもその死に方が、猛烈な腹痛と吐瀉による悶死で、このとき宗辰はまだ二十二歳の若さであった。

「江戸にいる内蔵允一味の仕業だ」

という噂がひろがった。そしてついにお貞の方――吉徳の死後は真如院という――が捕えられ、金沢に護送されて監禁された。

前田家は次男の重熙がついだ。お菊の方――いまは浄珠院という――の生んだ亀次郎である。

しかるに、この重熙が生母の浄珠院と屋敷の奥で一日能の催しをしたさいに、台子の湯に毒を入れたものがある。一口のんだ老女の芦間がまず苦しみはじめ、そしてその湯の傍にお麻が不審な挙動をみせていたことを言い張った。お麻は捕えられた。

「来たるべきものが来た」と、みなそう思った。

吉徳亡きあと、宗辰があとをついでも、重熙があとをついでも、内蔵允の運命が暗転することはまえから予想されていたことであった。彼はあまりにもお貞の方と密着しすぎ、他の側室とその周囲の反感を買っていたからだ。そして、事実、そうなった。そうなったうえは、彼の運命を逆転させるのは、お貞の方の子、三男勢之佐が当主となるよりほかはないことは、だれの目にもあきらかであった。

しかし、さいわい、重熙は無事であった。彼は閉門中の内蔵允を越中礪波(となみ)郡五箇山のうち、祖山村へ流刑を申しわたした。

閉門を申しつけられながら、なお江戸に手をのばして悪あがきをしたと見た前田八家の家老たちは「真如院を死に処すること、内蔵允を生胴に処すること」を重熙に請うた。

彼らの運命もまたきわまったのである。

祖山村は、加賀、飛騨、越中三ヵ国の境にちかく、山また山のまさに鹿もかよわぬ僻(へき)

遠の地であった。

その山中に九尺四方の牢が組まれて、内蔵允はある夜蒼然として中にすわっていた。すべてはおわった。絢爛たる悪夢の生涯はちかく幕をとじようとする。――

「大槻さん、大槻さん」

ひそかに呼ぶ声に、内蔵允は顔をあげた。何者か、頬かぶりして、丸太壁のあいだからのぞいている。

「おたげえに、悪いことアできねえものだなあ。どうやら、どっちも年貢の納めどきが近えとみえる」

「貴公、何者だ」

「赤星十三郎」

「なにっ」

「やっぱり、おれの使者がおくれたことが、お前さんたちにとってとり返しのつかねえ始末となったようだね。それを思うと、やっぱりちょいと気の毒になってよ、ふっとこの越中を通りかかったものだから、おくやみに来た」

彼は隙間から一本の刃物をなげこんだ。

「もういけねえ。金沢じゃあ、おめえさんを生きながら土壇(どたん)にしばりつけて、胴を斬るんだとかいってさわいでら。そいつああんまりかわいそうだから、そいつで往生しな。そこらでひろったまるぐりってえものだ。猟師が鳥の腸(はらわた)をえぐるにつかう刃物だが、やっとうのから下手な逆臣大槻内蔵允がくたばるのには恰好じゃあねえか」

「……かたじけない、礼をいう」

と、内蔵允はあたまを下げて、その粗野な刃物を手にとった。赤星十三郎はじっとそれを見つめて、

「あれこれと考えてみると、よほどおめえさんとは悪因縁があったなあ。おれもそうだが、お麻もおなじ運命におちたろう。あげくのはてにはおめえさんを死なす刃物を投げこんでやるなんざ、悪因縁もまたきわまったね」

「お麻——お麻はどうしておるか、おぬしは知っているか」

「知らねえね、江戸には網を張って血眼でおいらを探してらあ。ふふふ、おれあ越中を飛んでるとも知らねえでよ。お麻か。——加賀の騒動の顚末(てんまつ)は噂にゃきいているが、どうせあいつもつかまったろう。ばかな望みで逆臣一味についた女、自業自得さ。おれの知ったことじゃあねえ」

「赤星、お麻の望みを知っておるか」

「おめえさんに加賀の天下をとらせて、ともに栄耀栄華の目をみたかったんだろう」

「みんな、おぬしのためだ」

「なんだと」

「お麻はおぬしを帰参させるには、わしにたよるほかはないと考えたのだ。はははは、まことにばかな望みではあったが」

「ふふん、おめえさんにたよったこともばかげているが、その望みじたいがいっそうばかげてら。しかし、あいつにゃ、加賀の侍より、風の中で泥坊稼業している方がおもしれえってことはわかるめえ」

「あれは、おぬしが浪人し、盗賊にまでおちたことを、みんなじぶんの罪だと思って苦しんだのだ」

「…………」

「あれは、このわしがあれの兄を殺したことを知っておった。が、その恨みより、おぬしを救いたいという願いにまけたのだ」

「…………」

「赤星、できたらいってやれ。大名屋敷に忍びこむ手ぎわは、わしもいつかよく思い知らされた。助けてやれとは申さぬ、せめてお麻に、このわしとおなじく、まるぐりでも投げ入れてやってくれ。このわしを生胴にかけたいとさけんでおる奴ら、あれにいかような仕置をしおるかわからぬ」

十三郎の顔があおざめていった。

しばらくののち、赤星は夜の山脈（やまなみ）を髪をなびかせて駆けおりていた。いちど顔をあげてさけんだ。

「お麻、やっぱりおめえはおれといっしょに死ぬ縁とみえる」

江戸へ、江戸へ——それは天下のお尋ね者、赤星十三郎にとって巨大な死の柩ではなかったか?

——そしてお麻もまた生きながら死の柩に投げこまれていた。

串

六尺四方の金網であった。その中にはお麻は一糸まとわぬ姿で入れられていた。彼女ばかりではない、何百匹ともしれぬ蛇とともに。

逆賊大槻内蔵允の一味なのだ。しかも主君重熙のみならず長らくつかえてきた浄珠院まで毒殺しようとはかった恐ろしい女なのだ。八つ裂にしても飽きたりないとはこの女であろう。

彼女の歯は、ぜんぶぬきとられていた。舌をかんで自殺をさせないためである。そして数百匹の蛇とともにこの檻に投げこんで、この世ながらの無間地獄の大苦患を味わわせてやりたいという、これは、前に毒殺されかかった老女芦間の知恵であった。

朝に、夕に、芦間は加賀家の侍や腰元たちと、酒と塩をもって、この奥庭にあらわれる。そして金網のあいだから投げこんで、数百匹の蛇が狂乱して這い、うねり、噛み、巻きつくなかに、白蛇さながらにお麻がのたうちまわるのを、唾をのみのみ見物するのであった。

その夕方、彼女たちがまた庭に出てくると、檻の中にお麻は立って、まといつく蛇をはらいもせず、じっと大きな目を見張っていた。その目から涙があふれておちていた。

「どうしたのか、どんなに苦しんでも、かつて涙をみせたことのない女なのに」

「ほ、ほ、泣いてももうおそいわ。大悪人め、おのれの罪の恐ろしさを在分に思い知りゃるがよい」

と、芦間が例のごとく酒と塩を投げこんでこの凄惨な見せ物の見物にとりかかろうとしたとき、仲間のひとりが走ってきて、ただいま、御門のまえにおびただしい捕方が雲集していることを告げた。

「はて——この御屋敷になんのために？」

と、芦間がくびをかしげたとき、

「それあ、おいらへの用だろう。さすがに、よく尾けたものよ。が、おめえら気にかけるこたアねえ。さあこの見世物をつづけて見な」

と、ふいに声がかかって、傍の石灯籠のかげからひとりの男があらわれた。

「あっ、曲者っ」

みな、驚倒してどっとひく。

「婆あ、野尻湖以来、しばらくだなあ」

赤星十三郎は高らかに笑ったが、両眼にもえたぎる白炎のような殺気の凄まじさ。

「よほどあのときの蛇が気に入ったとみえる。赤星十三、盗っ人ながら、忘れてくれなかった褒美に金をやろう」

さっと、ぬきはなった一刀に、

「出合え、方々！」

金切声をしぼって芦間はにげようとした。

「この知恵を忘れなかった奴は、おめえだろう。そうら！」

右肩から左脇腹へ斬りさげられて、白髪ふりみだして芦間はのけぞり、蛇の檻にぶっかって、その下へ頽(くずお)れた。

「出合え！　出合え！」

狂気のごときさけびに、廊下、縁側、庭の四隅から何百人という侍たちが押っとり刀で湧き出してくる。遠くわあっというどよめきがあがったのは、塀の外にあつまった捕方であろう。

三人、五人、斬って伏せて返り血をあび、美しい悪鬼のようになった赤星十三郎は、

「お麻、寄れ。これ以上、無用な殺生はしたくねえ」

と絶叫した。

「どうせおめえも、もはやお天道さまの下には出られねえからだだ。寄れ、おれのうしろにピッタリつけ、天下の盗賊赤星十三の情婦(いろ)らしい死に方をさせてやる」

お麻の白いからだが、蛇を青い花房のように垂れつつ、金網越しに赤星十三と重なった。同時に十三郎は仁王立ちになったまま大刀を袖でつかんで、その鍔までも腹につき通した。

刀は金網でとまり、ふたりは重なったまま数分間立ちすくんでいたが、やがて腹から上半身へ、垂直にからだの重味にしたがってスルスルと切れていって、血しおと蛇の渦の上へどうと崩れおちた。

第五帖　忠信利平

銭

「孟子曰ク、仁ノ不仁ニ勝ツハナオ水ノ火ニ勝ツガゴトシ、今ノ仁ヲナス者ハ、ナオ一杯ノ水ヲモッテ、一車薪ノ火ヲ救ウガゴトキナリ……」

声も大きいが、背も大きい。その大きな背中につぎがあたっているが、先生は平気で子供たちの机のあいだを前にいったりうしろにいったりしている。

左手に本をもち、右手に薪ざっぽうをぶらさげて、こわいお師匠さんである。が、妙に子供たちがなつく。子供たちだけではなく、その親たち——とくに子供の束脩もはらえない長屋のおかみさんたちには孟子様以上だ。

手習いの師匠ばかりではない。この伊吹忠兵衛という浪人は、近所の住民の手紙の代筆から夫婦喧嘩の仲裁、娘についた虫退治からドブ板の修繕までいやな顔ひとつせずに引き受けてくれる。からだが大きいのに人柄がおだやかで、貧乏なのに快活だ。

南側の破れた障子から春風が吹きこんで、床の間の天神さまの軸物の前の、口のかけた壺に生けられた梅の花をそよがせている。——

「熄（ヤ）マズンバ、スナワチコレヲ水ハ火ニ勝タズトイウ。コレマタ不仁ニクミスルノ甚ダシキモノナリ……」

朗々たるお師匠さんの声がはたととぎれた。となりで赤ん坊のはげしく咳（しわぶ）く声がきこえたからだ。ふっと、太い眉（まゆ）がくもった。

「マタツイニ亡（ボウ）センノミ」

と読んで、それからじっととなりの咳に耳をすませていたが、

「今日はこれまで」

と、書物をとじて床の間の方へあるきだした。

朝からの手習いに顔や手を墨だらけにした子供たちは、バタバタと書物や草紙をしまいにかかる。やがてみんな葱坊主（ねぎぼうず）みたいな頭をいっせいにさげて、

「先生、ありがとう」

「さよなら、さよなら――」

と、雀のとび散るようにかえってゆく。お師匠さまは、板の間の寄りつきまで出て、いちいち微笑の目をうなずかせていた。

奥から、まだはいはいするくらいの赤ん坊を抱いて、内儀が出てきた。子供を夫の胸

にあずけると、じぶんで土間におりて小さな弟子たちの草履を下駄箱から出してそろえてやる。

これまた衣服はまずしいが、青く剃った眉の美しさ、黒いおはぐろの初々しさ。——若いに似ず凛として、しかもやさしくつつましく、近所のうるさい山の神たちのあいだでも、先生より評判のいい内儀だ。

「菊之助、よく咳くの」

と、忠兵衛は、顔をまっかにして咳く赤ん坊をあやしながら、

「風邪をひかしたか?」

思いあたるのは、二十日ばかりまえ、ちかくの稲荷の初午につれていったことだ。晴れていたが、風がやや冷たかった。それにしても、このごろになって咳がひどくなったのがいぶかしい。

「熱はないようだが」

「ひょっとしたら、百日咳じゃございませんでしょうか」

忠兵衛は急に不安の目いろになって、愛児の顔をのぞきこんだが、すぐに、「東庵さんを呼んでくる」と、このおちついた人にも似合わぬセカセカとした足どりで、西日の

さしだした路地へ出ていった。

その西日がかげってから、やっと忠兵衛は医者の東庵をつれてかえってきた。東庵は少し不機嫌である。だいぶ薬代がとどこおっているからだ。

「たしかに百日咳じゃが――百日咳なら捨てておいてもまずなおるものだし、またそれを待つより手はないが、これア坊は馬脾風（ばひふう）をおこしかかっておるな……」

と、東庵は眉をひそめて、

「ここは一つ、土参（どじん）をやりたいところじゃが、これは少し値が張るでのう」

と横をむいていった。

東庵がかえってから、貧しい夫婦はじっとむかいあったまま、黙ってすわっていた。日はすでに暮れ、町に寒い風の吹く音がきこえた。父と母は、暗い灯にあえぐ愛児の顔に祈るような目を吸いつかせていた。

「お雪、売るものはないか？」

「……東庵さんのおっしゃるような値のものは、もう」

内儀はかなしげにうなだれたが、ふっと顔をあげて、宙の一点を見すえている、夫の異様な目のひかりを見ると、ぎょっとして、

「あなた、なりませぬ！」

と、さけんだ。

「なに」

「わたしと、坊のためにも！」

忠兵衛の顔に気弱な狼狽(ろうばい)がはしり、内儀は微笑して、立ちあがった。

「どこへゆく」

「あの……髪を買うてくれるおひとを知っておりますから」

そのとき、台所の方でバタリと何かおちたような音がした。

「おや」という表情で立っていた内儀は、すぐに顔いろをかえてもどってきた。

「あなた、こんなものが」

手の中の紙づつみの破れからキラリと山吹色のひかりがもれた。風の中で梟(ふくろう)のような声がきこえた。

「お富士、お波だ！」

と、忠兵衛は愕然(がくぜん)として立ちあがり、路地にはしり出たが、梟の声は江戸の夜空へとんでゆき、彼だけ重い足どりでかえってきた。

「足のはやい娘たち……どこへいったか？」

何とも名状しがたい目を、投げこまれた金にやって、

「どうせ、ろくでもないことをした金だな」

「あなた、申しわけありませぬ。わたしのやりかたがわるいばっかりに――」

「いや、おまえのせいなどであるものか、わたしたちこそ、この裏町の、なんの波もないくらしの幸せに満足しているが、若い娘には、この貧乏が辛抱できなんだかもしれぬ……」

忠兵衛の妹として、長屋の人びとに蝶（ちょう）のように愛されていたお富士、お波という姉妹が秋風とともに姿を消してしまってからもう半年になる。

「それとも」

忠兵衛は立ったまま、暗然としてつぶやいた。

「血か？」

雀

本町にある呉服屋「朱頓（しゅとん）」の紺の長暖簾（ながのれん）を春風とともにかきわけてはいってきた武家の娘がある。水もたれるような文金高島田に振袖（ふりそで）姿で、暗い店にきらびやかな花が咲いたようであった。

「これはいらっしゃいませ」

「ささ、これへこれへ」

と、手代たちが色めきたって呼びたてた。

「さあ、お嬢さま、おあがりなさいませ」

娘はこういうところに慣れないのか、気逆（きのぼ）せしたように紅を刷（は）いた頬（ほお）で、小さな声で、

「あがっても大事ないかや」

と、ふりかえった。

まだ十六、七の娘なのである。もう二、三年もたったらどれほどになるだろうと思われ

るくらい美しいが、供の若党も、主人に合わせておなじくらいの年ばえで、ただ色はあくまで黒く、かすかに疱瘡のあとがあって、かなつぼまなこに鼻だけ大きいのが、身なりだけはいちおう供侍の恰好をつけているのでじつにおかしい。それがそっくりかえって、

「よろしゅうございますとも。これ、履物をたのむぞ」

と、うなずいて、お嬢さまを店におしあげた。

手代は「茶番よ、茶番よ」と小僧を呼びたてておいて、

「して、何をごらんに入れましょう」

すると、芋の子みたいな小さな供侍が心得た顔で、

「京染のお振袖に毛織錦の帯地の類、またお襦袢になる緋縮緬、緋鹿の子などを見せてください」

「かしこまりましてございます」

すぐに紙付の模様物、巻物の帯地、小葛籠に入れた緋鹿の子、緋縮緬の布地が小僧の手でもち出される。

「これは四十八、鹿の子はどちらがよかろうぞいの」

「どちらでも、あなたさまの御意に入ったのになされませ」

「そんなら麻の葉の方にしようわいの」

と、相談しているふたりを見ながら、手代たちは、どこのどなたさまであろうと目顔で話し合っている。

そのとき、また紺暖簾をかきわけて、ドヤドヤとはいってきたむれがある。

「いらっしゃいま……」

とまで言いかけて、手代たちは胆をつぶした。一人や二人ではない、十四、五人もの、それも十二、三から十七、八までの娘たちが騒々しい紅雀みたいになだれこんできて、

「ちょいとちょいと、黄八丈が欲しいんだけど」

「あたいは紅入友禅」

「こっちに紅絹(もみ)をみせて――」

「朱頓」の店の中は、ひと騒ぎになった。むろんこれはただごとではない。番頭の与九郎は娘たちのなかに垢(あか)じみた着物に縄みたいな帯をしめたのも少なからずまじっているのをみて、

「みなの衆、万引を用心さっしゃれや――」

と、肘で手代たちの横腹をつついてかけまわった。

あきれたようにこの混乱をみていた先刻の主従は、やがてヒソヒソと相談し、娘がイヤイヤをすると、立ちあがった。

「これはなんという騒ぎだ。これではおちついて品を見てもいられぬ。番頭、わしたちはひとまず近くで所用をはたし、あらためてまた来るとしよう」

と若党は、娘をうながして土間におりかかる。

そのとき、与九郎がころぶようにかけつけてきた。

「もし、ちょっとお待ちくださいませ」

「なんぞ用か」

「御冗談をなされまするな」

「なに、冗談とは」

「お嬢さまが、ただいまお隠しなされた緋鹿の子を、おいておいでなされませ」

小さな若党はぎっくりした様子であったが、たちまち歯をむき出して、

「なに、お嬢さまが万引をした？　当て事のない粗相を申し、あとで後悔いたしおる

な」

「ええ、年中商売していているわしが、チラリとみてまちがいがあるものか、逃げようたって逃がしゃしない。これ、——」

と立ちすくんでいる娘にとびかかり、「あれえ」という悲鳴もかまわず、そのふところからズルズルと緋鹿の子をひきずり出した。

「そうれ、見さっしゃれ、この布はどこから持ってきたのだ」

与九郎は、ほこらしげに禿げた頭をふりたてて、

「やあ、この娘たちはみんな万引のグルだ。むこうでさわいでこっちの気をあつめ、そのすきにこれをものにしようとしたってそうはさせない。小僧、大戸をしめろ、お役人を呼んでこい」

と、わめきながら、なお腕をふりはらってにげようとする娘のひたいを二尺差でビシリと打った。

あっと娘は頽れたが、ふしぎなことに若党はそれを助けようともせず、仁王立ちになって、ジロリと番頭の手の緋鹿の子をみて、

「おい、番頭、盗んだというのはその布か」

「知れたことさ」

「それア越後屋で買った布、符丁があるからとっくり見やれ」

小僧のくせにドスのきいたひくい声がぶきみである。白くひかる目が、ただものではない凄みをあらわしてきていた。

与九郎は手の布をみてのけぞった。

「やや、丸に越の字は、これア越後屋の符丁のしるし」

手代たちは唖然として顔を見あわせるばかりであったが、その中で与九郎は、さっきうっ伏した娘がいつのまにか顔をあげて、にっとかすかに笑ったのを見て、のぼせあがったようにさけびだした。

「ええ、うまくもたくらんだな、それもこれもみんなカタリだ」

「何がカタリだ」

と、若党は口のすみをつりあげて、ふところから小さな紙きれを出し、

「その越後屋で買ってきた緋鹿の子の符丁が偽物とでもいうのか。それではこれを見ろ、越後屋で買った証拠の売上、これでも万引と言いかけするか」

「そんなことではない……」

「それではなんだ、客をとらえて盗人の悪名つけ、そのうえカタリとは」

いっせいに、店に群がっていた娘たちが黄色い声をはりあげはじめた。

「あたいたちが何をした」

「そのお嬢さまと万引のグルだって」

「何を証拠にそんないいがかりをつけるのさ、オタンチン」

いやもう、耳が遠くなりそうな騒ぎとなった。見れば、みんな十五、六前後の小娘たちだが、それでもこれくらい数をそろえて金切声をはりあげられると、容易ならぬ迫力がある。それに、店の方にはまったく一言もなかった。

ついに与九郎は、歯ぎしりしながら、急にベタと両手をついた。

「あ……いや、まったく当方の心得ちがい、ただいまはとんだ粗相なことを申しあげ幾重にもおわびをいたしまする……」

他の手代小僧たちも、右にならって米搗（こめつき）バッタみたいに、

「どうか御了簡なしくださりまするよう」

「黙れ黙れ黙れ、黙りゃがれ」

と、若党はほえた。

「余のことならば了簡いたしてくれようが、この儀ばかりはあいならぬ。あいならぬというは、これ、この傷を見ろい」

と、指さした方角をのぞきこんで、番頭与九郎は仰天した。

目をとじてすわっている娘の雪のひたいに、うす赤い三日月が浮かび出て――さっき、じぶんが物差で打ったあとの傷に相違ない。

「御婚礼まえのお嬢さまのお顔に傷をつけられて、このまま屋敷へお供はいたされぬ。ただあやまってすむと思うか」

そのとき、外から岡っ引ふうの男がつかつかとはいってきた。たまたま外を通りかかって、店のさわぎをききつけてきたふうであったが、一目、なかの様子をみると、

「やあ、われたちはまた――」

と、目をむいた。

すると、店でさわいでいた娘たちはいちようにギョッとなり、ひとりが「あっ、神田の親分――」とさけんで、暖簾の外へとび出すと、それにつられて、みんなわっと逃げだしていった。

御用聞きは二歩三歩それを追おうとしたが、すぐにこちらに向きなおると、

「何もきかねえが、様子でわかる。おい、番頭さん、こいつらにひっかかっちゃあいけねえぜ」

「親分、これは――」

「こいつらか。こいつらは下谷浅草界隈で、火事泥、カッパライ、昼とんび、お尻の青いモンモンもとれねえくせに、さんざお上に手をやかせるチンピラどもだ。どこの小芝居でくすねてきやがったか、とんだ風体をつくっていやがるが、男は田舎小僧の新助ってえ野郎で、娘は弁天お富士という――」

手代たちがどよめくよりさきに、娘はすっくと立って帯をとき、上半身をすっぽりぬいだ。

「こう、兄貴、もう化けてもいかねえ、あたしゃ尻尾を出してしまうよ」

弁天お富士は足で煙草盆をかきよせ、尻をクルリとまくって大あぐらをかいたが、緋の長襦袢からムッチリあふれ出しているのは、まだかたいが、いかにも乳房だ。それに、いつ、どこで彫ったか、娘だてらに肩から胸へ、撩乱と咲きみだれた桜の刺青の凄艶さ。

「べらぼうめ、そうと見破られた上からア、窮屈な目をするだけむだだ。どなたもまっぴらごめんなせえ」

星

田舎小僧は苦笑いした。

「ええ、こいつはひっこしのねえ、もうちっと我慢すりゃあいいに」

そして不敵な目で、じろっと岡っ引の方を見やって、

「ふふん、うまくはまった狂言も、こう見出されちゃあわけはねえ、ほんに、ただいまのお笑いぐさだ」

と、刀を鞘ごめにひっこぬいてドサリと投げ出し、裾をまくった。与九郎はなお弁天お富士の姿に見とれて、長嘆した。

「どうみてもお嬢さんと思いのほかの大騙り、さてさて首は細いが、胆のふとい――」

「なんだ、ふといの細いのと橋台で売る芋の子じゃあるめえし」

と、田舎小僧は吐き出すようにいって、きっとして御用聞きの方にむきなおり、

「こうばれたうえは、帰しもすめえ帰りもしねえ。さあ、これから二人とも、ここから

つき出しておくんなせえ」

「おお、しれたことだ、やい、手をうしろにまわせ」

「と、来てえところだが、親分」

「なんだ、新助」

「あっしたちを、なんの罪でつき出しなさるね？」

「なに？」

「弁天お富士がお嬢さまのきものを着て、反物を買いに来たがわるいのか、何もしねえに万引と、客にナンクセつけてひたいに傷をつけた朱頓が御褒美をもらうのか。いや、おもしれえ、日のくれねえうちにおれたちを裁くお奉行さまの顔が見てえ、さあキリキリと縄をかけてつき出しなせえ」

御用聞きはぐっとつまって、真っ赤な顔になった。彼はまだこれまでのなりゆきをよく知らない。ふりかえると、手代一同これまた目を白黒させている。新助のいうとおりなのだ。いかに不良少年不良少女とはいえ、これまでのところでは、非が彼らにあるとはどうしても言えない。

「日がつまった。早くしねえか。まだ糞(ふん)づまりみてえな面をしてやがる。おい、小僧、茶を一ぺえくれえ」

と新助は小僧にあごをしゃくって、茶を出させると、

「ええ、こいつあべらぼうに焦げっくせえ、こんな茶が飲めるか」

と、茶碗を小僧に投げつけた。「あっっつっ」と小僧はあたまをかかえてうずくまる。いやもうメチャクチャな乱暴者だ。

が、これでやっと与九郎は正気にもどった。店の名もある。第一、これ以上さわぎたてられたら、その分だけ、今日の商売にも損がゆく。

「ああいや、わかった。わかりました。もう突き出すとはいわぬ。ただ何事もこれぎりに、無事にかえってくださりませ」

「いいや、いやだ、けえられねえ」

と、新助は鼻の穴をひろげる。岡っ引は歯をかみ鳴らした。

「うぬ、にくい奴だ」

「あっ、親分、さぞやお腹もたちましょうが、何を申すも悪い相手――」

「番頭、なんだと？」

「いえ、その、悪いのはお前さまたちではありませぬ。それはこっちの過ちゆえ、わび

てすむことならこっちから、そのお嬢さまの膏薬代でもさしあげますが、それでどうぞおふたりともこの場をかえってくださりませ」

新助はお富士と顔見合わせた。お富士はにっとした。さすがに年で、正直なものだ。

「新助、もうよいかげんにしてやりゃいの」

「さようならばこのままに、了簡いたしてやりましょう」

ひとをくったチンピラである。澄ましたもので、

「番頭、了簡しにくいところだが、神田の親分の挨拶もあれば、趣意がつくならかえりもしよう」

与九郎はくやしさにふるえる手で、金を紙につつんでさし出した。新助はそれをひったくってのぞきこみ、

「なんだ、膏薬代が十両か。これじゃあ振袖の損料にもたりねえやな。番頭さん、これアお返し申しやしょう」

と、ポンと投げ返すようなそぶりをみせたから、与九郎は狼狽して壁をぬる手つきになり、

「そ、それでたりねえなら、またいつかの節に――」

お富士が笑って、新助の袖をひいた。

「これ、新助、ながくいたなら二十と三十、ねだり出しもしようがな、こっぱ仕事で日が暮れらあ。まあ、それをとってかえりゃな」

「こう、てめえもちっとボンヤリしたぜ。こんなハシタ金でかえられるものか」

「取らねえにゃあましだ。取っておきなよ、たらざあ、そのうちどうかしようというから、まさかのときのいい金蔓だ。あとはこの店にあずけておきな」

手代たちはふるえあがった。

新助はニヤリとして、

「それじゃあこれでけえろうか。そのかわりにまた、これを御縁に」

「これからたびたびまいります」

と、弁天お富士は肌を入れて、シトヤカにたちあがる。

「いえいえ、それはまっぴら、もうおいでにおよびませぬ――」

と、手代たちは心底から悲鳴をあげた。

新助とお富士は紺暖簾のところでふりかえって、ケロリとした笑顔をむけた。

「もし、神田の親分さん、大きに失礼を申しました」

「やい、うぬら……おぼえていろ」

返事は、ひとを小馬鹿にしたような笑い声だけだった。ふたりの姿は暖簾の外へ消えてしまった。

江戸の春風の中を、この不敵な小僧と娘は、世の中がたのしくって、おもしろくってしかたのないような顔であるいてゆく。お富士の唇からは、口三味線さえもれている。

「姉ちゃん」

どこからか、ひとりの娘がとんできた。年は十四、五か、愛くるしいがよくひかる目が姉にそっくり、妹のお波である。――

と、いつのまにか、そのうしろから、さっきの娘たちの一群があらわれた。と思うと、こんどはのら猫みたいな少年のむれが――。

両国のむこうにおちかかる夕日めざして、飛ぶように、踊るようにすすんでゆくこの一隊。

実は、浅草下谷両国にかけて、その一帯に蠅(はえ)のように湧きだした不良少年少女の部隊である。

それに岡っ引連中も目をつけているが、この不良少年隊の名を「力丸組」といい、首領株がこの新助、不良少女隊の名を「弁天組」といい、それを統べるものはこの弁天お富士であることまでは知らない。

――大盗日本左衛門一党が一世を震駭させたのは先年来のことだが、その日本左衛門はすでに自首して獄門にかけられ、その配下の大半もあるいは捕えられ、あるいは殺された。その中でも江戸城に忍びこんで極楽橋門で立ち腹をきった弁天小僧菊之助、小伝馬町の牢屋敷を脱獄してその門前で射殺された南郷力丸の死は、江戸の人びとを戦慄させたが、その壮絶な最期は江戸の悪党たちの血をわかせたのである。これらの不良少年少女たちが、弁天と力丸の名をとってつけたのも、いうまでもなくこの血まみれの英雄たちへの憧憬からで、それらの大盗はまさに彼らの星であった。

江戸はようやく爛熟期にはいりつつあった。すえた巷の芥から新しい蠅がわきつつある。泥坊系図にも、新しい主人公が生まれつつあったのだ。たとえば、この力丸組の頭株の新助少年――生まれは武州足立郡の百姓の伜なので田舎小僧と呼ばれるようになったのだが、江戸の町家に年季奉公に出たのが、途中でグレだして、後年大名屋敷ばかりを狙う大盗となった。そしてさらに次の時代のスター鼠小僧にバトンをわたすことになる。――

ところで——この力丸組と弁天組。

うわべは浅草の観音さま境内の香具師にやとわれたり、両国の見世物の番人をしたりしている連中だが、一皮はげば、さっき岡っ引にきめつけられたように、スリ、カッパライ、火事泥、昼とんびなどはお茶の子で、いちどならず両替屋の籠ぬけサギをやってのけたこともある。

そして、時にはごらんのように協同作戦をとることもあるが、概していえば猛烈な対抗意識がある。それはおもに大将の田舎小僧と弁天お富士の、個性からくる反発に由来するらしい。

その例として、いつであったか新助が、大胆にも表御勘定所にまぎれこんで、そこにつめている役人たちの刀を盗んできたら、お富士がまけぬ気を出して、なんと江戸城にしのびこんで、御玄関先で印籠や巾着をとってくるという離れ業をやってのけたことさえある。

そしていま——せっかく首尾よく「朱頓」から十両まきあげてきたというのに、凱旋の道中で、もう喧嘩がはじまった。

橋

「きょうの仕事は、ぜんぶ弁天組の分になるという約束ではなかったかえ？」

「そうはいったが、さっきからみんなが承知しねえ」

「そんなべらぼうな話があるものか。そのためにこのまえの仕事のもうけは、ぜんぶ力丸組にやったじゃあないか」

「あのときから今日まで、日がたちすぎらあ。そのあいだ、冬場でまったくアブレつづきだ。ここらでみんなを、ちょいと西河岸でもやってやらなきゃ、おさまりがつかねえ」

西河岸とは、吉原のお歯黒どぶに沿う最下級の淫売街だ。これが十六、七の小僧のせりふだから恐れ入る。

「アブレつづきは、そっちに腕がないからさ」

「なんだと？」

「かわいそうだから、この金は恵んでやりたいけれど、こんどばかりはそうはゆかない。あたしにちょいと用があるんだから」

お富士は、ふっともの思わしげなまなざしになった。

日のおちた両国の広小路だ。ひるま喧騒をきわめていたおででこ芝居、軽業、蛇つかい、猫娘、やれつけなどの菰張り小屋はもうはねて、独楽まわしやでろでろや居合抜きなどの野天芸人もすでに去り、かわりにおでんや鍋焼うどんや甘酒などの夜の商人が店をならべだしていたが、さすがにひるまとは別世界のように暗く、わびしく、空地のあちこちには、はや夜鷹がチラホラうごきはじめている。

「だいいち、あたしゃ、こんどは弁天組の仕事だと思えばこそ、この面に傷をうけてもがまんしていたんだ。そこのニキビ連、きょうはもう用はないから、勝手に稼ぎにとんでゆきな」

と、新助のうしろにむらがった十数人の影にあごをしゃくると、少年たちは不平そうにガヤガヤざわめいた。

「やい、お富士」

と、田舎小僧はズイとからだをすりよせて、

「黙ってりゃあいいたい放題のことをぬかしゃがる。約束は約束として、てめえの言い

分がカンにさわった。この十両はわたせねえ」

と、じぶんの持っているふところの金をおさえた。お富士は黙りこんで、じっと新助をながめた。

新助はちょっと狼狽した。彼はこの女豹みたいな美しい不良少女に、内心惚れているのだ。しかしお富士が、土臭い不器量な自分を軽蔑していることを知っている。その恋とにくらしさは、彼の目に、ときに狼のような凶暴さと犬のような気弱さの波紋をえがかせるのだった。

「ふん、力丸組の名が泣くよ」

と、お富士は肩をゆすって、

「南郷力丸ってひとは……」

声をのんだ。

「そんなケチな卑怯な男じゃあなかった……と、あたしは思うよ。女の子の稼ぎを猫ババして、ああおかしい」

「なにぬかしゃがる。おれがいなかったらできなかった仕事だ」

新助はドス黒い顔になって、歯をむき出した。うしろに小さな子分たちがこの問答をきいているので、やりこめられては大将のコケンにかかわる。

「この前の仕事の礼に一働きさせてくれというから、乗せてやったまでじゃないか。だいたい、きょうにかぎらない、おまえの子分の中には、チンピラのくせに、あたしんとこの女の子のヒモになりたがっている奴がウヨウヨいるよ」

「男がいなくって、女の子だけで仕事になるか」

「なるともさ。それどころかあたしたちがいなけりゃ、みんな立ちん坊になるよりほかに芸はない奴ばかりさ」

どっと、少女たちが笑うと、少年たちがののしりかえす。

空に、まんまるい春の月が南風に吹かれている。その下に黒ぐろとふたつの陣にわかれて相対した力丸組と弁天組。

そしてここで、はからずも、双方の腕くらべが提議された。

口論のはてに、お富士がふっと橋の方をふりかえって言いだしたことである。

「あ……むこうに誰かあるいてゆく。お侍だね」

いかにも垢離場(こりば)の方から橋をわたってゆく黒い影は二本差し。

「あれで賭(かけ)をしよう」

「賭？　あれを、どうするんだ」

「新助、おまえ、あのお侍から大小を盗れるかい。この橋の上でだよ。……もしできたら、その金、きれいにおまえにくれてやろう」

「なに、この橋の上で？」

「できなかったら、こんどはあたしがやってみよう。あたしが勝ったら、金はこっちのもの、それから――ホ、ホ、これからのちずっと弁天組の子分になるがいいや」

新助は月光をすかしてニヤリとした。

「なんだ、あれア大人じゃねえ、毎晩本所の方から来て、観音さまにおまいりする餓鬼じゃあねえか」

「そうさ、年はおまえとおなじくらい、あれでも二本差しにちがいはないよ」

「ふふん」

と、彼は鼻で笑った。もう二、三歩、軽々とあるきだしながら、ふとふりかえって、

「おれがしくじったら、おめえはいつやる？」

「あの若衆が、かえりの橋の上さ」

「それで、おれもあぶねえが……おめえもしくじったら？」

「どっちもしくじったら——まあ、あたしのいいだした賭さ。そうなったらあたしの負けとしよう」

そうきいたときは、もう田舎小僧は二、三間もむこうに歩いている。

月

意地のわるい質問はなげたが、これは彼のよくまわる頭のせいで、むろん、じぶんが失敗するとはつゆ思わない。一人前の侍でも一人前とはいえないのが多い泰平の世だ。ましていわんや、たかが子供侍。

知恵にも自信はあるが、腕でいった方が手軽だと考えた。

あおい月光の靄にかすむ九十六間の両国橋。

むこうへ静かにあるいてゆく影の、右側を新助がすっとすれちがおうとした。……あとできくと、彼は相手の傍を何げなくすれちがいざま、転瞬の間に匕首をひらめかして、相手の右手くびのすじを切ろうとしたらしい。

が、次の瞬間、一つの影がよろめいたかと思うと、一閃の光流がその背にはしり、影はモンドリうって大川へ舞いおちていった。

こちらの橋のたもとにひそんでいた一同、慄然として声もない。すぐに、その影は、何事もなかったかのようにシトシトとあるいていった。月光にゆれる前髪、きれながの目も涼しい美少年であった。

……川におちたのは、むろん新助だ。さっと匕首をひらめかしたとたん、スイと相手が一歩よけて「しまった！」と思った刹那（せつな）、鴉（からす）みたいに空をとんで抜打ちを避け、大川へとびこんで危くのがれたところはさすが田舎小僧だが、やがて川からあがってきたときは、悄然（しょうぜん）として一言もない。

「あれア下谷の伊庭道場で、小天狗（こてんぐ）といわれるコドモだよ……」

――と、濡（ぬ）れねずみの新助を見ながら、お富士はうす笑いした。

――そこでお富士はどうしたか。

ほど経て、浅草からもどってきたその少年は、両国橋を東へわたる途中、欄干にもたれて、じっと水を見おろしているひとりの娘の姿を見た。

何気なくゆきすぎかけて、ふと、うしろをふりかえった娘の顔――月光のなかにアリアリと浮かんだものかなしげな表情をみて、はっとなり、

「待て」

と、腕をのばしたとたん、

「どうぞ死なせてくださりませ」

娘はその腕をくぐると、一羽の黒い蝶みたいに身をおどらせてしまった。ドボーンとあがるまっ白な水煙り。――欄干をつかんで、さすがに少年はうろたえた。

いそがしく橋の前後を見まわしたが、おりあしく人影もない。見おろす水の面には、二度三度、月をくだく泡の中に娘のからだが浮かんだが、すぐにそのまま黒い輪をえがいて沈んでしまった。

たちまち彼は腰の大小をぬいて羽織にくるみ、下におくと、あとは着のみ着のまま、飛魚みたいに大川へとびこんだ。

月をたよりに娘を探す。つかまえる。その胴を片手にかかえると、彼は抜手をきって、川岸の方へ泳ぎだした。

西側の石垣の下に、数本あたまをのぞかせた杭につかまって一息つき、あたりを見まわして近くにはいあがるに適当な土を見つけると、少年はそこに泳いでいった。

「これ、気をたしかにもて」

彼は、娘を抱きあげて、ゆさぶった。

娘のきものは片肌ぬげて、肩から胸がむき出しになっている。肌が、水と月光に、白い人魚みたいにひかっている。ガックリと、失神しているらしい。

……お富士は、失神などしていなかった。彼女の作戦はあたった。実をいえば、大磯小磯の荒波そだち、溺れるどころか、水の中に少年をひきずりこめば、こっちの手足でからめて簀巻にしてしまうことは朝飯前であった。

……ところが、少年が水にとびこんだとたん、気がかわった。じぶんのために、着のみ着のまま欄干から身をおどらせてくれた相手の心が、火の釘みたいに打ちこまれたのだ。彼女は橋の上の大小など、きれいに忘れてしまった。

「これ、しっかりしろ、娘……」

少年の手が、必死に彼女の肌をさする。うす目をあけてみると、月光にうかぶ凛々しい顔が、一生懸命にりきんで、ふっと戸惑いしたようにその手がとまる。肩から胸へかけての刺青を発見して、不審の気をおこしたらしい。が、すぐにまた、熱心にさすりだす。……青い春のあたたかみが、お富士のみぞおちあたりから湧いてきた。彼女は目をあけられないような思いになり、しばらく気をうしなったふりをしていたが、突然たまらなくなって、ポッカリ目をあけ、少年の手にとりすがった。

「曲淵(まがりぶち)さまの若さま。……あたしは悪い娘です。若さまをだまそうとした泥坊娘なのです！」

――その声はきこえなかったが、遠く、橋の上で、それを見ていた影がある。

「くそ」

と、田舎小僧は、足もとの大小を蹴(け)とばした。

賭にまけたくやしさもさることながら、遠い岸の草の中で、半分はだかのお富士を抱いて、熱心に介抱している少年が、歯がみするほどねたましかった。

「ちくしょう」

「ふふ、小僧、負けたな」

ふいにうしろから声がかかった。ぎょっとしてふりむくと、いつのまにか橋の上に、うっそりと大きな黒い影が立っている。

うす笑いしながら、

「しかし、そんな端金なんぞ捨ててしまうのだな」

「なに？」

「ははは、さっきから、なりゆきはきいていたよ。おもしれえ小僧どもだ。新助、おれがもっとでっかい金もうけの口を教えてやる。おれの手下になれ」

「うぬは、だ、誰だ」

「おれか」

相手は声もなく、闇黒そのもののように笑った。

「おれの名は、忠信利平」

田舎小僧は雷にうたれたように棒立ちになってしまった。

忠信利平！　それこそは、日本左衛門の四天王のひとり、しかも今なお、いずこの雲に翔け去ったか、幕吏の血眼をよそに、いまだにとらえられぬ大盗の名である。

子

甲府勤番支配の曲淵下野守景福（かげとみ）は、こんどつとめをゆるされて、江戸にかえることになった。

甲府勝手というのは表向きは甲府の城に在番という名義ではあるが、その実、素行不良の下級の旗本の、体のいい山流しであって、たいていは生きてふたたび江戸にかえれるめあてはない。一生を山の中の町で終えなければならないので、どんな道楽者でも、甲府勝手というとおじけをふるった。それだけに、ひとたびこの在番を申しつけられると、みんな自暴自棄におちいってしまう。

さすがにその支配ともなると、べつに素行不良のゆえをもって命ぜられるわけではないが、やはり左遷にはちがいない。ヤケクソの勤番侍たちをおさえているだけでも、江戸にいるときの三倍は心労がいる。

それだけに曲淵下野守は、江戸に帰れるとなると、天にものぼるここちであった。彼の一行は、はればれと晩春の甲州街道を江戸へむかって出立した。

ところが、鶴川をわたって、上野原の宿についた夕方のこと、思いがけぬ珍事に遭逢したのである。

黄昏ごろ、ちょうど食事の用意で本陣が混雑しているとき、そのまえの往来で、浪人風の酔漢が、曲淵一行の人足と喧嘩をはじめた。

「なんのさわぎじゃ?」

と下野守が宿の座敷をうかと出て、縁を十歩ばかりあゆみ、ふと何やらの気配にはっとして背後をみると、蝙蝠みたいに座敷からにげだしてきたあやしい影が目にうつった。

「曲者（くせもの）！」

とさけんで、刀身をはらいつつかけもどる。

曲者は、庭へとんだ、それが先刻まで庭を掃いていた本陣の小僧だと知ったのは、庭をななめに追う途中だ。

「何のでき心で？」と一瞬ためらったとたん、影は人間ともみえぬ跳躍力で、石灯籠から土塀へ飛び、あれよというまに姿をけしてしまった。

往来でさわぎをおこした浪人は、いつのまにか逃げ去っていた。それがいまの曲者と一味だったらしいと気づいたのはそのあとのことだ。……本陣の亭主が泳ぐような手つきでひれ伏した。庭働きの少年は、前々からの奉公人ではない。十日ばかりまえ、宿のまえで途方にくれているのをきくと、江戸から甲府へ、金山に働きにゆくという兄といっしょにここまできたが、兄の姿が見えなくなったという。どうやら置いてきぼりにされたらしい。哀れに思って、しばらく庭働きにでもと雇ってやったのが、こともあろうにこんな大事をひきおこすとは、少年ながらやはり江戸からの流れ者らしいでき心、なんとおわび申しあげてよいやら、ただただおゆるしを——と、頭をすりつけるのであった。

「でき心ではない、あの身のこなし、浪人とのたくらみ、少年ながらよほどの曲者じゃ」

と、下野守は奥歯をかみしめたが、さて盗られたものはというと、それがじつに意外なものであった。

甲斐の銅山の測量図なのである。

一年ばかりまえから、将軍家御側衆の田沼意次の紹介状をもってやってきて、甲斐の山々をひとりほっつきあるいていた平賀源内という男がある。ほそながい顔をした、みるからに風来坊らしい人間であったが、それが江戸へかえる曲淵下野守に、その測量図を田沼さまにわたしてくれと話したものだ。

五千石の御側衆ながら、いたく将軍家の御おぼえめでたく、老中若年寄ですら一目二目もおいているといわれる田沼主殿頭だ。これは何ともいいようのない大失態であった。

とはいうものの、それを依頼した人間のひょうひょうたる風貌から、どこかにその測量図をかるくみる気が一抹ないでもなかったが、江戸にかえって田沼邸を悄然と訪れて、そのことを報告したときの、田沼意次の形相は下野守をあらためて慙愧と苦悩のどん底にたたきおとしてしまった。

「あれは……上様に献上の秘図であるぞ」

と、主殿頭はいった。

「その日は半月後に迫っておる。源内にもういちど書かせるにしても、それにまにあうようなオイソレと書ける品ではないのじゃ」

曲淵下野守は水をあびたようになった。

「何、上様へ……ああ！　いまさらのことながら、申しわけござりませぬ！　拙者……腹切っておわび申しあげる！」

「貴公がその皺腹きって何になる？」

と、主殿頭は冷やかにいった。

「下野どの、十日待つ。十日のうちにその図をさがし、とりもどしてまいられい。曲者はどうやら江戸にかかわりを持つらしい奴、町奉行にも密々に探索を申しつけるが、それでは貴公のお手柄にならぬ。貴公にそれがあいかなわぬとあれば、そのとき腹を切られても遅うはないぞ」

――死人のような顔いろで、曲淵下野守は、本所の屋敷にもどってきた。

「父上……」

一子の勝次郎が、気づかわしそうに父を迎えた。父が甲府にいっているあいだ、病気の母のために一日も早く江戸におかえりあそばすようにと、毎夜浅草観音に願をかけに通っていたほどの孝行息子だが、その夜、父の苦境をはじめてうちあけられて、彼は愕然となり、ふかくもの思いにしずんでしまった。

そして夜があけてみると、勝次郎の姿は屋敷から消えていた。

「わたくしが、その銅山図をさがしてまいります。けっして御心配なさいませぬように」

という置手紙をのこして。

彼はいかなる目算があったのか。

鐚（びた）

泥絵の蛇姫や七面相に、あかあかと夕日があたっている。――
絵看板だけは毒々しく、猥雑きわまる菰張り小屋が迷路のようにならぶ両国の広小路。もう見世物のはねるのもまぢかい時刻だが、大道講釈や糝粉(しんこ)細工や甘酒売りなどの声はいよいよカン高く、黄塵がうずまいている中を、ふたりの少年がノンキそうにあるいてゆく。

「おまえの頭はなんだ」

と、十六、七の大きい方が、ふしぎそうに、十ばかりの小さい方のあたまの上をのぞきこむ。

「河童さ」

「なに、カッパ」

「おいら、こないだまで、ここで河童をやってたんだよ」

と、垢だらけの手で、皿みたいに剃(そ)った頭のまんなかをおさえた。大きい少年は苦笑したが、ナニ、本人も雀の巣みたいな髪をして、きもののあちこちも裂けている。

「こう、兄い」

「なんだ」

「ちょいと、これを見てゆこう。なあに、銭はなくったってへいきさ。おいら顔がきくんだから」

と、小さいのがソックリかえって立ちどまったのは、木戸番が、「やれ突け、それ突け、上見て下見て、八文じゃ安い」とシオガラ声で呼んでいる小屋のまえだった。

「ここは何を見せるんだ」

「見るものじゃあねえ。いや、やっぱりじっとよく見なけりゃいけねえか」

「何を？」

「女をさ。女のまえに棒がある」

「なんのまじないだ。棒をどうするんだ」

「棒でつくのさ。だから、よく見すまさなくっちゃいけねえ」

「何を？」

十の子供は、上目づかいに見あげて、

「兄貴、カンがわるいな。いい若いもんに、恥をかかせてくれるなよ」

といった。

「なにしろ、はいれアわかる。……ここでちょっとヒマをつぶしてゆこうよ、ね」

「弁天組のお富士という娘はまだ現われないのか」

「ああ、連中がくるのは、夜の方が多いのさ。しかし、兄貴、兄貴は弁天組にアへえれねえよ。ありゃ、女の子の組だからな。おれたちゃ、力丸組。その新助の兄貴にひきあわせるからさ、もうちょっと待ちねえ」

「それじゃあもう少し外でブラブラしていよう。わしはこういう見世物はあんまり好きじゃない」

「ちぇっ、話せねえ男だな。ツキアイがわりいと、力丸組が仲に入れてくれねえぜ。おいらなんかも、ツキアイにアずいぶん苦労してるんだ」

と、それこそ河童みたいに口をとがらせた所へ、十五、六の瓢箪（ひょうたん）みたいな顔をした少年が、ついと寄ってきた。

「小六、そいつあ何だ」

「おう、あと見ずの兄いか。これアさっきそこで知り合ったんだが、おれたちの仲間にへえりてえとよ。よろしくたのむぜ」

瓢箪は、しげしげと少年をのぞきこんでいたが、やがてギョッとしたふうである。

「てめえは……」

「それ以上いうな」

と、少年は素性を感づかれたと知って、あわてて手をふった。

「わしは、侍がいやで家をとび出してきたんだ。どうか仲間にいれてくれ」

「ふうん、侍がイヤと――ようし、みんなにひき合わせてやる。こっちへ来な」

「あと見ずの。へえ、みんなもう集まってるのかい？」

と、河童が目をまるくした。

「ウン、ちょっと相談ごとがあってな」

彼がふたりをつれていったのは、おどけ開帳の小屋の裏にある空地だった。そこには、たしかに十四、五人の少年たちが集まっていた。力丸組だ。

瓢箪がすばやくとんでいって、そのひとりに何か耳うちすると、その少年はギロリとこちらをむいた。

「なに、力丸組にへえりてえ？……」

近づいてきた少年は、その顔を見て、はっとしたようである。

「おまえが、力丸組の大将か」

「そうだ。田舎小僧の新助ってんだ。てめえは……どっかで見た面だな。なんといったっけ?」

と、そらっとぼけた。

「わしは勝次……いや、マガリの勝というのだ。どうか仲間に入れてくれ」

といったが、曲淵勝次郎は、新助がいつか両国橋でじぶんをおそった顔だとおぼえていたわけではない。ただ父からきいた上野原の本陣の怪少年——どうやら江戸からきた不良少年らしいということだけをたよりに、せっぱつまってそれを巷にさがしに出てきたのだが、はやくもその色の黒い、疱瘡のあとのある、金つぼまなこの人相に出っくわして、もしやと胸をとどろかせた。

「ちょっと、きくが」

と、声をはずませて、

「おまえは、この数日……甲州の方へ旅したことはないか」

「甲州の方へ?」

新助はぎょっとして勝次郎を見返したが、すぐに、

「何をすっとんきょうなことを言いだしゃがる。おいらは、ずうっと若えとき以外、田舎の風に吹かれたことアねえ。どこにもゆかねえよ、なあみんな」

「そうだそうだ、兄貴が江戸をはなれりゃあ、みんなのシメシがつかねえものな」

と、少年たちはいっせいに相槌をうつ。勝次郎は落胆した。

「ところでマガリの勝……とやら」

と、新助はもう宵闇の中に白くひかる目をむけて、

「おれたちのことを、だれからきいた？」

勝次郎はだまりこんだ。新助はにくにくしげに、

「へん、だまっていても知ってるぞ。女だろ？　ちくしょう、あいつ、素人にペラペラとしゃべりゃがって……まあ、いい、ところで、勝、おれたちの仲間にへえりてえなら、どうしてもやってもらわなけりゃならねえことがある」

勝次郎は思いなおした。この新助がじぶんの探している少年であるにせよ、ないにせよ、やはりこの一団にはいってさぐるよりほかにないと決心したのだ。父のために！

「それはなんだ」

「力丸組にへえりてえなら、侍くずれにかぎって、あとで裏切らねえしるしに、ひたいに十文字の墨を入れなきゃならねえんだ。それも、承知かね？」

数分の沈黙がすぎた。やがて勝次郎は、決然としていった。

「承知だ」

「承知？　よし、そんならあと見ずの、彫兼のところへいって墨を借りてこい。おいらがこれから十文字を切ってやる」

しばらくののち、瓢簞がどこからか馳せもどってきた。

糸のような三日月の下、陰惨な夜風のそよぎはじめた菰張り小屋の裏で、目をとじてあぐらをかいている曲淵勝次郎の傍でぶきみな笑いをひきつらせつつ、田舎小僧は鞘をはらった匕首をにぎって、じっと見下ろした。

二十年後。――

この二人がふたたび顔を合わせる運命を夢にも知らず。――一人は大盗田舎小僧として。一人は――いまも「曲淵政談」の名をのこす大岡越前以来の名町奉行、曲淵甲斐守として。

さて、それはともかく、新助が勝次郎のひたいに匕首をひらめかそうとしたとき、

「待ちな」

と、するどい声がかかった。

いつのまにか、空地に別の一団が、黒ぐろと立っている。娘たちばかりだ。その中か

ら、つかつかと歩みだしてきた影が、田舎小僧をじろっと見、また勝次郎をのぞきこんで、

「これア」

とさけんだ。勝次郎は目をひらいて、

「おお、そなたは！」

弁天お富士は、きっとして新助をにらんで、

「これは千六百五十石の御旗本の若様。新助、おまえこの方をどうしようってんだい」

「その若さまが、ひょんな気まぐれをおこして力丸組にへえりてえっていうから、仲間入りのかためをしているんだ」

「なんだって？　いけない、そんなことをしちゃあいけない」

その声の必死のひびきに、田舎小僧はかっとしたようだ。

「お富士、ひっこみゃがれ、男と男の約束に女が口を出すと、そのままにゃあおかねえぞ」

「何を――そのままにおかないってのなら、どうしようってんだ。このアバタ野郎」

お富士はグイと肩をつき出して、身をすりよせた。新助の顔が、嫉妬（しっと）と憎悪の黒い炎

につつまれた。

「やるか！」

と匕首をふりあげた時、どこかで梟の声がひびいた。

「ホウ……ホウ……ホウ」

新助の匕首は空に制止した。そのままじっとしていたが、やがて何思ったか、ソロソロと匕首をふところにしまいこみ、

「お富士、おれアちょうど用を思いだした。喧嘩は明日だ」

と、ゆがんだ笑顔で、

「この小僧はおめえにあずけておくから、まあ、せいぜい大事にしまっときな」

と、いった。

お富士はけげんな顔で闇の彼方をすかしていたが、ふと曲淵勝次郎をふりかえって、

長居は無用と思ったのか、

「さ、若さま、あたしといっしょに、はやく」

と、手をとって立たせ、あごをしゃくると弁天組がスルスルと消えはじめ、そのあとを追って、お富士は勝次郎をせきたてて、どこへともなく歩みさった。

あとにのこった力丸組のまえに、闇の中から忽然としてあらわれた大きな影が、のっそり近よった。

「新助」

「へえ、お頭――」

「上野原でにげるときわかれわかれになったが、あれは無事持ってかえったか」

「たしかに、ここに」

「御苦労だった。おれの子分になるのにア、この上もねえ束脩だ。それでは、もらうとしようか」

「へい。――おい、みんな、このお師匠に礼をいえ。力丸組はこれからこの大師匠さまの子分だぞ」

と、新助はふりかえる。一同はどよめいて、

「お師匠さまとは？」

「おどろくな、これは、南郷力丸の兄貴分として、泣く子もだまる忠信利平の大親分だ」

そのとき、すぐちかくで、けたたましい少女の笑い声がした。

「嘘(うそ)、大うそ！　まあ、忠信利平がこんなところにいるなんて」

田舎小僧は、渡そうとしていたものを、ふっとひっこめてしまった。

妹

手習師匠の伊吹忠兵衛は、愛児の菊之助を抱いて、調子はずれの胴間声で子守歌をうたいながら、部屋の中をあるきまわっていた。

台所の方では妻のお雪がコトコトと夕食の支度の音をたてている。暖かな晩だったし、子供の病気はなおったし、彼の大きな体は幸福に満ちているようだった。彼は溶けるような目で、眠りかかった子供を見つめていた。

「お雪」

「はい」

「もう初鰹(はつがつお)の声がきこえるころになったなあ」

そのとき、いきなり格子戸があいて、誰かはいってきた。台所からのぞいたお雪が、

「まあ、お富士ちゃん！」とさけぶ声がきこえた。

はいってきたのは、まさに、家出をしたお富士だった。ひとりではない、雀の巣みたいなあたまをした異様な風体の少年をつれている。

「兄さん、こうみえても、御旗本曲淵下野守さまの若さまよ」

とお富士は笑った。忠兵衛は目を大きくむいて、だまってお富士を見あげ、みおろしていたが、

「いったいどうしたのだ?」

「この方の父上様――下野守さまが、こないだ甲州街道の上野原で、田沼さまへ献上の甲斐の銅山の絵図面を泥坊に盗まれて、十日以内にそれをじぶんの手で見つけ出さないと腹をきらなけりゃならない羽目になったんですって。――その泥坊が江戸のチンピラらしいということで、この勝次郎さま、探索にその仲間にはいろうとなすったところを、とんでもないとたすけだしてきてあげたの」

「それアよかった。しかしその泥坊は見つかったのか」

「それがどうやら、力丸組の兄貴分、田舎小僧の新助という奴らしいの。本人はそらっとぼけたそうだけど、人相といい、それにあいつ、そういえばここんところ江戸から姿が見えなかったワ。若様、もう御心配御無用よ、あたしがこれからいって、それをとり

かえしてきてあげますからさ」

「きゃつら……まだあそこにいるのか。いや、わしがゆく」

と、勝次郎はいった。

「いいえ、あいつら風の子みたいな奴らだから、どこへ飛んでったかあたしじゃないとわからないワ。ただ、ちょいとひっかかるものがあったから、お波を見張らしておいたんだけど」

お富士はすずを張ったような目で忠兵衛を見て、

「それじゃあ兄さん、ちょいとこの方をあずかっといて――」

「待て、お富士」

と忠兵衛はあわてて呼んだ。

「おまえ……家を出てから何をしていたのだ？　お雪は、毎夜泣いて心配しておるぞ」

お富士は狼狽した。

「すみません、兄さん」

「今きけば力丸組とかなんとか、それはなんだ」

「チンピラ小僧たちの組の名。……南郷力丸が、泣くわねえ」

といったが、急にいたずらっぽい笑顔を花のようにかがやかせて、

「あたしたちは、弁天組」

と、昂然といって、忠兵衛の腕の中の赤ん坊をじっと見つめた。こんどはなぜか忠兵衛が狼狽した。

そのあいだにお富士は、にっと笑うと飛燕のように身をひるがえして家をとびだしていった。

忠兵衛は茫然として立ちつくした。そこにあおい顔で佇んでいる妻のお雪と目があうと、

「因果はめぐる小車の……さ」

と、沈んだ声でつぶやいた。

「あのひとばかりに苦労をかけてはならぬ」

と急にまた勝次郎がたとうとした。伊吹忠兵衛は大きくくびをふってそれをおさえると、

「あいや、あなたはこのまま。……わしがお富士を追って、もういちど、ここへしょっぴいてこよう。相談はそれからのことじゃ」

と、大刀を腰にさしこむと、いそいで家を出ていった。

――もう夜のふけた両国広小路にかけもどった弁天お富士は、力丸組はもとより、それを見張らせたお波の姿もみえないのにヤキモキした。

「お波！　お波！」

と呼んでいると、

「おう、弁天の姐御」

と、えらそうに声をかけたものがある。傍の鍋やきうどんから、爪楊枝をくわえて、小さな河童のような姿があらわれた。

「あっ、小六かい。お波はどうしたえ？」

「お波ちゃんか、それがじつに妙なことで……」

「もったいぶらないで、はやくお言いなってば！」

「忠信利平があらわれたんだよ」

「えっ、忠信利平が！」

お富士は大声をあげたが、やがて吐きだすように、

「ばか」とつぶやいた。

「それが、力丸組の大将になるってんだ。そしたらお波ちゃんが出てきて、忠信利平はおまえじゃないといったんだ。それで新助の兄いが、そいつにわたそうとしていたものをひっこめちゃったんだ。みんながガヤガヤさわぎだしてさ、その忠信は怒って、お波ちゃんをつれてどっかへいっちゃったよ。おれを信用する奴はついてこいというから、力丸組の半分はそっちへついていってさ、力丸組ははんぶんにわれちまった。おいら、何だかそいつが気にくわねえから、ゆかなかったよ」

「……それで、お波はどこへ？」

「知らないや」

「ばか、なぜそれをきかないんだよ？」

「そんなことといったってムリだよ。はじめから姐御にたのまれりゃきいておいてやったんだが……おいら、ほんとをいうと力丸組ももうイヤになったよ。できたら、女の子になって、姐御の子分になりてえと、ずっとまえから考えていたんだ」

「そんな河童みたいな子は子分にいらないよ」

お富士はあせった。

「それじゃあ、新助はどこ？」

「新助の兄いか。あれは忠信利平からにげだしてね。そうだ。鳥羽絵娘の小屋でいまごろサイコロをふってるだろ」

お富士は、礼もいわずにかけ出した。うしろで河童小僧はポカンと見送っていたが、急に心配そうな顔になって、何思ったか、トコトコと追ってゆく。

縄

――しばらくののち、興行のはねたあとの小屋で、ひそかにばくちをしていた連中のなかから、お富士は田舎小僧を呼び出して、三日月の下の両国橋をあるいていた。

「そうか、やっぱりおれと手をにぎるか」

と、新助はもう、うちょうてんになっている。その手をお富士はしっかりにぎっていた。

「それアこんな絵図、おれが持ってたってしようがねえんだよ。だが、あいつア、気狂いみてえに欲しがってる。さっきおれはすんでのことでバッサリやられかかったくれえだからな。そいつを、お波の一言で、あいつにやることをやめたんだから、ひょっとすると、お波の命はねえかもしれねえぜ」

　おどしている。しかしお富士はあおくなった。

「それで、お波は？」

「うん、さっき、あいつらについていったあと見ずがひとり逃げけえってきてよ、白山権現下の心行寺って化物寺だとさ。お波をしばりつけて、折檻（せっかん）してるってえことだぜ」

　お富士のかすかな身もだえを、田舎小僧はたのしんでいる。

「お波をたすけるにア、この絵図面をもってゆくよりほかはねえぜ、お富士。……欲しかろう」

「………」

「やってもいい」

「おくれな！」

「おっと、待った、そのためには、ひとつおめえにたのみがある」

「ひたいに墨の十文字か。やんな」

「そうじゃあねえ、おめえの口をここで思いっきり吸わせてもれえてえ」

　お富士はとびはなれて、きっと田舎小僧の醜い顔をにらんでいたが、そのままじっとして、ニヤニヤと近づいてくる相手から、釘づけになったように逃げようともしなかった。

「どうせ、おいらの情婦にしてやるが」

と、田舎小僧が少女を抱きしめようとしたとき、いきなり彼のからだはつかみあげられ、二間もむこうへたたきつけられていた。

「お富士」

「あっ、兄さん！」

田舎小僧は大きな影におさえつけられ、ふところから何かをズルズルとひきずり出されていた。影がはなれると、彼は狂気のようにはねあがって、

「野郎！」

と匕首をつきかけたが、たちまちまたひっとらえられて、

「あたまを冷やして、真人間にもどれ」

という声とともに、犬ころみたいに大川へ投げこまれてしまった。

「お富士、絵図面はこれだ」

と、影は近づいて、

「はやくあの若殿にもっていってやれ」

お富士は立ちすくんでいる。それもそうだが、その絵図面がなければ妹のお波をたすけることができない。絵図面を心行寺とやらへもってゆけば、あの若さまを助けることができない。

やっと、歯をくいしばってうなずいた。

「絵図面は……兄さんがもってかえって。——あたしはこれから心行寺へ」

その決死の顔をじっとのぞきこんで、伊吹忠兵衛は、かすかに白い歯をみせた。

「ああ、そうか、お富士。……お波の方は心配ない。その方へは、わしがゆく」

そのとき橋のまんなかに、つくねんと立っている小さな影をお富士はみつけて、

「あっ、小六、おねがい——」

と呼んだ。絵図面を彼に託すことを思いついたのだ。

河童小僧は、嬉々として寄ってきた。

伊吹忠兵衛は何思ったか、腰から矢立をぬいて、その絵図面の裏に何やらかきつけて河童にわたした。すぐに彼はチビの韋駄天みたいに駆けだしてゆく。

「お富士、ちょっと思いついた。おまえはおまえの弁天組とやらをあつめて、あとから

心行寺へこい。できたら、鳥羽絵の小屋におる力丸組の小僧たちもあつめてな。おもしろいものを、みんなに見せてやる」

そういうと、忠兵衛は、お富士の返事もきかず疾風のようにはしり去った。

――白山権現下の心行寺という無住の荒れ寺で、柱にお波をしばりつけて、忠信利平と名のる男は、弓の折れをもってほえていた。馬のような顔をした男だ。

「やい、小娘、おれが忠信利平でねえとは何の証拠でいった。ぬかせ、やい！」

ぴゅっと弓がうなる。それでも少女は歯をくいしばって答えようともしない。力丸組の少年たちは、あおくなってこれを見ていた。

「忠信利平はこわい男だぞ。わかったか！」

と、また弓をふるおうとしたとき、

「そうだ、忠信利平はこわい男だ」

と、うしろで誰かがひくい声でいった。

ふりむいて、馬面はとびあがった。

「忠信利平！」

「ひさしぶりだな、てれつく捨兵衛。お頭の目がねえと、西も東もわからねえ小僧たちにタカるほどになり下がりゃがったか」

と、ニヤリと笑った。笑ったが、その眼光の凄まじさにぎょっとして、

「忠信の兄い、か、かんべんしてくれ！」

と、ひざまずいて、手をあわせようとしたが、

「かんべんしてやりてえがな、御見物衆があるから、捨っ、かんべんできねえわけがあるのだっ」

と、その腰からしぶきのような光がほとばしって、日本左衛門の残党の一人てれつく捨兵衛は、一颯の血の霧風につつまれてしまった。

「おい、悪党の最期はこういうものだぜ。わかったか」

とふりかえられて、力丸組は声もでない。そのとき、入口からドヤドヤとはいってきた一群が、この光景をみて立ちすくんだ。弁天組である。その中からただお富士だけがかけだして、お波の縄をきりほどいた。

「兄さん！」

と、ふたりは伊吹忠兵衛にとりすがった。彼女らは、死んだ南郷力丸の妹であった。

そのとき入口の方で、「おかしいな」とつぶやく声がして、河童が目をむいてかけこ

んできた。

「姐御、手がまわった。どうしたんだろう？」

「おれが、おまえにわたした絵図面の裏に、あの若さまに役人をつれてこの心行寺へくるように書いてやったのだ」

と、伊吹忠兵衛は哄笑した。河童はむろん字は読めない。彼はとびあがった。

「あわてるな、あの御用提灯は、このおれをとらえにきたのだ！」

入口に、捕手が殺到してきたが、そこで先頭にたった曲淵勝次郎は棒立ちになった。

「兄さん！」

と、姉妹は悲痛な声でさけんだ。

「ねえさんは？　菊之助はどうするの？」

伊吹忠兵衛の頰に、寒風のような哀感が吹きすぎた。

宙をみた目に描いたのは、平和な路地の奥に住む哀れな愛すべき妻と子か。が、すぐにその目をじっとお富士とお波にもどして、

「天網恢々疎にして漏り……悪党がお縄をのがれて極楽往生したら世道人心に害があるといったお頭の心がよくわかったよ。おれが大手をふって生きのびたら、おまえらばか

りか、やがて菊之助も大きな面して、この世の裏街道を往来するようになるだろう」

むらがる捕手のまえに大刀を投げ出して、

「やい、力丸組、弁天組の小僧たち、重なる悪事に高飛びなし、あとを隠せし判官のお名前騙りの忠信利平が、いま天網にかかる哀れな姿を、胆にきざんでよく見ておけ！」

うしろにまわした手に縄をひいて、大盗忠信利平は、御用提灯の海の中へ一歩一歩と歩み出てゆくのであった。

本作品中に差別的ともとられかねない表現が見られますが、著者がすでに故人であることと作品の文学性・芸術性に鑑み、原文のままとしました。

（春陽堂書店編集部）

「白波五人帖」覚え書き

初出　「面白倶楽部」（光文社）

第一帖　日本左衛門　昭和32年11月号　※「妖説・日本左衛門」改題

第二帖　弁天小僧　昭和33年1〜2月号　※「妖説・弁天小僧」改題

第三帖　南郷力丸　昭和33年5月号　※「妖説・南郷力丸」改題

第四帖　赤星十三郎　昭和33年7月号　※「妖説・赤星十三郎」改題

第五帖　忠信利平　昭和33年8月号　※「妖説・忠信利平」改題

初刊本　光文社　昭和33年8月　※『白浪五人帖』

再刊本　東京文藝社　昭和38年8月　※『白浪五人帖』

東都書房〈山田風太郎の妖異小説2〉昭和39年8月

東京文藝社〈トーキョーブックス〉昭和42年10月　※『白浪五人帖』

東京文藝社〈トーキョーブックス〉昭和44年9月　※『白浪五人帖』

講談社『山田風太郎全集13』昭和47年1月　※時代短篇14篇を併録
旺文社〈旺文社文庫〉昭和61年7月
集英社〈集英社文庫〉平成5年2月
徳間書店〈徳間文庫／山田風太郎妖異小説コレクション〉平成16年4月
※『いだてん百里』との合本
（編集・日下三蔵）

春陽文庫

白波五人帖（しらなみごにんちょう）

2023年3月5日　初版第1刷　発行

著者　山田風太郎

発行者　伊藤良則

発行所　株式会社　春陽堂書店
〒一〇四―〇〇六一
東京都中央区銀座三―一〇―九
KEC銀座ビル
電話〇三（六二六四）〇八五五（代）

印刷・製本　株式会社　加藤文明社

ISBN978-4-394-90438-0 C0193